绵延的光芒

陈新 著

新世界出版社
NEW WORLD PRESS

图书在版编目（CIP）数据

绵延的光芒 / 陈新著 . -- 北京 : 新世界出版社，2019.5

ISBN 978-7-5104-6779-0

Ⅰ . ①绵… Ⅱ . ①陈… Ⅲ . ①报告文学－中国－当代 Ⅳ . ① I25

中国版本图书馆 CIP 数据核字 (2019) 第 087251 号

绵延的光芒

作　　者：陈　新
责任编辑：丁　鼎
责任校对：宣　慧
责任印制：王宝根
出版发行：新世界出版社
社　　址：北京西城区百万庄大街 24 号（100037）
发 行 部：（010）6899 5968　（010）6899 8705（传真）
总 编 室：（010）6899 5424　（010）6832 6679（传真）
http://www.nwp.cn
http://www.nwp.com.cn
版 权 部：+8610 6899 6306
版权部电子信箱：nwpcd@sina.com
印　　刷：三河市骏杰印刷有限公司
经　　销：新华书店
开　　本：710mm × 1000mm　1/16
字　　数：260 千字　　印　　张：22
版　　次：2019 年 5 月第 1 版　2019 年 5 月第 1 次印刷
书　　号：ISBN 978-7-5104-6779-0
定　　价：56.00 元

序

美美与共，天下大同。

有一处风景，她神秘，内敛，在光明的上游，在大爱的顶端。

她是中国。伟大的中国。

作为人类最早的定居地之一，古老的中国，开创了文明的最初记忆，书写了波澜壮阔的文明图谱，谱就了历史前进的文明华章。

从最初的熹微，到璀璨夺目，再到明媚耀眼，在五千年源远流长的历史长河中，英雄的中国人民创造出的灿烂的文化，与世界的其他文化交相辉映，撕破了人类前行路上的昧夜，极大地推动了人类社会的发展进程。

并非流光溢彩，但却惊艳不凡。

安静的展馆里人头攒动，除了讲解员清晰讲解的声音，以及观展之人的连连惊叹外，全是专注和敬慕。

立人青铜像、金杖、金面具、龙虎尊……

一件件表面粗浅的展品，无不浓缩着蒙尘的精彩内涵和锈蚀的华丽画卷。

这是三星堆文物亮相西雅图的场景。

观展者潮涌，熙攘如市。

目光一个来回，便是数千年。

便是数千年前的中华古蜀风光。便是当下美国西雅图的都市繁华。

古老的中国是一个盛满文明的福地。

美国的历史并不长，因而这对美国人来说，无异于享受人类璀璨文明的一次难得的机会。与深厚历史的一种荣幸的零距离接触，这种穿梭时空的真实与美好，犹如梦境一般神奇而又令人兴奋。

宝之为宝，慧眼能见。美媒高度评价："世界上独一无二的、最引人注目的文物精品。"

然而，观展者中却少有人知，这个展览成功举办一波三折，中美有关方面准备了整整五年时间。

人们更没想到，为玉成此展览，一位普通而又神秘的美国女士，费尽了心血。

而她甘之若饴为此付出，只因为挚爱。挚爱华夏文明，挚爱中国文化……

一袭青花，牵一生芳华。淡白的境界，写绝世风雅。

时光定格，一朵嫣然，一幅笑靥，一抹飘逸，一蓑烟雨，一柱炊烟，一泓澄碧……浓缩的风情，竞绽美丽。

深深热爱，热爱诗意朦胧的水墨山水，水云萌动的青衣素袂；热爱蕴秀临窗的切切素心，静静流淌的情丝春漾……

这是中国文化的天赋，也是中国文明的静雅。

这凝华时间与智慧的美丽，吸引了无数外国友人钦羡的目光。

缘分就像春天的风，默默地，就带着温暖和芬芳，拂进一个又一个外国友人的情感里。时间与热爱，又成就了一颗又一颗外国友人的中国心！

爱，不一定在其身体出生的地方，但一定在其灵魂驻留的地方。

一个个内容鲜活、故事跌宕的外国友人与中国的故事，除了令人唏嘘感动、激情澎湃以外，也见证了中国的伟大！

| 目 录 |

CONTENTS

绵延的光芒

并非流光溢彩，但却惊艳不凡。

安静的展馆里人头攒动，除了讲解员清晰讲解的声音，以及观展之人的连连惊叹外，全是专注和敬慕。

时间凝华的美

如潺潺甘泉，润泽着人类焦渴的心，这便是中国文明。

并非流光溢彩，但却惊艳不凡。

安静的展馆里人头攒动，除了讲解员清晰讲解的声音，以及观展之人的连连惊叹外，全是专注和敬慕。

立人青铜像、金杖、金面具、龙虎尊……

一件件表面粗浅的展品，无不浓缩着蒙尘的精彩内涵和锈蚀的华丽画卷。

这是在美国华盛顿州西雅图艺术博物馆举办的一场名为“千古遗珍——中国四川古代文物精品展”的展览，展品全是来自中国四川的三星堆文物。

观展者潮涌，熙攘如市。

目光一个来回，便是数千年。

便是数千年前的中华古蜀风光。便是当下美国西雅图的都市繁华。

古老的中国是一个盛满文明的福地。

美国的历史并不长，因而这对美国人来说，无异于是享受人类璀璨文明的一次难得的机会。与深厚历史的一种荣幸的零距离接触，这种穿梭时空的真实与美好，犹如梦境一般神奇而又令人兴奋。

宝之为宝，慧眼能见。当地媒体高度评价四川古代文物，是“世界上独一无二的、最引人注目的文物精品”。

然而，观展者中却少有人知道，这个展览能够在美国成功举办，经历了一波三折，中美有关方面准备了整整五年时间。

人们更没想到的是，为了玉成此次展览，一位普通而又神秘的美国女士，为此费尽了心血。

而她甘之若饴为此付出的原因，只因为爱，只因为挚爱。

华夏文明，中国文化……

1

尊敬的局长阁下：

您好！

冒昧打扰您，如有欠妥，还请原谅！

我的名字叫咪咪（Mimi），是美国华盛顿州西雅图市艺术博物馆的馆长，一个执着的艺术迷，尤其喜欢中国艺术及中国文化。

在我一生所从事的工作当中，有很多是与中国的传统文化相关联的，而我们西雅图艺术博物馆东方部里，也珍藏着很多中国古代文物，包括石刻、陶瓷、字画、工艺品等。其中一尊石刻“中国骆驼”还是我馆的镇馆之宝。

我对中国历史和中国文化非常感兴趣。

中国是一个伟大的国家，在五千年源远流长的历史长河中，英雄的中国人民创造出了灿烂的文化，极大地推动了人类社会的发展进程。

中国的自然与人文风景，我也超级喜欢。

比如说四川。四川的人文景观我也挺了解的，乐山大佛、都江堰、杜甫草堂等，都是那么美丽而又令人向往。

也许因为我是一个艺术博物爱好者的缘故，我尤其喜欢四川的三星堆，以及三星堆出土的文物。

这些文物虽然穿越了漫长的时间长河才又重新出现在人类面前，出现在我们面前，但依然是那么精美绝伦，而又神秘莫测。

但遗憾的是，我却一直无缘对三星堆文物一饱眼福……

对了，忘了告诉您，我还有一个中文名字叫倪密，今后就请叫我“倪密”吧，我非常喜欢这个名字。

哦，是的！

我此次冒昧地给您写信，是想与贵省在文化方面进行一些合作与交流。

因为华盛顿州与四川省是友好省州，我们双方加强文化方面的合作，毫无疑问会更进一步地增进中美之间的友谊……

这是一个闲逸的上午，跳跃的鸟儿们在楼宇间的庭树里欢快地鸣叫，啁啾着一种清寒里的温暖和激动的隐喻。

有一束灿烂的阳光，径直地穿过玻璃窗，热烈地照在室内的博古架上，古色古香的博古架顿时明媚起来，岁月里的矜持与冷寂也都溢出了性格。

透彻的窗，涌动着情感。

时间过去了这么久，文物专家梁旭仲依然记忆犹新。

这是 1995 年冬天的一个被他铭记的时刻。

这年，他时任四川省文物管理局局长。

读过这封信之后，梁旭仲被这位叫倪密的人的热情打动了。

虽然他不曾与倪密打过交道，甚至都没听说过这个人，但看得出来，她的确非常喜欢中国文化。

一个美国人喜欢中国文化，并渴望在这方面加强中美之间的交流，这是一件很好的事。

因而他很快给倪密写了一封回信。

尊敬的倪密女士：

您好！

很高兴收到您的来信！很感谢您喜欢中国文化，尤其是四川文化。

中国也同美国一样非常珍视中美关系，四川省与华盛顿州更是早在 1982 年就缔结了友好省州，四川与美国最著名的波音公司和微软公司都有很好的合作。

您说您对四川的文物及文化景观倾慕已久，我们随时欢迎您造访四川，我也将和我的属下给您当好向导……

有意思的是，倪密是一个办事极为认真的人。就在梁旭仲给她回信后没多久的 1996 年春天，倪密就急切地从美国飞来了四川。

有朋自远方来，不亦乐乎！

梁旭仲局长特地在百忙之中抽出时间接待了倪密一行二人，带他们参观了四川省博物馆，以及古代文物精品展，游览了都江堰、乐山大佛、杜甫草堂等名胜古迹。

虽然在游览以及参观的过程中倪密很开心，但梁旭仲明白，倪密最想看的地方还是三星堆。

果然，他在陪倪密来到四川省广汉市南兴镇境内参观三星堆博物馆的时候，她无比快乐，甚至激动得颤抖，不时惊呼，连连夸赞。

这片貌不起眼的土地，生长着油菜、小麦和水稻，谁知它也生长过厚重的历史和灿烂的文化。

在水之湄，在河之洲，一些鸟在欢快地起落，在时间的长河中枯荣；一些鸟却栖在了青铜之树上没再更迭，时间赋予神秘，一站几千年。

这些站在历史高度的鸟，被王国跪拜，被王土簇拥，低调地隐入泥土的深处，直到开拓的深度再次将之打开。

炊烟一代代地缭绕，人类一代代地繁衍。

从不断歇，或者曾经迁徙。

或田园牧歌，或草木森然。

沉睡的是脚下的路，清醒的是脚下的步。

无意的打开，是豁然的惊呼，是神秘的惊叹。

在此之前，她对三星堆文物的相关知识基本上是了如指掌。

1929 年，四川省广汉县农民燕道诚一家在淘沟时偶然发现一坑玉石器。得到消息的华西大学博物馆馆长葛维汉和助理林名钧于 1934 年春天组成考古队，在燕家发现玉石器的附近进行了为期十天的发掘。他们收获丰富，并因之整理出《汉州发掘简报》。不过，这个简报并未引起多大重视，在此之后，好长一段时间都没人再对其进行发掘及研究，直到20多年后。

1963年，由冯汉骥领队，四川省博物馆、四川大学历史系组成的联合考古队再次对燕家附近进行发掘，并初步猜测，三星堆“一带遗址如此密集，很可能就是古代蜀国的一个中心都邑”。

20世纪八九十年代以后，三星堆遗址迎来了大规模连续发掘时期，1980—1981年出土文物上万件，还发现了具有分期意义的地层叠压关系。1982年和1984年，考古工作者分别在三星堆地点西南和西泉坎地点进行了两次发掘，发现三星堆遗址最晚期的遗存。1986年进一步发掘，出土了大量文物，从而引起了海内外的关注，被称为世界第九大奇迹。

1987年8月，三星堆文物第一次跨出国门，在英国大英博物馆展出，顿时引起了西方世界的轰动。

在展览期间，英国的《独立报》高度称赞三星堆文物“是世界上最非同凡响的考古发现”“是绝无仅有的世界珍品”“它们的发现可能会使人们对东方艺术进行重新评价”。

在英国展出之后，受瑞士、德国、丹麦、西班牙等众多国家的盛情邀请，三星堆文物又纷纷在这些国家进行了展出。

从此，三星堆文物在西方世界掀起了狂热的浪潮，受到文物爱好者的顶礼膜拜……

1995年，倪密收到一位中国朋友寄给她的新年礼物——三星堆文物明信片。目光所及，遽然若电，她觉得三星堆文物太神秘了，太漂亮了，太珍贵了，太吸引人了，思绪纷飞之时，她顿觉与之前世有缘，并渴望能够亲赴三星堆文物的故乡，一睹其真实风采。

继而，对三星堆文物彻底折服、恍若做梦的倪密，又产生了进一步的想法：若是能够将三星堆文物搬到西雅图艺术博物馆展览，该有多好！

2

时光折叠，遮掩不住文明的美。虽被泥土掩埋了几千年，但一旦重见天日，光芒依然熠熠。

相同的爱，让梁旭仲与倪密有着许多共同的话题，关于文化的、关于文物的、关于文物保护的。

在这期间的有一天，在四川文物局办公室里，工作人员操作电脑时遇到了一点小小的问题，正一筹莫展之时，刚巧被梁旭仲陪同的倪密看见了。

站在边上专注地看了一会儿之后，她微笑着对工作人员说：“这个问题可能不大，不如让我来试试。”

“谢谢倪密女士，不过不用了，还是找维修人员来吧。”

“没关系的，起码里面的英文字母我很熟悉吧。也许我可以弄好。”

梁旭仲笑着说：“这话倒是有道理，我们的英文水平当然不如您。”

得到应允后，倪密便坐了下来，手指在键盘上飞快地打字，没一会儿就令电脑恢复正常了。

“倪密女士，您真是太厉害了，不过几分钟，您就将之修好了。”梁旭仲夸赞说，“没想到您不仅是文物专家，还是电脑奇才呀！”

“我是什么电脑奇才？不过是操作系统出现了一点问题而已。”

“那也很了不起！要知道操作系统是很专业的电脑知识了！您曾经学过电脑编程？”

“没有没有，这个操作系统我也不太懂，不过，却与我有那么一点关联。”

“还说没学过电脑编程？您自己都说这个微软操作系统与您有关联呢。”

“我真没学过编程，但是我会用这个软件。我说这个电脑软件与我有关系，是因为这个软件是我儿子公司的。”

“您儿子？”

“是的，他是比尔·盖茨。我为他骄傲！”

我的天！眼前这个朴实的老太太竟然是世界首富、软件大王比尔·盖茨的母亲！

大家听倪密这样一说之后，无不惊呆了。

看到大家惊诧莫名的样子，倪密又微笑着补充道：“更确切地说，我是他的又一个妈妈。”

是的，没错，倪密正是比尔·盖茨的又一个母亲——她是他的继母。

咪咪全名咪咪·盖茨（Mimi Gates），毕业于斯坦福大学亚洲史学系，继而又在艾奥瓦大学攻读东方与中国研究硕士，在耶鲁大学攻读艺术史博士学位，是美国首屈一指的亚洲艺术专家，并先后担任耶鲁大学艺术展览馆馆长、西雅图艺术博物馆馆长、美国艺术博物馆馆长协会会长等职。

倪密对中国艺术的深情，始于大学时代的一门课——“亚洲艺术史”，别人学类似的课程，是为了应付学分，但是倪密却因为学这门课程而一下子爱上了中国和中国文化。

她最喜欢中国历史中风起云涌的时代，比如五代十国和南北朝，这些朝代孕育了民族融合与文化交融，它们的艺术也体现出古代中国文化的多元和厚重。

这是她与中国文化艺术结缘的序曲。

倪密早年工作于加拿大多伦多博物馆，多伦多博物馆里有许多中国古代文物，她在天天与这些中国文物打交道的过程中，深深地爱上了它们，也因此被灿烂、神秘、博大精深的中国文化吸引住了，她甚至还发表过好几篇有关中国古代文物研究方面的论文。

爱好中国文化、研究中国文化，却对斗大的中国字不认识几个，那实在太遗憾了，于是她在工作间隙又特地于 1985 年到北京大学中文系学习了一年中文，年近六旬的她成为当时北京大学最年长的一位美国留学生。

在北京大学学习的那一年是她一生中最愉快也最有纪念意义的一年，她不仅游览了中国不少名胜古迹，而且还拥有了自己最喜欢的中文名字：倪密。

这是北京大学一位著名教授给她取的名字。

教授说，“倪”是中国人的一个姓，但也可解释为“边际”，取名“倪密”的意思是，即使她远在天边，也同样与中国、与中国文化保持亲密关系！

3

愉快的中国之旅，虽然目睹了中国文物的华彩，但是时间太短，未及细细尽览。

从中国回到西雅图之后，对四川文物叹为观止、如醉如痴的倪密欲将三星堆文物搬到西雅图艺术博物馆展出的想法更加强烈起来。

于是她将自己目睹的情况向她和儿子的好朋友、世界首位华裔州长骆家辉说了，并极力鼓动刚刚当上华盛顿州州长的骆家辉亲自到四川去促成此事。这也有华盛顿州与四川省这个友好省州之间“亲戚”般走动的必要。

自己是华裔，骆家辉当即表示将竭力促成此事。

1997 年春，骆家辉回祖籍国省亲，并将参观三星堆博物馆作为他此次中国之行的重头戏。

在一个桃花飞扬、煦风轻吹的上午，他在时任四川省省长宋宝瑞的陪同下，从成都前往广汉，参观了三星堆文物，他的心情如同候鸟春归，找到了最想看到的风景。同样被深深感动的他在告别之时，特地向四川省政府及文物管理部门表达希望四川的古代文物能够尽早到西雅图艺术博物馆展出的愿望。

面对春风一般的热情，被倪密对三星堆文物的痴迷和骆家辉对三星堆文物的高度评价、真诚期望所感动，在西雅图艺术博物馆的一再邀请之下，四川省文物管理局于 1997 年初夏特地派出了一个由文博专家、考古专家、外事工作者组成的一行四人的考察团，前往西雅图考察。

考察结束后，双方愉快地草签了一个办展的意向性协议。此后彼此之间的联系便多了起来。

1997 年 11 月 5 日，第五届中国艺术节在成都召开，想到倪密那么喜欢中国文化，四川省文物管理局便特地向倪密发出了邀请函。

那段时间，倪密也打算来中国，以期尽快落实四川文物借展到西雅图之事，现在接到四川省文物管理局的邀请，真是太高兴了，于是她连忙跟西雅图艺术博物馆基金会成员单位之一的波音飞机公司代表、华裔美国将军傅履仁，以及微软公司法律顾问汤光宇一起到成都参加了艺术节开幕式，并观看了艺术节的一些节目。

类似于感受云端的美丽，虽然美好，却不涉烟尘，因而怀揣着心事的倪密再次向四川省文物管理局表达了渴望将四川的古代精品文物介绍到西雅图的愿望。盛情难却，于是双方就办展的事进行了初步议定：讨论了借展文物的大致名单；草议了文物在西雅图展出时 63 万美元的借展费用；初定了三个月的展期……

双方也有一些问题存在争议，其中争议最大的就是关于三星堆神树是否借展的事。

三星堆神树是目前为止世界上最大的古代青铜神树，高 4 米有余，因其年代久远、体积庞大、神秘色彩浓厚，令倪密最为痴迷，在世界文物爱好者心中的影响也最大。但四川省文物管理局担心在运输和展出的过程中出现意外，不同意将之运到美国展出。

除此以外，还有一件事也让倪密感到十分无奈，那就是文物到西雅图艺术博物馆的具体借展时间：由于借展四川文物，特别是三星堆文物的国家和地区很多，展期已经排得非常满，三星堆文物在西雅图艺术博物馆的展出时间只得暂定为四年后的 2001 年。

自此之后，西雅图艺术博物馆与四川省文物管理局的联系更为紧密了，为了使展览能够万无一失地成功举行，在从 1998 年到 2000 年的两年多时间里，西雅图艺术博物馆花巨资先后派出了文物运输、包装、测量、安全、陈列等专家及文物专业摄影家、电脑特技专家等 30 多人，带上相关的先进设备前来四川考察三星堆文物，并详细制定了一系列切实可行的包装、运输、展览、陈列方案。

星辉璨璨，光耀显荣。

在这段时间里，四川省文物管理局上上下下也忙得不亦乐乎，除了正常的工作以外，三星堆文物还如明星一般，先后被邀请到日本和我国台湾地区展出，陈放时光的美，拨动了一波一波的惊艳。

古韵流芳，吸引万千目光。

当然，关于四川文物在西雅图艺术博物馆展出的事也在紧张地筹备之中，向上级部门报批、工作时间的安排、巡展国家及地区的调整、包装方案的设计等，紧锣密鼓，忙亦有序。

真爱，无一不是由接连不断的思念组成。距离阻挡不了渴望。

1998 年 4 月，以三星堆文物为主的 265 件四川古代文物在日本世田谷美术馆展出。由于对三星堆文物的强烈热爱和按捺不住的思念，特别是渴望再睹在日本展出的三星堆青铜神树的华丽风采，也为了能够争取到神树巡展美国的机会，倪密又特地带上了西雅图艺术博物馆的文物、文博专家以及盛情邀请同行的美国最权威的文物保护研究机构——洛杉矶盖迪研究所的文物专家们，踏着春风欢快的节拍，一道前往日本观看三星堆文物展。

之后，倪密用自己心中满腔的爱凝华成礼物，请专家们专门制作了一个《三星堆神树包装保护方案》，并将这个非常优秀的方案无偿地奉献给了四川省文物管理局。

“我相信我们精心设计的神树包装方案对贵局的文物保护工作会有所帮助，我也真诚地希望自己能够争取到神树巡展美国的机会。”

倪密在电话中对梁旭仲说：“为了保护价值连城的三星堆文物，我们愿意为之付出一切努力。”

至诚至恳，令人动容。

情感温润，必不可少的程序沿着美好而行。

就在时间的车轮跨进 2000 年、四川省文物管理局关于三星堆文物借展西雅图的筹备工作已基本接近尾声的时候，这份庄重再添分量。

四川省文物局收到了美国前国务卿基辛格博士写来的一封长信。

信未拆之前，梁旭仲大为吃惊，这是怎么回事？美国著名外交家、国际问题专家基辛格先生怎会给四川省文物管理局写信？

看过信才知道，基辛格也是三星堆文物的超级崇拜者，他的这封信，竟然也是为三星堆文物巡展美国的事而温婉展颜。

展信阅读，一股清新而又友好的气息扑面而来。基辛格在信中强调了中国文物巡展美国对中美友谊的积极意义，并以私人的名义请求四川省文物管理局能够尽早给美国西雅图艺术博物馆一个借展的机会。

基辛格阐明自己的观点说，即使对任何一个国家来说，在所有的对外宣传当中，文物展览所起的作用都是不可替代的，不管是哪个派别的人都会去观看展览，因为历史和文明不带政治色彩，文化和艺术也没有国界。人们在观赏文物、欣赏艺术的过程中，能促进理解、消除隔阂、增进友谊、加强合作。

读过此信，梁旭仲的心境被感动簇拥，温煦荡漾。

他没想到，这只是一个开始。

紧接着，还有信件逶迤而来，开放成一片绮丽的风光。

在收到基辛格博士的来信不久，他又相继收到了美国副总统戈尔和得克萨斯州州长小布什的来信。他们来信的内容同基辛格的来信内容大同小异，也是关于三星堆文物借展美国西雅图艺术博物馆一事，同样希望三星堆文物能够尽早在西雅图艺术博物馆展出。

虽然梁旭仲与四川省文物管理局的同事知道了三位美国政要来信的内容，但却对这件事本身疑惑不已：为什么小小的一件事会惊动几位美国大人物呢？

原来，倪密跟四川省文物管理局草签了非正式的借展合同，展出时间也初步议定为2001年，但因为正式的合同一直没有签下来，所以她一直有着一颗为此牵挂落寞的心。

心愿依依，爱不尽意，她时常因此而夙夜难眠。

更令她始料不及的是，她从有关渠道获悉，就在她向四川省文物管理局申请借展事宜，且虔诚地等待批文的时候，包括法国、意大利、希腊、澳大利亚等国家也都在跟四川省文物管理局就这批文物在他们国家巡展的事进行谈判。这件事对她震动非常大，她一直提心吊胆的主要原因就是怕四川省文物管理局将三星堆文物的展出机会给了别的国家，或者被别的国家抢了先。

情溢暗香，愁绪难平。难解的心结打动了她的好朋友。于是美国前国务卿基辛格博士、正在激烈地竞选总统的小布什及戈尔等人相继成为她的“亲友团”，给她力量，给她信心，并主动出马写信给中国，以玉成此事……

一个展览而已，但却惊动如此大佬，梁旭仲很开心。他开心的不是四川文物局有多牛，而是祖先的智慧原来有如此巨大的魅力，祖国文化原来有如此大的魅力。

陆续收到这三封信的时候，实际上四川省文物管理局关于筹办四川文物到西雅图艺术博物馆展出的工作已接近收尾阶段。在此基础上，双方又就是否借展三星堆青铜神树以及包装、运输、安全等诸多问题的细节进行了多次谈判、研究，并最终达成了共识；三星堆青铜神树不到西雅图展出；确定了在西雅图艺术博物馆 3 个月的展期和 63 万美元的借展费用；展出时间定为 2001 年 5 月……

2000 年 12 月 10 日，倪密与梁旭仲在西雅图艺术博物馆签订了正式的办展合同。

正式合同签订之后，倪密特地在自己家里为梁旭仲及其随行人员举办了隆重的答谢酒会。

华盛顿州州长骆家辉、波音公司总裁哈里·斯通赛弗、比尔·盖茨先生以及其他几位在美国赫赫有名的亿万富翁参加了酒会。

4

春光拂动，愿景清澈，这是何等盛大的喜事！

激动难歇，为了珍惜这来之不易的机会，倪密决定将2001年定为西雅图艺术博物馆的“中国年”，拟在三星堆文物展出期间举办中国音乐会、中美棋赛和中国电影周……

不仅如此，她还让儿子比尔·盖茨为三星堆文物展览开设了网站，并特意编写了一套互动式电脑软件，以便开展之时，游客可以与电脑互动，进行阅读、参与，甚至回到古蜀时光……

然而好事多磨，亦如明媚的阳光总会经历淡烟疏雨的润泽。

就在中美双方将展览前的准备工作基本画上句号的时候，一件令常人绝对意想不到的事情却在西雅图发生了：

2001年2月28日上午，西雅图发生了50年来最严重的地震，震级达到6.8级，地震造成西雅图塔科马国际机场关闭，西雅图市区多处房屋坍塌，水管爆裂，多段公路封闭……

灾情发生后，梁旭仲局长和四川省文物管理局的专家们心里焦躁不安：西雅图地震灾情如此严重，我们即将在那里展出的珍贵文物能安全吗？因而希望倪密能够提供一份包括近期地震活动预报、近100年来的地震记录等信息的资料，只有能够证明三星堆文物在西雅图艺术博物馆展出期间不会再次地震，三星堆文物的展览才能如期执行。

倪密爽快地答应了这个看似有些“苛刻”的条件。

20多天后，她给四川省文物管理局寄来了由美国权威的地震研究机构——华盛顿大学地震研究所提供的地震预报数据及近100

年来西雅图市所在的华盛顿地区的地震记录。

资料分析表明，自5月至8月，即合同中既定的三星堆文物在西雅图艺术博物馆的展出时间内，华盛顿州内及其邻近地区是绝对不会发生地震的，三星堆文物展览可以按预定计划正常进行。

2001年5月2日，三星堆文物展览在花费了倪密女士5年心血的艰苦申请、中美双方的共同努力，且一波三折之后，终于在西雅图艺术博物馆开展了。

这个名为“千古遗珍——中国四川古代文物精品展”的展览共展出了各种文物175件，其中包括青铜立人像、青铜纵目面具在内的六件三星堆国宝级文物，是西雅图艺术博物馆历史上规模最庞大的国际文物特展。

时为四川省人大常委会副主任的徐世群、华盛顿州州长骆家辉、中国驻美国大使杨洁篪、文化参赞孙维学、中国驻旧金山总领事王云翔以及波音公司总裁、微软公司总裁等参加了开幕式。

四川古代精品文物开展，既是文化，是智慧，是隽永的诗；也是惊雷，是风雨，是又一场发生在西雅图市的“大地震”。

当然这次地震的“震中”位置并非在地表深处，而是在西雅图市民的心中。

中国，曾经推动人类进步的伟大民族，正在从迷离深处的酣睡状态中苏醒。

如潺潺甘泉，润泽着观众们的对中国文化焦渴的心。

看到观展者人潮如织的盛况，倪密百感交集，不时开心落泪。

每一滴泪，都闪熠着对中国文化的热爱。

为了帮助观众了解展品中的铜像、头像面具以及其他精品所展现的中国古代文明，西雅图艺术博物馆采用了一系列高科技信息技术：此次展览专门建立了网站，使美国乃至世界各地不能前往西雅图艺术博物馆观展的众多文物爱好者，都可以分享中国的古代艺术与文化；网民们可以通过比尔·盖茨先生编写的互动软件，查询各种资料并交流观感；网站为世界各地的教师免费提供有关中国艺术的教材，供他们下载打印……

观众同时可以通过安装在展厅四周的互动多媒体电脑加深对展品的了解。

博物馆将展品分成三星堆、周和东汉三部分，每一部分都有12个小部分，配以图像、文字、音乐、音响效果和动画，使观众在观展时能全方位地理解、认识中国文物和中国文化。

此外，博物馆还特地为观众准备了中英文的MP3播放器，只要借一个带在身上，就可随时随地点播展品介绍。

博物馆还特地为此次展览开设了人机互动电脑室，通过高科技的方式，将古蜀时光拉回到观众面前。观众进入人机互动电脑室后，不仅可以穿越时空，与古蜀“外星人”一起生活、劳动、集会、婚嫁，还可以回到现代，自己动手参与三星堆现场的模拟挖掘活动，从一堆零乱的碎片中辨认和拼凑出各种中国国家级文物。

从初识到深爱，从深爱到牵手。隔世的缘分就这样重光。

这是世界上首次推出的高科技教育辅助项目，打动人的，何止是绵长的味道。

在西雅图艺术博物馆“中国年”活动中，“千古遗珍——中国四川古代文物精品展”是重头戏。此外，还如约进行了中国字画、西雅图艺术博物馆馆藏中国艺术珍品展览；举办了中国音乐会、中美棋赛和中国电影周，并在周末开办了中国书法入门、中国艺术创作、中国手工艺制作等讲座。

当三星堆文物在西雅图艺术博物馆开展以后，早已是三星堆文物痴的倪密又忙活开了，她又向得克萨斯州金布尔艺术博物馆、纽约大都会博物馆以及加拿大多伦多艺术博物馆竭力推荐了三星堆文物。在她的努力下，四川省文物管理局在进行一系列的考察、谈判之后，又与这三家博物馆签下了正式的办展合同。

被仰视，被解读。

被赞叹，被崇拜。

四川省古代文物精品展向美国人展出了光辉灿烂的中国古代文明，也加深了美国人对中国的好奇心和更多地了解中国的愿望。

文物展出后，当地媒体评价说：这是“世界上独一无二、最引人注目的文物精品展览”，是“中美两国文化交流史上值得大书特书的盛事”。

5

故事讲到这里，结束了吗?

没有!

2011年7月2日下午，在美国纽约，一个名叫“千古遗珍——敦煌佛窟”的讲座在该市哥伦比亚大学商学院举行，而这个讲座的内容是关于中国敦煌壁画和彩塑的。令人倍感意外的是，主讲人却是一位黄头发蓝眼睛的洋老太太。

她是谁？一个关于中国文化的讲座为什么请她这个洋老太太来讲？

她不是别人，而是软件大王比尔·盖茨的继母咪咪·盖茨博士。

时间与热爱，让她已经成为一位十分了不起的中国通！

在“千古遗珍——中国四川古代文物精品展”的巡展结束以后，倪密并没有停滞她力促中美文化交流的脚步。

她对中国文化的爱，是连绵的碧波，清澈而又激荡。

2010 年 11 月的一天，甘肃省敦煌研究院的樊锦诗院长收到一封来自美国西雅图的信。

信，来自美国，来自西雅图，来自倪密。

倪密说，敦煌艺术是中国文化的瑰宝，她热爱，戚戚然已久，痴迷中国文化研究的她，渴望敦煌艺术专家樊锦诗能助她一臂之力。

在戈壁大漠深处，风沙日夜剥蚀着敦煌莫高窟的容颜，在这儿，有一位生于北京、长于上海的奇女子，却将青春无怨无悔地奉献给了这里，半个世纪矢志不渝。

她，就是生于 1938 年的樊锦诗。

1962 年，北京大学考古系学生樊锦诗，报名前往敦煌研究院实习，自此被莫高窟里琳琅满目、云蒸霞蔚的壁画所震撼，虽然窟外的世界很现实——住土房、吃杂粮，没水没电没水厕，但她还是在几番纠结之后留了下来，并因研究成果卓著而成了专家。

樊锦诗被倪密的热情所打动，当即给她回信，随时欢迎她造访敦煌。

2011年2月，倪密如约而至。樊锦诗院长陪倪密及她的助手参观了敦煌壁画和彩塑。

敦煌是甘肃省酒泉市辖的一个县级市，是中国的历史文化名城。敦煌有莫高窟、榆林窟、西千佛洞等主要景观。

莫高窟又名敦煌石窟，是中国现存规模最大的石窟，保留有时越千年的洞窟735个，壁画4.5万多平方米，彩塑2415座。这些壁画和彩塑技艺精湛无双，被公认为“世界佛教艺术的宝库”“东方卢浮宫”……

这里是中国艺术的万花筒。在这里，可以一览中国古代人们日常的生活场景，欣赏早期山水画，还可以了解佛教文化描绘的前世今生。

倪密最爱的第285号洞窟，它诞生于西魏大统年间（公元538年）。在这个时期，中原文化开始渗透到敦煌，所以窟内既有中国神话中的形象，如飞天、伏羲、女娲等，又有印度教里的神明，如鸠摩罗天、毗那夜迦等。第285号窟体现出敦煌文化的多样性和中国文化的影响力。

倪密在对敦煌壁画和彩塑的精美、深邃和神秘莫测叹为观止的同时，还慷慨地提出愿为敦煌研究院免费赠送一套文物管理软件系统。

“我有一套英文版的敦煌文物管理系统，我将英文版变成中文就行了。这个软件是我儿子设计的，非常不错。”

西雅图是美国西部最大的城市，在这座城市里，有两家非常有名的国际企业与我们的日常生活息息相关，那就是波音飞机公司和微软公司。

想到这里时，樊锦诗由衷感叹："世界软件大王比尔·盖茨先生就是西雅图人呀！"

"是啊，我跟他是一家人！"

"您跟他是一家人？您是他……"

"是的，我为他自豪！他是我丈夫的儿子！"

樊锦诗没想到，这样一位衣着朴实、工作严谨、对中国文化一往情深的幽默的美国老太太，竟然是比尔·盖茨的继母！

倪密女士满头金发，举止优雅，能够讲一口流利的中文，这让樊锦诗很诧异。

后来她才知道，倪密女士与中国有着深厚的渊源。

6

缘分，就是这么奇妙。

几多欢悦，虽然隔着时空，也会猝然走到一起。

得知会说中文的倪密还曾是北京大学的学生时，樊锦诗很惊喜："没想到啊！我们居然是校友！"

"是的，我知道您毕业于 1963 年，是我的学姐。"倪密幽默地说，"所以，我对您除了在学术上无限仰慕之外，还非常敬重您，因为您是我的学姐，我是您的学妹！"

倪密的话，引得樊锦诗哈哈大笑。

同为校友，两个人的关系更近了一步。

一袭青花，牵一生芳华。淡白的月光，写绝世风雅。

这是中国文化的天赋，也是一片瓷的写意。

20 多年来，倪密一直致力于亚洲文化的研究，特别是中国文化的研究，她在北京大学读书期间研究的课题就是中国古陶瓷。

时光定格，一朵嫣然，一副笑靥，一抹飘逸，一蓑烟雨，一柱炊烟，一泓澄碧……浓缩的风情，竞绽美丽。

倪密深深地热爱，热爱诗意朦胧的水墨山水，水云萌动的青衣素袂；热爱蕴秀临窗的切切素心，静静流淌的情丝春漾……

她写出的论文古朴典雅，清新流畅，淙淙琵琶，清脆牙板，不仅令人耳目一新，也挖出了瓷之文化精髓，因而一次性便通过了论文答辩。

回国后，倪密将自己对中国古陶瓷的研究成果结集出版，在美国几乎成了畅销书。

在与樊锦诗交流的过程中，倪密说，这不是她第一次到敦煌旅游，她第一次到敦煌是在 1998 年夏天，并曾经在敦煌莫高窟逗留了一个星期，住在敦煌研究院的招待所，半天看洞窟，半天在图书馆翻阅资料，如饥似渴地欣赏精妙无双的壁画，孜孜不倦地阅读栩栩如生的彩塑……

夜幕降临，游客散尽，她又常常沐浴着夜风，在洞窟前静思怀古，感叹神秘的洞窟、壁画、彩塑等人类创造的奇迹，感慨流传下来的曲折美丽的故事。

是的，早在千年前，敦煌便已成为名副其实的国际大都会，货物往来，客商云集，直到 14 世纪，这里一直是希腊与罗马、波斯与中东、印度与中国文化相互融合的集散地，这里融汇并沉淀了东西方文化艺术的瑰宝。更重要的是，莫高窟的文物都是真品，大多有确切的时间记录。而其他地方的文物，则几乎毁损得所剩无几。

这一周短暂的时光，敦煌的美丽深深地烙印进了倪密的心里。

千年孤寂，独自馥郁，敦煌艺术，越世沧桑，华彩与品质并重。

曼妙婆娑的舞姿，散逸扣动灵魂的诗意；佛经故事，山川景物，亭台楼阁，山水花卉……微婉之情，洒落之韵，无不令人意惹情牵。

那之后，倪密便刻意研究起敦煌艺术来。当然，她也为敦煌文物的风化程度在渐渐加剧而揪心。

“真是难得你对中国文物、对敦煌艺术有着这样一片挚爱之心！”

樊锦诗说，敦煌壁画以及彩塑等文物因为建成年代久远，不同程度地出现了空鼓、起甲、疱疹、酥碱、霉变等现象，为此，她一直殚精竭虑地想着法子来保护敦煌文物。

倪密微笑着说：“我此次来中国之前，本想以一个普通外国旅游者的身份到敦煌旧地重游的，但想到敦煌文物的风化程度在加剧，我便打消了先前的主意，而是想为保护敦煌文物尽一份微薄之力，到欧美为之筹措资金，因而才惊动了敦煌研究院，才惊动了您。”

倪密的话让樊锦诗很感动。

倪密又说，她对中国文化和中国文物的喜欢已经深入骨髓：“且不说为保护敦煌文物我愿竭尽全力，也许你不相信，有时候，为了能成功将中国文物借展西雅图，我甚至愿意花费几年心血来争取！”

倪密对樊锦诗讲述了她与四川三星堆文物的缘分，以及促成三星堆文物到西雅图艺术博物馆展览的事，她还曾花去5年漫长的时间经历甘苦热爱的旅程。

倪密与三星堆文物的故事，让樊锦诗感慨连连，由衷赞叹。

“壁画不同于青铜器，不然，我一定会支持您在美国办敦煌壁画展。”

樊锦诗的话令倪密很感动。她说2009年，她卸任了西雅图艺术博物馆馆长。退休前，她频繁往来于中国和美国之间，积极推动中国文物赴美交流展览；她在对三星堆文物和中国古陶瓷进行研究的同时，由于对敦煌文物的狂热喜欢，还将自己很大一部分精力用在了对敦煌文物的研究上，也发表了一些研究论文，并希望能在美国和敦煌之间搭建起一座合作的桥梁。

不仅如此，2010年10月，她还与一帮志同道合的朋友成立了美国敦煌基金会，并被推举为主席。而美国敦煌基金会的成员们除了对敦煌艺术进行研究以外，还有一个重要职能是保护敦煌文物，为之筹措资金。

从中国回到美国以后，收获满满的倪密觉得，仅是自己研究敦煌文化对中国文化的推广还远远不够，她觉得还应该举办相关的讲座，以将自己的研究成果向美国民众进行宣传。

她的想法得到了美国敦煌基金会同仁的高度赞扬和积极支持，于是2011年7月2日下午，在美国纽约，一个名叫“千古遗珍——敦煌佛窟”的讲座便在该市哥伦比亚大学商学院举行，主讲人便是她，讲座的核心内容是中国敦煌壁画和彩塑的艺术造诣和文物价值。

这个讲座由美国华美人文学会举办，哥伦比亚大学商学院大中华协会和哥伦比亚大学中国学生学者联谊会协办，数百位来自纽约地区的听众到场聆听了讲座。

在当天下午两个多小时的演讲中，倪密以大量多媒体材料向听众讲解了敦煌的历史、壁画创作的精妙，以及这些文化遗产的保存和维护情况。

在讲座中，她也对敦煌文化述说了忧思，说近年来由于世界各地对这敦煌这一千年古迹感兴趣者越来越多，前往敦煌睹其“芳容”者也越来越多，这看似是好事，但也给维护人员的工作带来了很大的挑战。

她举例说，来自敦煌研究院的统计数据表明，仅莫高窟每年便要接待游客 50 多万人，已远远超出了洞窟的接待承载能力。

为了解决这个矛盾，倪密说，她将筹措资金帮助敦煌研究院修建“数字游客中心”，届时，游客便能在“数字游客中心”像看 3D 电影一样身临其境地了解莫高窟内的壁画和彩塑……

倪密在演讲后回答了听众的提问，并提供了敦煌管理机构中国敦煌研究院的官方网站、美国敦煌基金会以及英国敦煌国际项目组织等机构的网址和所保存的网上资料。

7

因为受倪密的影响和熏陶，比尔·盖茨父子也对中国文化和艺术有了浓厚的兴趣。

比尔·盖茨对中国人颇有好感，也许是爱屋及乌，后来他的微软公司里有着大量的华人软件工程师，他的法律顾问汤光宇也是华人。

在谈到妻子倪密时，比尔·盖茨的父亲老盖茨最为自豪的就是妻子是一位中国艺术研究专家，并时常以妻子曾经出版过中国古瓷研究方面的书与人津津乐道。

不仅如此，每当倪密到中国欣赏中国文物，或者参加中国文物方面的学术研讨会时，他都会与爱妻如影随形。

同样，软件大王比尔·盖茨也受母亲的影响，对文物和艺术品有着狂热的喜欢，其中也包括中国文物和中国艺术品。

在比尔·盖茨的豪宅内，有一座别具特色的图书馆，馆里挂着现实主义画家温斯洛·霍默的名作《迷失在大堤上》。那是比尔·盖茨在 1998 年花 3600 万美元买来的，这个价格是美国有史以来卖出的最高价油画。

除此以外，馆内还有柴尔德·哈萨姆的《花房》。那是盖茨以 2000 万美元的天价买来的。

在走廊内挂的另一幅名叫《马球人群》的画，作者是乔治·贝洛斯。这幅画是比尔·盖茨以一个匿名者的身份，花 2750 万美元从索斯比拍卖会拍来的。

在比尔·盖茨家中还有很多其他著名的美国艺术作品，其中有威廉·蔡斯的《托儿所》，价值 1000 万美元；安德鲁·韦思的《远方的惊雷》，价值 700 万美元；以及用 3080 万美元购买的达·芬奇抄写并注释的一本科学杂志。

有意思的是，比尔·盖茨的这一爱好也直接影响了微软公司的其他创始人和高层管理者：微软公司的另一创始人保尔·艾伦，收集了印象派创始人莫奈、后印象派画家高更等人的作品；微软公司退休的总裁乔恩·谢利则收藏了抽象派先驱杰克逊·波洛克、抽象派表现主义大师马克·罗斯科等人的作品……

比尔·盖茨收藏艺术品与一般商人不同，他并非为了投资，而纯粹是个人爱好。但无疑，他的这个爱好或多或少是受到他那任西雅图艺术博物馆馆长的母亲的影响。

同样，比尔·盖茨对中国艺术也喜爱有加，自20世纪90年代初，他便开始收藏中国艺术品——1990年，当他参观了在美国西雅图举办的“叶永青作品展”后，便购买和收藏了在那次展览中展出的油画作品《鸟》。

不仅如此，在比尔·盖茨的豪宅里，更是摆放着大量的中国古瓷器、玉器。而这些宝贝都是他花不菲价格买来的。

热爱是最美的力量，也是最大的快乐。

在母亲咪咪·盖茨传播中国文化、中国艺术方面，比尔·盖茨也总是予以锦上添花的支持与帮助。

狂热地喜欢中国文化艺术的倪密牢记着季羡林先生的一句话：敦煌是中国的，敦煌学是世界的。敦煌是独一无二的文化遗产，也是全人类的财富……因而，她一直矢志不渝地号召美国人一起来保护敦煌。

就在2011年7月2日下午，倪密在美国纽约哥伦比亚大学商学院举办了那个名叫“千古遗珍——敦煌佛窟”的讲座以后，对敦煌文物无比喜欢的她，又突发奇想：要是能把敦煌石窟也像三星堆文物那样弄到美国展出一下，该多好呀！

因为敦煌壁画相比于长城和兵马俑来说，其文化艺术内涵要深厚得多，但名气却没有长城及兵马俑大。

可是石窟不能移动，它存在的本身是一座山。该怎么办呢？

琢磨了好些天后，她豁然开朗：自己不是愚公，没有能力移山，但撼山难，撼人易呀！无法移动石窟，我可以克隆石窟！

她有了一个大胆的想法：把莫高窟“克隆”到美国展览！因为要体会敦煌之美，必须站在洞窟中欣赏，其感受才是最真切的，也才能收获震撼人心的艺术体验。

因而，她决定按照 1 ∶ 1 的比例克隆 3 个真实尺寸的手绘石窟，向美国观众展览。

她的想法得到了朋友们的赞同。

这个想法大胆，工程量也无比浩繁。

为了将理想变为现实，倪密不顾自己年过七旬的老迈身体，在敦煌研究院的指导及配合之下，借助自己任主席的敦煌基金会这个平台，与早在 1988 年就与敦煌研究院建立联系，并在文物保护方面取得一定成绩的美国盖蒂保护研究所一起，克服距离遥远、文化和语言差异等种种困难，展开了跨洋合作。

仅仅是仿制的石窟、壁画、雕像能吸引美国观众吗？

也许能，也许不能。

为了届时能吸引更多美国观众观展，倪密决定令克隆石窟虚实结合——向英国、法国、俄罗斯等国租借流落他乡的敦煌文物，让其在美国重聚，竞展芳华。

显然，这个想法近似天方夜谭：流落在世界各大博物馆的敦煌绘画、刺绣、古籍善本等文物，无异于各大博物馆的镇馆之宝，他们肯租借吗？他们不担心在租展的过程中出现什么闪失？如果出现闪失谁能负责？

不过，倪密是何许人也？她的魅力可是世界性的！因而她的请求发出以后，很快便得到了大英博物馆、大英图书馆、法国国家图书馆等的响应，同意出借共43件敦煌文物精品支持她的宏愿，这些敦煌文物中甚至还包括全世界最古老的完整印刷书籍——公元868年的《金刚经》。

有了敦煌文物的实物，倪密的信心大增。与满世界“借”文物的难度相比，复制敦煌石窟的工作也同样艰难且是开创性的：

为建造3座复制石窟，美国盖蒂中心广场第一次增建临时建筑体。

盖蒂中心位于美国加利福尼亚州洛杉矶，是保罗·盖蒂博物馆、盖蒂保护研究所和盖蒂基金会所在地。建筑耗资13亿美元，1997年12月16日向公众开放。

盖蒂中心是俯瞰洛杉矶的绝佳地点之一，游客可乘坐免费的缆车从山脚的停车场到达山顶的盖蒂中心。

盖蒂中心收藏有20世纪前的欧洲绘画、素描、手稿、雕塑和装饰艺术品以及19、20世纪的美洲、欧洲和亚洲的摄影作品。

为完美呈现敦煌艺术，手绘复制石窟必须精益求精，尽可能地以原窟原貌形式呈现，为了使复制的石窟具有与真石窟相同的时光气息，倪密与朋友们甚至连制作基料的泥土都是从敦煌附近的河床上“挖”来的。

2016年春，耗资300万美元、历时5年的敦煌石窟复制工程终于完成了，其视觉效果与真实洞窟如出一辙，令人惊叹。

2016 年 5 月 7 日，由中国敦煌研究院、美国盖蒂保护研究所和敦煌基金会联合主办的“敦煌莫高窟：中国丝绸之路上的佛教艺术展”，也在盖蒂中心顺利开幕。

这个展览古今交融，虚实结合，精美别致，既浓缩了敦煌艺术的精华，展出了 3 座莫高窟实体复制洞窟、1 座由比尔·盖茨微软公司指导制作而成的 3D 技术虚拟洞窟，以及向其他博物馆借展的 43 件敦煌藏经洞出土文物。

本来，展前还有不少人质疑复制的东西是否会吸引人参观，开展后的效果却大大地超过预期：展览不仅吸引了 20 余万观众，而且好评如潮，绝叹纷纷。

敦煌艺术是了解中国文化的窗口，展览让很多美国观众第一次认识了这个神秘的东方艺术圣地，也让他们亲身感受到中国历史的深邃悠长、丰富优美。

这些年里，倪密在美国注册成立的，旨在保护敦煌石窟、促进公众了解敦煌艺术的敦煌基金会，先后筹集到捐款近 600 万美元。

鉴于她对保护敦煌文化做出的突出贡献，2016 年 9 月 7 日，甘肃省人民政府授予了她“敦煌奖”荣誉称号。

文化既是民族的灵魂和心灵家园，也是打开心灵门户、化解误会、增进理解的桥梁。

美美与共，天下大同。

从青葱的少女时代在斯坦福大学《亚洲艺术史》的课本上与中国艺术结缘开始，岁月更迭，始终不改倪密根植灵魂的对中国文化艺术的衷情，她大半生都致力于中国文化在世界艺术领域的传播，尤其是向美国的传播，功堪大焉。因而2017年9月，她又获得外国专家在华的最高荣誉——由国务院授权国家外国专家局颁发的“中国政府友谊奖”。

如今世界，经济繁荣，文化萎顿，但耄耋之年的倪密情深如昨，不仅依然保持着一颗毫不褪色的鲜活的中国心，而且对中国文化、对中国艺术的爱，还愈发灼灼，真是令人铭感五内。

灵芝姑娘

美好的容颜总是在这里，热爱与温暖总是那么拥挤。

成都是这么好，四川是这么好，中国是这么好……

华灯闪烁，绚烂翻飞。

一台年复一年、大同小异的文艺晚会正在成都锦江大礼堂举行，台上演员起劲地表演，但观众们如啃鸡肋，兴致寥落。

一个节目表演完毕，观众的掌声稀稀拉拉。还有的人索性站了起来，向礼堂外走去。

主持人手捏一张小纸片，照本宣科似的读着串词，没有离开的观众倦怠却礼貌地期待着下一个节目。

“川剧是四川文化的精粹，下一个节目广大观众将欣赏到经典川剧《白蛇传》选段《水漫金山》，虽是保留剧目，却有别样的精彩……”

唉，不就是川剧吗？这就跟一首流行歌曲一样，曲调都是定了的，能有怎样的精彩呢？台下的观众觉得主持人的话有点夸张，有的甚至为此而窃窃私语。

正在这时，舞台后面却斜刺里走出一位俊俏的洋姑娘来，她走的台步一板一眼，眉眼顾盼传情，令台下观众吃惊不已，也顿时来了精神。

主持人佯装奇怪："你来干什么？"

"我是来表演川剧的。"

"你会表演川剧？"主持人将信将疑，"那你表演什么内容？"

洋姑娘骄傲地说："我表演《水漫金山》里的鲢巴郎……"

那位姑娘说完就像模像样地表演起来，她的一招一式都令台下观众赞叹不绝。

1

有一个古老的国家，有一处遥远的风景。

它神秘、内敛，它在光明的上游，在心愿的顶端。

这是一位名叫白灵芝（Liza Bielby）的洋女孩心中向往的美好。

白灵芝1980年出生于美国密歇根州苏必利尔湖畔一个名叫马维菲的很特别的小镇上，父亲比尔是修理办公设备的技师，母亲卡露是护士。

马维菲在苏必利尔湖的一个半岛上，很偏僻，全镇只有2000多人，而且冬天特别长。

虽若世外桃源，但马维菲的文化生活却很单调，破旧的电影院里很难上映一部新电影。

为了寻开心，人们常常自编一些节目，自娱自乐，以聊度闲暇时光。这也渐成该岛的一个文化传统，生活的一个基因成分，沉寂人生的一种润滑剂。

颇有表演天赋的白灵芝从小就在街坊邻居编写的剧目中扮演一些角色，她的即兴表演总是很出彩，常常赢得人们的掌声。

因为这个原因，她深深地爱上了表演艺术，并决定将自己的一生奉献给演艺事业。

1999 年，中学毕业以后，白灵芝考入了梦寐以求的密歇根州卡拉马祖学院（Kalamazoo College）艺术系，攻读人类生态学和戏剧学。进校以后，一个偶然的原因，使她对神秘的中国产生了浓厚的兴趣。

她的老师爱德门塔（Edmenta）是世界著名剧作家布莱希特（Brecht）的崇拜者，他对布莱希特的许多戏剧作品充满兴趣，其中尤其推崇的是一部名为《四川好人》的戏剧作品，他特地将其翻译成英语，并于 1999 年 5 月组织学生排演了这部戏。

布莱希特曾经对中国传统文化有着浓厚的兴趣，对现代中国革命十分关注，写出一批从中国历史和现实中移植而来又被赋予深刻含意的作品，尤其是《四川好人》更是成为经典。

《四川好人》是布莱希特写的一部譬喻剧，剧中虚构了 3 个神仙下凡寻找“好人”，结果找到一个贫苦的底层妇女沈黛，并给她一笔银圆开了家店铺。沈黛的乐善好施很快导致了经营的困难。她受别人启发戴上了一副面具，化装成“表哥”隋大来剥削别人，又把得到的钱接济穷人。最后真相大白，作恶多端的隋大和沈黛原本是同一个人。布莱希特以此写出了两重人性，在他的笔下，从来就没有完人，往往都是天使和魔鬼共栖一身。

这部话剧有 20 多人参加演出，演出人员中既有老师，也有学生。白灵芝是爱德门塔的得意门生之一，而且长着一副东方人的面孔，因而爱德门塔特意让白灵芝在剧中扮演三位神仙之一的东方神仙以及女主人公沈黛。

这部话剧受到了观众极大的好评。在同样的舞台灯光照射下，反射的光芒却大不一样。别的演员如同一个影子飘过，漂亮的白灵芝却光环灼灼，一夜之间成了校园名人，成了师生们追捧的偶像。

那段时间，校园里师生们议论最多的就是《四川好人》及《四川好人》的演出人员，剧情故事、舞台细节等也不断被热议。

但白灵芝在被人们夸赞的同时，却在想一些奇怪而又神秘的问题：

为什么布莱希特写的剧本要以中国的四川为背景？

四川是不是出好人的地方？

现实生活中的四川人都是什么样的……

这一个又一个问题困扰着她，让她对四川生出少女怀春般的许多向往来。

从此，四川如同一片风光绮丽的海洋，而她的心，却是海洋上的一只航行的船。

有一天，白灵芝得知一个名叫丽荷玛（Rehema）的邻家姐姐从中国留学回到美国，便急忙跑去向丽荷玛了解一些关于中国的情况。

阳光和美好从丽荷玛的话语里升腾而出，白灵芝的心里渐渐清晰了一个美丽的桃源。

而那之前，中国在白灵芝的心中，犹若浩瀚神秘的星空，因为神秘而令她生发无穷想象。

在听了丽荷玛眉飞色舞的关于中国的一些介绍之后，心里热浪翻滚的白灵芝又向其打听起与四川有关的事情来。

“我从布莱希特的名剧中知道了四川，因而这辈子我很想去四川旅游一下，亲身感受一下现实生活中的四川，看其到底是怎么样的一个地方。”

“我在中国留学时，就是生活在四川的呀。我在中国生活的那座城市叫成都，是四川的省会城市。”

“四川好吗？是否如《四川好人》中所描绘的那般，是神仙眷顾的地方？”

“四川是个美丽的地方，谁去谁都会爱上它。”

“真的吗？四川美在哪儿呢？能说说吗？”

“四川呀，至少有五美：文美、人美、景美、食美、酒美。”

“那我一定要到四川去旅游一下。”

“你为什么要到四川去旅游呢？四川是个非常好的地方，你喜欢四川可以到四川去生活呀！比如读书，或者工作！”

听丽荷玛这么一说，白灵芝豁然开朗：“太好了！那我就到四川去工作和生活好了。”

丽荷玛说：“那当然也不会那么容易。”

白灵芝心里既奇怪又紧张：“为什么？”

看到白灵芝狐疑的样子，丽荷玛解释说："你连汉语都不会，怎么能听懂四川方言？你要真想在四川生活的话，还得先到中国北京去学习标准的普通话才行！"

白灵芝觉得很有道理。因为不要说到四川去工作和生活了，就是到四川去学习也不是一件容易的事情呀。

2

白灵芝所在的卡拉马祖学院规定，大学生读到大三时，必须到国外去实践一年。这虽然是一个传统，但兴奋与爱也在这一刻轰然怒放——渴望了解中国、了解四川的白灵芝，毅然选择了中国作为自己参加社会实践的地方。

2000 年 8 月，在一家美国公司的支持之下，白灵芝终于踏上了去中国的旅程，跨进了北京教育学院的大门，学起了汉语。

在北京教育学院学习期间，白灵芝对中国历史、地理、文学、哲学等内容产生了浓厚兴趣。走进这文化葳蕤的地方，她顿然觉得自己是那么荒凉。

一座又一座的山峰矗立，或者叠加在眼前，组成令人景仰的高度，她由衷膜拜、叹服。

在这些山峰、高峰中，她尤其喜欢老子、庄子哲学。

甚至，她曾因梦见自己是一只蝴蝶而认为与庄子有缘。

白灵芝被中国传统文化深深地吸引住了。这是高山流水的美丽，也是打动心灵的惊讶。在这些美丽和惊讶面前，她觉得自己是那么空荡和虚无。

当然，她也没忘了她对四川深情的牵挂，以及见识一下四川好人、见识一下四川风土人情的渴望。

2001 年 7 月，她听说丽荷玛正在四川绵阳市搞一个环保项目，于是心生一计，缠着与她从小玩到大的丽荷玛，要求一起参加那个环保项目，并且以戏剧的形式宣传环保。

她说她觉得搞环保比自己一个人天涯海角地去中国的风景名胜旅游要有意义得多。

这是拐弯抹角的请求，也是直接明了的表达。

魂牵梦绕的四川情结，不仅让她认为用戏剧来宣传环保这种形式很新颖，同时也是给愿望装上引擎。

丽荷玛同意了她的参与，也采纳了她的提议，还将自己的环保项目与她的戏剧爱好结合起来，在绵阳市南山中学搞了一个免费的为期三周时间的“南山中学环保戏剧夏令营”。

这个夏令营吸引了 26 位结束高二学业，即将升入高三的学生参加。

这个夏令营有别于其他形式的夏令营，白灵芝和丽荷玛用英语与学生们交流，向他们宣传环保，介绍西方戏剧，并要求每个学生将戏剧与环保融合在一起，自编自演。

在与学生们一起进行社会调查的过程中，白灵芝惊奇地发现，在绵阳城里一些很原始而简朴的茶馆里，几乎天天都在上演着一种很好看的戏剧，那些唱戏的人画着脸谱，咿咿呀呀地唱着，而且还有拙朴纯粹、毫无重金属的配乐，演员的表演真实细腻、幽默风趣。戏剧表演过程中还有托举、开慧眼、变脸、钻火圈、藏刀等绝技……令她叹为观止。

而在观众席上，却几乎坐着清一色的老年人，他们认真地看着戏，随剧情的发展而不时长吁短叹，或者连声说好。

在这些老人面前，时间仿佛停滞，烦恼仿佛远离，而欢乐却在不停地叠加。

这是一种什么戏？

为什么这么好看的戏有那么多的老年人喜欢看，却没有年轻人喜欢看？

为什么唱这种戏的人和看这种戏的人都是那么高兴？

演员们的每一个微妙的面部表情和手势都代表些什么意思？

对戏剧有着极强敏感性的白灵芝惊叹之余也困惑不已。

对答案的渴望如此焦灼。

通过向学生们了解，她才知道这种戏名叫川剧，是一种历史悠久的、在四川土生土长的传统戏剧。

更令她意想不到的是，她还从学生们的口中得知，在川剧剧目中，居然也有德国剧作家布莱希特的名作《四川好人》。

在接下来的日子里，她的主要精力都用在了观看和揣摩川剧上了，她还与那些形形色色的观众接触，以期能够破解这迷人的戏剧中许多未解之谜。

然而，犹如一朵又一朵飘忽的云，十多天下来，她却发现，川剧自身所具有的无穷魅力并不是一朝一夕就能了解得透的，原来希望破解的谜就如天穹的云，行行停停，各自仙逸。

虽然那段时间她也有所收获，写了一篇名为《迷人川剧与社会交流》的论文，且在自己母校的校报上发表了。不过，这篇论文无异于新闻表面的书写，而川剧所蕴含的时间与空间深处的秘密，她却懵然无知。

那个让她有意外收获的夏令营转眼就过去了。

在即将离开四川回北京之时，白灵芝发现，她不仅对四川依依不舍，而且也深深地喜欢上了在四川土生土长，秀峰峭立又如行云流水的川剧。

看她对川剧如此割舍不下，在她就要回北京之际，丽荷玛的一个朋友特地带她到了四川省川剧院看了一出正在排练的川剧。她没想到那出川剧正好是根据德国剧作家布莱希特的名剧《四川好人》改编而成的《好女人，坏女人》。

在这部戏中，编剧将布莱希特的原剧情节进行了充分发挥，使原作以另一种艺术丰姿传演到了新的世纪：三位神仙变成外星人来到地球，再以乞丐身份微服暗访；平素鱼肉乡里、调戏妇女的“四川袍哥”苏福，先变成四川好人沈黛慈善商店里的管事，再变成以清白自诩的贪官，拜倒在石榴裙下，最终原形毕露；沈黛原是一位被侮辱、被损害的底层妇女，后来变成绰号“黑桃皇后”的白领丽人，她时而是铁索桥上见义勇为的纯情靓女，时而是颐指气使的洋场阔少；飞行员出身的杨荪，因为股市败北而要在都江堰跳江自杀；沈黛又以自己表哥隋达的身份当上包工头，搞了一个“豆腐渣”工程，受到良心的谴责和法律的制裁……

在《四川好人》的故乡，看到“四川好人”排练自己也曾经演过的《四川好人》，白灵芝激动不已。她发现，即使是排练，四川省川剧院的那些演员们也表演得特别认真，一招一式毫不含糊。同时，演员们的艺术造诣很高，有很好的基本功，仅是空翻就令人眼花缭乱。川剧虽名为川剧，却是一种博大精深的戏，川剧看上去既传统，又现代，既闪耀着中国璀璨夺目的古代文明，又散发着西方时尚的舞台艺术魅力。

也就从那一刻起，她强烈地产生出了一定要学川剧的想法。她决定尽快回北京，办妥在北京教育学院的相关手续后，就到四川来学习川剧。

3

热爱，就是最好的理由。

渴望，也无须宏大的叙事。

2001 年 9 月，当又一个新学期到来的时候，白灵芝义无反顾地向北京教育学院留学生处提出了退学要求。

毫无预兆的选择，令留学生处的老师很奇怪："你的留学计划还没有结束，为什么不继续下去了呢？"

"因为我要学川剧。"平静，且平静得若无其事的白灵芝说，"我学汉语的目的也是为了更好地学习中国的优秀艺术和文化。"

然而当她主动地拦腰斩断在北京教育学院的求学道路之后，又有些茫然了：她为了追求兴趣的高度而退了学，朝着顺遂自己心愿的方向前行，先前给她提供学费的那家美国公司却不理解，也没有雅兴理解她的选择，因而断然停止了对她的继续资助。太鲜艳太另类的确是风景，但却不是那家公司的风景，在他们死板的资助原则里，用于资助学汉语的钱，绝不允许被资助人用于其他方面。

到了成都之后，白灵芝的心却又如同穿越沙漠般地无助。她心中毫无把握能否有机会学习川剧。在孤立无援的她面前，在现实的此岸与梦想的彼岸之间，横亘着一条不可预知宽度与深度的鸿沟。

到什么地方去学川剧?

是向川剧演员学，还是到川剧团学?

或者到其他什么地方去学?

他们会将自己的川剧艺术轻易传授出来吗?

诸如此类的问题让她装着强烈愿望的心未免惶然。

除了这些以外，随着时日的推移，她身上的钱也越来越少。

而她的花费却比过去要大得多。

因为在北京教育学院时，她住的房子是只象征性地收了一点房租的学校留学生宿舍；但在成都她要栖身就得花很大一笔租金租房子。由于没有多的钱租房子，她只得暂住于丽荷玛租来的房子里。

刚到成都的日子里，虽然她面前困难重重，但她渴望学习川剧的初衷却一点也没改变。

纵然愿望的实现过程几乎等同于劫数的累积。

那段时间她考虑得最多的不是自己兜里越来越少的钞票，也不是如何出去打工挣钱，而是另外两件事：如何向美国的一些助学基金会申请自己学习川剧的助学金；如何与川剧艺术界的老师们取得联系，并向他们拜师学艺。

听说白灵芝为寻找学习川剧的资金而煞费苦心，她大学的恩师爱德门塔告诉她说，美国富特兰克助学基金会可能向学习国外艺术的本国大学生提供那样一笔资金。

苦情追求有了意外的惊喜，白灵芝兴奋不已。

她连忙向那个基金会写了申请，请求基金会支持自己研究川剧在21世纪的发展。

向富特兰克基金会递交助学金申请书之后，她就开始寻找川剧名师拜师学艺了。

那段时间她分别找了很多地方，因为自己汉语口语能力不强，她向很多人打听过如何才能学到川剧的问题，但却一直没能如愿——人们不明白她那英语和汉语交织在一起的话讲的是什么意思，以为她想看川剧。

在一些好心人的指点之下，她也到一些茶馆去看过几场川剧，但当她向那些唱川剧的人提出希望他们收自己为徒之时，都被婉拒了。理由是他们唱川剧只是玩玩，唱得并不好，也不知道该如何教一个洋弟子。

那段时间她一心掰为几瓣，每天除了寻找川剧艺术家拜师学艺以外，也四处去找工作、找房子。

找工作的目的是自己成为川剧梨园弟子之后，可以一边打工一边学习川剧和做研究；找房子则是为了栖身，因为在丽荷玛家寄住并非长久之计。再说每个人都有自己的爱情与私密空间，她不能影响丽荷玛的生活。

就这样忙忙碌碌，一个又一个白天和黑夜。

矢志不渝地前进，终于看到了地平线。

十多天后，她终于等来了第一个好消息——美国富特兰克艺术基金会通过电子邮件的方式告诉她说，她的申请已经通过基金会的评审，基金会同意支持她在四川从事关于川剧21世纪的发展的课题研究。

天空不再阴郁，但心事依然沉重。

没有接到富特兰克基金会助学金资助通知时，白灵芝盼望着基金会能早些通知她；可一旦接到通知，她却更加犯难了：万一川剧名师们不愿意将川剧艺术传授给自己，没人收自己为徒该怎么办?

但她不相信自己的愿望是永无更改的劫数。

很巧的是，2001 年 9 月 23 日晚上 9 点多的时候，她与朋友刚从成都九眼桥学府大厦一位朋友家中出来，就看到有四五个漂亮女孩子身上穿的衣服胸前有着两排醒目的字："四川省艺术学校""四川省川剧学校"。

当白灵芝看到第二排字的时候，眼前一亮：原来成都还有这样一所学校啊!

她连忙上前打听女孩胸前那两所学校之间有什么样的关系。

一问才知，原来四川省艺术学校就是四川省川剧学校，四川省艺术学校是四川省川剧学校的新校名。真是太好了!

"我想去看看你们的学校，可以吗？"

"没问题呀！你跟着我们走就行了！"

跟着那几个漂亮女孩到四川省川剧学校以后，白灵芝抑制不住激动的心情，她没想到这所规模看上去小小的学校却培养了那么多川剧艺术人才，心中的崇敬感也由此倍增。

她真想看一看那些艺术家们的老师是什么样的，也希望自己能尽快成为他们的学生。

但近在咫尺的心愿却被星期天阻隔。而且那天她到学校之后已过了深夜11点，因而她一个老师也没找到。

“明天上午你找表演科的杨兰华老师吧，要学川剧必须经过表演科同意才行！”看她很着急，带她到川剧学校来的那几个女孩对她说。

着急也没用。

因为好事多磨。

那个晚上白灵芝一夜未眠。

她不知道自己第二天去面见杨兰华时会是怎样的情景，她会同意接收自己成为川剧学校的学生吗？

如果愿意接收自己，学校会以怎样的方式来对自己进行入学考试呢？考什么内容？是笔试，还是表演？

万一川剧学校不接收自己为学生又该怎么办？美国艺术研究会的那笔助学金又该如何安排？

第二天，天色熹微，她便起了床，然后踏着晨光早早地来到四川省川剧学校，怀着忐忑的心情如愿见到了表演科的杨兰华老师。

杨兰华听了她的想法之后，很感动：“你将自己的情况写个书面材料交给我吧，以便我向校长介绍你的情况，因为这件事还得学校研究之后才能定下来。”

没有直接拒绝，就表明希望存在。

白灵芝很高兴。

一周之后，她将介绍自己的书面材料交给了杨兰华。

四川省川剧学校的领导在对她的情况进行研究之后，通过了她希望成为该校学生的申请，并将她安排到攀枝花川剧班里跟班学习。

就这样，白灵芝终于成了一名学习川剧的“留学生”。

4

曾经学过芭蕾、舞蹈、即兴表演、话剧表演等艺术的白灵芝有着很好的艺术功底，但自从进入四川省川剧学校以后，她却发现自己要成为一个合格的川剧梨园弟子却并非易事。

虽难，她却也很开心。因为她感觉这必然会成为自己人生重彩的一段经历。

因为川剧是一个璀璨又奇异的剧种，几乎集芭蕾、舞蹈、即兴表演，甚至魔术等艺术精华于一体，是中国戏曲中十分罕见的以昆、高、胡、弹、灯五种声腔为一体而构成的剧种。

除此以外，川剧的剧目也十分丰富，有“唐三千，宋八百，数不完的三列国”之说。剧目之多，仅四川省川剧研究所就收藏有 2000 余种。常见于舞台的剧目达数百种之多。

川剧唱、念、做、打齐全，妙语连珠，诙谐幽默，器乐帮腔烘托，“变脸”“喷火”“水袖”独树一帜，再加上写意的程式化动作，蕴含着无尽的妙味。尤其是变脸，令观众看过之后无不惊叹。

变脸是揭示剧中人物内心思想感情变化的一种浪漫主义手法，这种手法把不可见、不可感的抽象的东西变成可见、可感的具体的东西……

知道川剧的艺术“根底”之后，白灵芝更加迷恋川剧了。

为了学好川剧，她常常累得腰酸腿痛，练过芭蕾的灵巧的脚也常常在练川剧基本功时被磨出一个又一个血泡。

但，就如同一株睡莲，在绽放之前，她愿意被水一样的时间包围。

累，亦无怨无悔。

苦，仍有滋有味。

有意思的是，自从白灵芝成为川剧梨园弟子之后，她的好运也如影随形。

2003 年 9 月 19 日，“四川省青少年戏曲表演大奖赛”举行，经过 3 天紧张的决赛角逐，四川省川剧院的朱少华等 8 名选手摘得一等奖。

带着川剧折子戏《新人间好》，白灵芝也参加了比赛，她不仅成了第一位参加川剧比赛的外国人，而且幸运的是，她娴熟的指法、摇曳多姿的身段，令在场的川剧专家都啧啧称赞。由此，她一路过关斩将，从 128 名参赛选手中脱颖而出，入围决赛并荣获了特别奖。

获奖的那一刻，她深深地感受到了当初毅然决然坚定追随钟爱的选择是正确的。

那一刻，她的情感是那么丰盈，内心是那么欢愉。

2003 年 12 月 10 日，她与几位朋友一道在成都一家火锅店里吃火锅的时候，火锅大厅舞台上正在上演一出川剧，因为这出川剧刚好是白灵芝学过的《白蛇传》中的一个折子戏，看得兴起之时，她竟忘了吃饭，而忘情地跟着台上的川剧演员一唱一和地唱起川剧来。

很巧的是，她忘情地唱着地道的川剧的情景引起了邻桌一位男子的注意，当台上的川剧节目表演结束之时，他主动地走到白灵芝面前，跟她攀谈起来：

“小姐，你是外国友人，怎么川剧唱得这么好？”

“我是四川省川剧学校的学生嘛，川剧学校好，我当然唱得好啦！所谓师高弟子强！”

“我看你相貌出众，气质不错，除了能唱好川剧之外，做节目主持人也一定很不错。”

“做节目主持人？我没想过！因为川剧里面没有节目主持人的角色，我的川剧老师也没有教过我。”

“我是认真的，我真的觉得你会是一个不错的节目主持人！”

原来，这个男子名叫原始，是某著名文化传播公司的老总，当时正在代理美国好莱坞电影原声音乐演奏会在中国的演出业务。因为音乐演奏会档次很高，对主持人的要求也高，主持人必须能用标准的中英文双语进行主持，而且除了主持节目之外还得充当翻译。

虽然男主持人已经选定了著名译配家童自荣，但女主持人却一直没有定下来，他正为这事而发愁呢，谁知踏破铁鞋无觅处，得来全不费功夫，他在成都吃火锅时偶遇了白灵芝。

听了原始的自我介绍之后，白灵芝高兴不已。

但是，她既担心自己不能胜任原始费尽周折也没有找到的要求很高的主持人的角色，也担心自己在当主持人的同时会影响川剧学习。

学校的老师得知她被星探看中之后，非常支持她。于是从2002年12月22日开始，她分别在成都市锦江大礼堂和北京人民大会堂与著名译配家童自荣一起主持了好莱坞电影原声演奏会，她流利的中英文口语和俏丽出众的外形使她在乐队指挥和观众之间架起了一座心灵的桥梁，她出色的主持水平和别具一格的主持风格也赢得了观众的一致好评。

与童自荣成功地主持了美国好莱坞电影原声演奏会后，不少电视台的专题节目制片人或导演纷纷找到她，邀请她加盟自己的电视节目组，成为电视台的主持人。

因为川剧才是自己的最爱，权衡再三后，她接受了四川电视台第 8 套中英文双语节目《交流》的邀请，成了该节目的主持人。

2004 年 2 月，她又以《白鳝观景》拿下全国戏曲戏剧比赛西南片区的特别奖。

如同芝麻开花，2004 年 7 月，白灵芝还与众多川剧表演名家合作，在魏明伦编剧、田蔓莎导演、刘萍主演的川剧交响音乐会《中国公主杜兰朵》中本色演出，用英语为观众讲述整个故事。

在白灵芝学习川剧之时，已经 20 多岁的她跟班上一些只有十四五岁的同学在一起听课，刚开始时还有些不好意思，但没多久她便习惯了。

因为同学们都很喜欢她，总是帮助她，就像对待自己的亲姐姐一样。

刚进川剧学校的时候，她汉语水平不高，更听不懂四川话，同学们总是自己一边听课一边给她做翻译。

老师也很关心她，考虑到她的汉语听说能力较差，便任劳任怨地经常给她开小灶。

“滴水之恩，当涌泉相报”，到中国之后，白灵芝明白了这句中国古训的含义，虽然她的汉语水平不高，但英语说写能力却没的说，而英语又是川剧学校学生的基础课，因而在自习时间，她常常主动给同学们上英语口语课，以回报同学们对自己平常的关心和帮助。

除了上英文课以外，学校有时候还请她给同学们讲授一些其他艺术课，诸如“即兴表演的角色与地位”“芭蕾舞与川剧的艺术相同点”等，让同学们开眼界，也让同学们不囿于川剧的小圈子，学会洋为中用，兼收并蓄。

就这样，一段时间以后，白灵芝所在的攀枝花川剧班的同学们的英语水平都得到了大幅度的提高，在全校组织的几次英语统一考试中总能名列前茅。

自从学川剧之后，白灵芝在自己的朋友圈中，特别是从国外来中国求学的朋友圈中成了名人，每逢朋友的生日，或者在其他形式的晚会上，朋友们都会请她来上一段字正腔圆的川剧。

甚至美国驻成都总领事馆也是如此，如需文娱演出，都会考虑请她唱上一段川剧。

川剧，给白灵芝带来了幸福。她感觉仿佛天上的阳光落在了自己身上，令她原本比较暗淡的时间充满了光明，照亮了她未来的路。

川剧，也时常像煦风一样吹拂她的梦境，让她寥廓的人生有了春天般的芳菲和温暖。

2002 年至 2005 年，白灵芝在四川艺术职业学院（由四川艺术学校更名而来）学习川剧，2005 年毕业后，她返回美国继续深造并攻读硕士学位。

她对老师说，因为川剧太美了，因而她会将学习川剧、研究川剧、表演川剧、弘扬川剧作为自己终生不变的爱好。

5

美好的容颜总是在这里，热爱与温暖总是那么拥挤。

成都是这么好，四川是这么好，中国是这么好……

白灵芝深深地爱上了中国，爱上了四川，爱上了成都。

虽然2005年秋她必须回到美国继续自己的研究生学业，但依依不舍的除了情感之外，还有白灵芝学就的川剧中的唱念做打，尤其是肢体动作和虚拟表演的艺术表达，对她在研究生期间的学习有很大影响。

身在美国，心却归依中国文化。

之后，主修肢体表演的她，在毕业后创办了底特律腹地剧团（The Hinterlands），创作了 *There was Blood On the Saddle*（《舱命运》）、*Isaac Newton is Our DJ*（《艾萨克·牛顿是我们的DJ》）、*Breaking Bread 2010*（《分享面包2010》）等多部深受好评的戏剧作品，同时也向美国观众推广川剧以及中国文化。

身在美国，事业大成，但思念，却时常是白灵芝岁月深处的回忆。

2011年11月15日—12月3日，身为底特律腹地剧团团长的她，带着自己的剧团回到母校，和四川的戏剧团体之间进行了为期3周的文化交流活动，以探索如何将川剧传统的戏曲身段、节奏、唱腔、程式、基本功等融入美国的戏剧表演中。双方还一起合作实验，用美国传统的滑稽剧表演和川剧传统表演共同创造出一个新的戏剧作品。

为庆祝全球孔子学院建立十周年，2014 年 9 月，西南财经大学与美国纽约州立奥尔巴尼大学合建的孔子学院举行了成立以来最盛大的庆典活动，献礼“孔子学院日”。

2014 年 9 月 27 日晚，纽约州立奥尔巴尼大学艺术表演中心的剧场座无虚席，观众们正等待着庆祝“孔子学院日”川剧精品演出的锣鼓敲响。

晚上 7 点，川剧艺术家们以吹打乐《蜀韵》开场，接着《小茶倌》《柔术滚杯》《皮金滚灯》等精彩传统剧目轮番上演，让观众们掌声连连。

之后，一出名为《白鳝观景》的川剧上演，更是引发激越的喝彩。而此剧中扮演白鳝仙姑者，正是白灵芝。

表演结束后，白灵芝以一口流畅的四川话回忆当年学艺的艰辛与乐趣，令观众动容。

2014 年，当四川艺术职业学院艺术团赴美国演出之时，她又特意赶赴纽约州，用普通话、四川话、英语为现场观众主持节目，讲解川剧艺术的特色。

在巡演过程中，白灵芝再一次穿上戏服，上演了她曾经获过奖的《白鳝观景》。

时间过了 10 年，她依然能够很好地演出《秋江》《白鳝观景》，很是难得。

这，就是真爱，就是真爱的最美表现。

此间每隔几年，她都要重回四川一次。每次回还，她都会带一些艺术交流的项目，搭建川剧与西方文化交流的平台。

2016 年 10 月 18 日，白灵芝再次回到四川，回到母校，回到川剧文化对自己事业的洗礼之中。

更有意思的是，因为会演川剧，美国朋友都觉得白灵芝是一个很酷的人。甚至不少朋友想拜她为师，向她学习川剧表演。

能弘扬川剧艺术，这令白灵芝非常开心。毕竟艺术是没有国界的，也是沟通心灵的最佳且最直接的方式。但是白灵芝却婉言谢绝了朋友们跟着她学习川剧的好意。

她不是不愿意将自己身上的川剧“绝技”传授给朋友们，而是她不敢教。她心中的川剧岂止是一个动作、一个姿势、几句唱词那么简单？那真是太博大太精深的艺术了，所以她不敢轻易为师授业。

曾经，迢迢万里来到中国，来到四川，来到成都学习川剧表演艺术之时，白灵芝就对自己许下心愿，那便是将学习川剧、研究川剧、表演川剧、弘扬川剧作为自己终生不变的爱好，甚至事业。

因而不敢传授川剧表演艺术的她，却从另一个角度，以自己力所能及的方式传扬着川剧艺术——从 2009 年以来，她开始翻译川剧剧目和剧本。

川剧有很多非常有价值的剧目，像《白蛇传》《柳荫记》《文成公主》《五台会兄》等，在中国，甚至东南亚可谓家喻户晓。但是，很多美国人却只知道京剧而不知道川剧，这不能不说是一种遗憾。

当然，这个翻译工程是十分困难的，比翻译小说难多了。

原因是小说的用词用语往往直白，但川剧的台词却有很多成语和典故，意思非常深刻，每个字都需要解释，而且还有不少方言俚语。

好在，在翻译过程中，著名川剧编剧、国家一级编剧、享受国务院特殊津贴的徐棻给了她很多帮助，经常很耐心地为她讲解每个字的意思。

就这样，白灵芝先后翻译了《死水微澜》《马前泼水》《红梅记》等 6 部川剧的剧本。而且，翻译剧本的数量还在她的不懈努力之下不断递增。

白灵芝之所以挑战困难吃尽苦头却乐此不疲，是因为她有一个心愿，那便是多翻译几个剧目，然后结集出版，使川剧令美国以及西方世界更多的人知道，知道这四川文化的瑰宝、中国文化的瑰宝、东方文化的瑰宝。

任何场合，她都毫不掩饰自己爱四川，爱中国，爱中国文化。

因为，四川是她的风景，她则是四川的温柔。

白灵芝深深地知道，无论时光的季节如何轮转，都改变不了她对中国文化的由衷抒情。

鲜艳的爱恋

七月的川西高原，美丽异常。

蓝天白云，草木翠蔓，清幽的鸟鸣啁啾出宁静，格桑花也在明澈的阳光中开出了灿烂。

快乐的行星

妇孺皆知的天仙配故事并不完美，但在中国四川，却有一个完美版的天仙配故事……

七月的川西高原，美丽异常。

蓝天白云，草木翠蔓，清幽的鸟鸣啁啾出宁静，格桑花也在明澈的阳光中开出了灿烂。

随着一阵鞭炮响起，一对新人在四川省松潘县举行了一场具有藏族传统风格的特殊婚礼。

男主人公是位于海拔 4000 多米的高原山区——松潘县土生土长的青年唐雄，女主人公却是来自大洋彼岸英国的一位名叫安妮的洋新娘。

他们结婚的消息犹如长了翅膀，很快传开了，这无异于在宁静而古老的小城丢下了一枚重磅炸弹，人们在赞美、羡慕他们玫瑰般鲜艳的爱情的同时，也几乎不敢相信这会是真的：新娘子是来自异域的一位富翁的千金，而且还是国家级重点大学四川大学的教师，她怎么可能爱上一位小学都未毕业、普通得不能再普通的牧民呢？

是的，新郎新娘的爱情故事太富有传奇色彩了。

这是一个发生在20世纪末的爱情故事。

时间虽然过去了这么久，但是爱情的细节依然鲜活。

1

夜色朦胧，澎湃着一颗好感的心。

虽是盛夏，但八月的高原却有些许清冷。

在四川省松潘县城郊的一座通宵亮着灯的木屋内，一对男女用英语交谈着，彻夜不眠。而在木屋外面的走廊上，东倒西歪地坐着几个无精打采、心事重重的小伙子，有的已经歪倒在一边睡着了。

当第二天清晨，东方天边露出鱼肚白的时候，屋内的人终于结束了交谈。

夜晚的冷在晨晖中渐渐散去，人们身上洒上了一层金色的暖。

“我的天！”

走出木屋的金发碧眼的女子，发现了地上坐着或躺着的那几个脸上写满了困倦和茫然的年轻人时，不由得惊呆了，但她很快就明白了是怎么一回事，内心的自责与愧疚也随之尴尬地写在脸上。

“先生们，早上好！我现在真正认识‘筛糠’了，我认为这项运动还真不错！今后有机会我还会来尽情地享受一下它带给我的欢乐！”

听了金发女子的话，小伙子们像刚刚穿过夜色的格桑花，轻轻地舒了一口气，同时在阳光下受宠若惊地来了精神：“为了您这句话，我们等了整整一个晚上呀！”

伴随着这句话的，还有轻风中像青翠的植物拔节的笑声。

“你们可以回去休息了。”跟金发女子一道步出木屋的一位秀发飘逸的年轻人对这些小伙子说道。他的脸上写满疲倦，但是疲惫的脸上又挂着释然的笑容。这种笑容，在晃眼的晨曦里，像晒蔫的萝卜干，散发出阳光和甘甜的味道。

这到底是怎么回事？那位金发女子是谁？什么是“筛糠”？

要弄清楚这些问题，事情还得从头说起。

九寨沟是人间的天堂，而八月，是九寨沟的天堂。

当盛夏的烈日炙烤得大地近乎枯焦之时，九寨沟却凉风习习，如置空门世外。

除了宜人的温度，九寨沟的风景更是像画一样美，蓝天蓝蓝的，白云白白的，苍穹之下的绿，更是美得耀眼。还有澄碧的泉水，潺潺而欢快汇流；远方超凡脱俗的雪山，雾气缭绕，似仙家境界……置身这样的环境，心情就像歌谣飘荡。

而几欲与九寨沟醉人之景同样吸引人，可称兄道弟者，还有位于雪宝顶下、岷江河畔，一座古老的城，名叫松潘。

历史凹凸不平，像清幽的岷江水逶迤着远去了，但却在松潘留下了令人着迷的风景和文化。松潘，就像一部厚厚的线装书，记载着大地与自然、人文与风情的密码。

在如诗如画的环境里，一个由十多名外国人组成的旅游团，几天前来到九寨沟，他们在游玩了著名的九寨沟自然保护区后返回成都时，踏着八月下旬某天迷离的暮色，来到了松潘古城，决定第二天以骑马旅游的方式去感受松潘的神秘。

第二天，旅游团的成员在一家名为“美丽的旅途骑马旅游公司”员工的导游下，带上帐篷、食品及简单的日用品，跨上骏马，跃马扬鞭，开始了他们回归自然的旅程。

在为期三天的旅途中，他们看到了美丽的瀑布、凄美的冰山、活泼可爱的野生动物、浪漫的山花，享受了诱人甜蜜的野果滋味、咕咕冒气的温泉沐浴、宁静原始的奇绝山籁……

虽然游客与导游之间的国别不同、民族不同、习惯不同，但人是感情动物，当缘分像彩虹一样连接彼此之时，他们的心湖便泛起了波光。

在这短短的三天旅程中，这些来自异域的游客们除了欣赏风景、感受自然以外，也从导游的口中了解到与松潘历史文化有关的知识。

在此之前，松潘不过就是他们突然知道的一个陌生的地名，因而他们对松潘的认识是很片面的，知之甚少，只知道松潘是到九寨沟自然保护区、黄龙自然保护区旅游的必经之地，而且也是一个没有受到现代工业污染的保持着原始生态美的地方。

关于这些知识，他们是从一本由澳大利亚一家出版公司出版的名叫 ***Planet Lonely***（《孤独的行星》）的旅游书上了解到的，这本全彩色的书共有 900 多页。

当然，这本书也介绍了“美丽的旅途骑马旅游公司”。

现在身临其境地在松潘旅游，他们知道了松潘县位于四川省阿坝藏族羌族自治州内，这里因为贫穷僻远、资源匮乏而常常不被经济发达地区的人们所关注，但是所幸这里有着不被污染、不惹尘埃的优美的自然环境，对热爱旅游的人们来说，也是颇具吸引力的。事实上，随着去九寨沟和黄龙自然保护区游客数量的增加，松潘的旅游业也相应地发展了起来。

就在结束为期三天快乐的骑马旅游的时候，这些外国游客已与旅游公司的导游成了好朋友，尤其是在旅游归来所举行的联欢晚会上，他们更像相识多年的老朋友一样。

这台名为“友谊地久天长”的联欢晚会集古老与现代于一体。

在晚会上，游客们按照藏汉传统喝了米酒、吃了酥油茶、跳了锅庄舞、唱了山歌号子，随后又伴随着曲调优美的东西方经典音乐跳起了交谊舞。

这种场面真像举行联合国舞会一样，甚至比联合国舞会更轻松、更有诗意。因为彼此之间无须设防，也无心计。

晚会如火如荼地进行，欢乐填满了漆黑的夜空。

旅游公司的小伙子们为了使客人更加高兴一些，他们按照当地的传统习惯，将客人抬起来左右摇晃，让其享受具有东方风味的荡秋千的感觉，这个名为“筛糠”的节目一时间使晚会达到了高潮。

然而，这别具特色之举所带来的大声的欢笑，并没有填满每个人的心房，就在此后不久，一位被旅游公司的小伙子们抬着“筛糠”的女游客的叫声打破了祥和而悠远的夜空：

“No（不）！ No（不）！”

女游客大声地叫道。不知道是音响的声音太大，还是欢乐的声音太大，人们起初并没有听到她的抗议。

“Stop！ Stop！”（停下来！停下来）

她终于忍无可忍，歇斯底里地尖叫起来。

小伙子们蓦然间听到了，都刹车般急遽地停住了手，然后惊恐地如一块块石头般呆立着，看着女游客：“女士，有什么不对吗？”

但是那位女游客却并未回答他们的问题，而是脸上写满了火山喷发般的愤怒，先前阳光的心被夜色涂黑，鼻孔里发出响亮的“哼”，如一声长啸，且伴随着这声长啸转过身，拂袖而去，消失在暗夜里。

这是怎么回事呢？刚才她还好好的，与我们又跳又唱纵情欢乐呀！

小伙子们看着女游客匆匆离去的背影，丈二和尚摸不着头脑，好好的心情碎了一地。

正在此时，另一位皮肤黝黑留着一头飘逸秀发的小伙子牵过一匹马来，跨上马背，向那位女游客离去的方向急速追去，如追逐一个摸不着的梦。

“女士，我可以帮助你吗？”他用英语向那位女游客问道。

女游客听到这句很标准的英语之后，还以为随之跟来的是对“筛糠”的运动与她有同感的旅行团成员，于是心中浮现出了一丝温暖的感觉。

然而当她回过头去一看，发现来者是旅游公司一位曾经为她牵过马的小伙子时，心中那种尊严被羞辱、被斫砍的痛苦又强烈起来。

“有什么事吗？”她先前的温暖感觉大打折扣，没好气地问道。

那位秀发飘逸的小伙子跳下马来，就刚才发生的不愉快连连向她道歉，并解释这种名为“筛糠”的运动在康巴藏族的风俗习惯里面，是对珍贵的客人最隆重最友善的礼节之一。因而小伙子们对客人“筛糠”是绝对没有恶意的。如果有什么不愉快发生，也一定是误会，并再三请她原谅。

“我已经忘记了刚才所发生的一切。”

小伙子诚恳的态度、得体的语言以及绅士的风度，令这位女游客产生了好感，也冲淡了刚刚发生的不愉快，她的心空也渐趋蔚蓝：“但是，这件事好像与你没有关系呀！不是吗？”

小伙子依然很绅士风度地笑了笑，像杨柳面对轻风的吹拂。

他递给她一张名片，告诉她说，他叫唐雄，是“美丽的旅途骑马旅游公司”的经理，假如因为某些方面的原因而使客人感到不快，无论如何他都负有不可推卸的责任。

他在笑着对女游客说了这番话之后，又盛情地邀请她到他的办公室去坐一坐。

或许是小伙子的热情及绅士风度最终感染了女游客，或许是小伙子闪耀优雅的辞令对她有着吸引力，女游客竟鬼使神差地同意了小伙子的邀请。

通过交谈，唐雄知道了这位女游客名叫安妮，来自英国苏格兰南部一座港埠城市格拉斯哥。

在喧闹繁杂的情绪渐渐平复之后，他从她的口中知道了她生气的原因：原来这位穿着裙子名叫安妮的女游客被旅游公司的小伙子们“筛糠”时大腿暴露出来了。她起先并不知道，因而与小伙子们又跳又唱，但是当她突然意识到自己“春光”外泄时，便感到羞辱极了。因为他们的民族是非常传统的，再加上她家族的矜持教养，不要说露出大腿，就是平常走路的姿势有失风度都会被人评头论足。

于是她连连向小伙子们说“不！”

由于音响和欢笑的声音太大，小伙子们并没有听到她的抗议声……

她最终被彻底激怒了，直到拂袖而去。

又一阵煦暖春阳般的道歉，又一阵详细熨帖的解释。安妮心中如坚冰铸成的关隘在小伙子的真诚与温暖中渐渐消融了，直到最后，她完全原谅了小伙子们刚才对她友好地“筛糠”时造成难堪在心中积聚的怨愤。

抵触的情绪没有了，解释变成了拉家常。

他们如旧友重聚。

在交谈中，安妮还了解到了唐雄一些个人情况：他1975年出生于松潘县一个偏僻的乡下，父母均是地地道道的农民。在家中，唐雄为老大，其下有一个弟弟、两个妹妹。

僻远的川西高原虽然景色秀丽，但也同时生长贫瘠，尤其是秀丽的风景尚未开发之时更是这样。

唐雄的成长经历是多灾多难的，他在还没读完小学四年级的时候就因家庭太贫困而被迫退学回家了；很小的时候就帮父母分担起了养育弟弟妹妹的重担；刚满11岁时又上山当了牧马人——赶着十几头牛羊到一两百里地以外的天苍苍野茫茫的地方去放牧，一住就是许多天。

放牧在外，不仅洗衣、做饭、搭帐篷等活儿得靠自己一个人做，还得防备野兽的偷袭。而吃的方面，甚至很多时候他只得靠牛羊奶及生牛羊肉维持生命，当然更得保证自己放牧的牲口不丢失、不摔死摔伤。

这种在深山老林中的牧马人生活，他一过就是六年！

这些就像小说中才会被描述的具有传奇色彩的人生经历把安妮听得唏嘘不已、泪水涟涟。

命运多舛的少年时代所经历的故事已经令安妮感动不已了，没想到，唐雄的奋斗精神更是拨动着安妮钦佩和折服的心弦：书虽然未读过几年，但是头脑非常聪明、渐渐长大的唐雄，从九寨沟风景区游客甚众的现象中得到启示，并结合松潘本地青树翠蔓、碧水流泉的自然生态资源的实际情况，自筹资金成立了松潘一家骑马旅游公司——“美丽的旅途骑马旅游公司”，并自任经理。

唐雄文化程度虽然不高，却十分喜欢读书看报，他从报上了解到回归自然的旅游风尚正成为海外旅游者一股势不可当的潮流之后，就废寝忘食地跟着电视、收录机以及到松潘旅游的老外学习英语，并一边向人学习一边用刚刚学会的英语向过往松潘的海外旅游者推销自己的公司和家乡的旅游资源。

理想是学习的动力，活学活用又是最激动人心的快感。

“功夫不负有心人”，三四个月后，唐雄的英语水平达到了应用自如的程度；一年多以后，他那别具一格且传承着中国马帮特色的旅游公司，也由最初的两个人两匹马发展成了一个由几十个人组成的、服务质量一流的野外骑马旅游公司，而且信誉在海外旅游者的心中与日俱增，以至于他的公司被收录进世界级的旅游

指南书 *Planet Lonely*（《孤独星球》）中；经济效益和社会效益更如红日东升，蒸蒸日上。

误解冰释，美丽的安妮在与唐雄交流的过程中变得腼腆起来，也变得推心置腹起来。

唐雄在与安妮的交谈中，也了解到了一些关于她的情况：安妮的父亲维尔金斯是一家国际会计公司的总裁，母亲是一家医院的医生。在家中，安妮是老大，下面有三个弟弟。

时间过得真快，不知不觉中，天已经露出鱼肚白了。因为安妮的行程安排得十分紧凑，虽然被好奇紧紧包围，也对这种触摸心灵的交流氛围感到很是熨帖，但她必须于当天赶往成都，因而两人都有一种依依惜别的感觉。

“耽误了你一个晚上的时间，真不好意思！”

“哪里的话，说真的，你真是个有趣的人，跟你交谈真有意思！”

“今后还会到松潘来吗？”

“我想如果有机会，我肯定还会来的，而且会请你给我当导游！”

2

一夜长谈，由表及里深入心灵的，是自己由气愤到尴尬，再到美好的感受。

安妮心中的误解，如晨星一般消散了。

中国是美好的！松潘是美好的！认识美好的过程，必须得有一番任性的交流。

其实，中国情结，原本就是安妮心中的固守。

还在读中学时，安妮就对神秘的中国产生了浓厚的兴趣，她知道中国是一个地大物博的国家，叹服中国古代的四大发明，更对中国的万里长城、秦始皇兵马俑、敦煌石窟等神秘的旅游资源产生了浓厚的兴趣，尤其是她读了李约瑟所著的《中国科学技术史》一书后，对中国更是兴趣浓郁，且逐日递增。

当然安妮也一定程度地了解了当代中国的贫穷与落后。

尽管如此，她仍向往到中国去，向往在中国工作和生活，为中国的建设与发展尽自己一份微薄之力。因而当她从格拉斯哥大学毕业之后，就暂时放弃了继续求学的打算，通过努力加入了英国国际教育志愿者组织，申请到中国教授英语。

天遂人意，不久后她通过了该组织的严格考察，并被分到了洛阳师范专科学校从事学生的英语口语及写作的教学。

事实上，安妮的中国情结不仅令唐雄感动，还像插上感情翅膀的声声脚步，让她走近了他，也在一定程度上拉近了他俩之间的距离。

美好总是从心灵共鸣开始的。有了这个美好的中国情结，他们之间的谈话渐渐越过了坚如磐石的块垒，相簇于忘情的投机。到了后来，他们之间的关系甚至融洽到了无话不谈的地步，包括最敏感的话题。

“唐先生，你有家室了吗？你的孩子有多大了？”正与唐雄谈话的安妮突然这样问道。

“没有，可能是因为我穷，再加上其貌不扬，没有哪位女子看得上我吧！”

唐雄先是诧异，然后半开玩笑半认真地说。

“你有男朋友吗？”他也顺势问道，问了之后却又觉得太过唐突，因为他知道外国人是很忌讳问人隐私的，因而又对安妮连连道歉：“哦，对不起，这可是你的隐私，也许我不该问这个问题……”

“没关系的，这不算我的隐私，因为我来中国已将近半年了，应该很中国化了吧！”安妮笑着说，“我也许也因为其貌不扬而没有哪位李家溜溜的哥哥向我溜溜地求吧。”

安妮虽是用英文对唐雄讲这番话的，但是末尾却巧妙地用上了一句中文，非常幽默，令唐雄忍俊不禁。

“既然这样，那你做我的女朋友好不好？”也许是她的幽默活跃了气氛，于是唐雄也同样幽默地问道。

唐雄的话，使安妮脸上的笑容消失了，但同时也飞满了红霞：“这……这个问题问得不好……不过……我今后回答你好吗？”

两人间一来二去的话，如云游的花信，激起一种欲语还休的羞涩与温暖，使两颗鲜艳蓬勃的青春的心开始重新打量对方，也使这个岑寂而烛光摇曳的夜晚变得十分朦胧而美好，感情的触须悄悄地拥抱着彼此。

就这样，一个夜晚不知不觉就过去了，直到东方亮出鱼肚白、山雀啁啾、人声渐起之时，他们才如梦初醒。

安妮走了，在他们互相交换了通讯地址和联系电话后，她走了。

唐雄本来应该高兴的，因为他的解释达到了理想的效果。但是安妮走后他却并未高兴起来，反而觉得心中有了一种淡淡的、似雾似岚的隐约不舍和朦胧牵挂。

而且随着时间的推移，这种感觉却越来越沉重，那丰满而肤如凝脂的形象，渐渐衍生成了一种思念和诱惑。

自从与安妮彻夜长谈之后，时间在唐雄面前就像变戏法似的——有她在身边时，时间转瞬即逝；她刚刚离去，却又度日如年。这种情愫令他捉摸不透。

同时，他们在一起时的情景也如过电影一般在他脑海中反复出现。

这到底是为什么呢？他痛苦地思索着。

忽然之间，他似乎找到了答案，并为自己的大彻大悟而幸福不已。

也许，那一句玩笑的问话，其实并非随口说出来的，而是发自肺腑的。

过往的时光风韵馥郁，虽然思念的光芒闪闪烁烁，那却是一种无法抗拒也无法割舍的向往。

因而，在安妮离开松潘赶往成都的第二天早晨，唐雄也放下公司的业务匆匆赶往成都了。因为安妮曾告诉过他，她到成都后可能会作短暂的停留，以游览成都的名胜古迹。

对唐雄来说，成都是一个他不熟悉的城市，是相异于雪山草地、飞瀑流泉的另一个世界。

他长这么大，还没有到过成都，更何况成都跟松潘相比，大了不知多少倍。

那星罗棋布的街道简直就是一座迷宫，所以对安妮是否真的会在成都作短暂停留心里也没底的他，却要一家一家地寻找安妮可能下榻的涉外宾馆，这真是大海捞针。

好在经过他千辛万苦的努力之后，他终于问到有一家饭店的306号房间里住着一位名叫“威尔金斯”的年轻女性，虽然他不敢保证里面住的就是安妮——他知道“威尔金斯”在欧美是一个大家族的姓氏，也是安妮的姓——但是他仍兴奋不已，一身疲惫顿时消减了许多。

不知是因为唐雄穿得朴素，还是因为一口外地口音，在他好不容易找到“威尔金斯”的房间，准备敲门时，有个女服务员却将他拦下了，问东问西地盘查他，她怀疑他是躲过保安的眼睛偷偷跑上楼来向老外换外币的。

就在唐雄与女服务员理论的时候，306号房间的门开了，遗憾的是，那里面住的并不是安妮，而是一位老年妇女。

此时，尽管唐雄找人的事实千真万确，但眼前的现实却让他哑口无言。他颓然地低下了头，心中先前想到再次见到安妮时不自觉地唱起的情歌也瞬间喑哑。

那个女服务员得理不饶人，她的谴责与嘲讽像瓢泼大雨似的浇向唐雄，令他不寒而栗，谁知正在此时，一声尖利的叫声传了过来，让唐雄差点激动得晕了过去：“Oh！ Mister Tang！（哦，唐先生！）”

只见一位女士走了过来，正是唐雄要寻找的安妮！

原来安妮在住进这家宾馆时的确登记的是306号房间，只是后来房间有所变动而已。

见到安妮时，唐雄立时来了精神，看得出来，安妮见到他时也激动不已。

“你怎么来啦？”

“你怎么知道我住在这里？”

唐雄刚一跨进安妮的房间，安妮就连珠炮似的问他。

“我来这里是因为我有一样东西掉在你这里了！至于我是怎么知道你住在这里的，那可是上帝告诉我的，或者是个秘密。”

唐雄运用从书上学来的英国绅士的交流方式，与安妮说话。

“你有东西掉在我这里了？什么东西？”

安妮大惑不解，诧异地盯着唐雄。

面对安妮的惊诧，唐雄却笑而不答。

见唐雄似乎故弄玄虚，安妮一下子明白了什么：“我也知道你会来的！你信吗？”

安妮说着，给唐雄倒起水来。

端着水杯，口渴不已的唐雄喝了一口开水后，抬起雾气氤氲的头来：“你怎么知道的？难道也是上帝告诉你的，或者也是一个秘密？”

安妮调皮地嗔怪：“你很喜欢刨根问底吗？据我了解，中国人对感情方面的一些事向来都表现得很含蓄的，不是吗？”

“也许是吧。不过，你不也一样喜欢刨根问底吗？”

他们相视而笑。

安妮脸上飞满了红晕：“你既然来了，不如给我当导游，或者一起旅游？”

“那再好不过了！”

唐雄若无其事且潇洒地回答这句话时，他感觉自己端着水杯的手有些发抖。这是内心刻意压抑的激动悄悄绽放在肢体上的表现。

于是，在安妮驻留成都的近一周时间里，唐雄陪着安妮游览了杜甫草堂、武侯祠、望江公园、青羊宫、都江堰、青城山等名胜古迹，还看了当时正上映的《失落的世界》等电影，吃遍了成都的名特小吃。

时间过得真快，转眼又到了该告别的时候了，唐雄拉着安妮的手，饱含感情地对她说："每次面临分别时我的心情都很沉重。"

"我也是！"

安妮也是一副欲舍不能的样子。

她明白自己的情感已经被唐雄执着的啼叫啄醒，正像一支优美的乐曲，在悠扬。

唐雄心中爱的藤蔓在夏季的热度里不可抑止地蔓延："我们这几天形影不离的样子，你不觉得我俩的关系像什么吗？"

"不是导游和游客吗？"

安妮明知故问，不露声色。

"当然不是！"唐雄十分庄重地说道，"你不觉得我们像情侣？"

听了唐雄的话，安妮脸上的笑容凝固了："这话可不能乱讲，我可没有对你承诺过什么！"

安妮虽然心有所动，但她却一直在隔岸的云朵里打望唐雄。

看着安妮严肃的表情，唐雄的心里不由得"咯噔"一下："对不起，我惹你生气了！就算刚才的话我没讲过，好不好？"

是乘胜前进还是就此道别，他心中出现了迷乱。

看到唐雄慌乱而尴尬的表情，安妮脸上的笑容又绽开了："喜欢一个人是你的权利，你不应该说对不起！"

安妮似乎在安慰他，以免他太过难堪。

她那触碰心弦的潺潺的声音，锁住了他的怅惘，让美好的情愫继续绽放。

3

几天后，当唐雄与安妮再次告别时，已是秋天新学期到来之时。

与安妮成都一别，唐雄的心渐渐冷静了下来，他觉得自己心中曾经的热烈，不过就是一种无言的华美，是一种枫叶霜前醉人的亮丽，看着漂亮，实际上非常悲凉：他知道自己爱上了一个不该爱的人，这是东方和西方之爱，是乡村与城市之爱，是牛郎与仙女之爱，是人间与天上之爱……

所有的一切都太不现实了，真是“癞蛤蟆想吃天鹅肉”。因而痛定思痛之后，他将这份爱打入了心湖的最底层。

然而，让思念寂静地躺成化石，那不过是暂时的冬眠。所谓“借酒浇愁愁更愁，抽刀断水水更流”，明知道现实的骄阳会灼伤自己每一根敏感的神经，可是初恋的春风吹拂后泛起一阵阵甘美的涟漪，仍然令唐雄向往不已，也回味无穷，尽管他一门心思扑在旅游向导上，但是心的间隙，仍有一种掩饰不住的失魂落魄和挠心的痒。

日子就这样一天一天地过去，唐雄希望借助时间来洗却撩人却不时绿肥红瘦的记忆，然而现实再一次打破了他心湖的沉寂。

十天之后，一封字迹歪歪扭扭，却倾注只有两个人才能懂的情感密码的信从河南省洛阳师专寄来了。

信，是安妮写来的。不用猜，光看信封就知道！

唐雄高兴不已，三下五除二地将信拆开，靠着一棵披着秀发的柳树，如饥似渴地读了起来：

久违的朋友唐雄：

你好！

松潘真是个美丽的地方，让人回味无穷。

我是个热爱大自然的人，走进山野，走进自然的怀抱，向往已久的青山流溪、绿树红花都是那么真切，更有小鸟婉转的鸣啼，虫豸自由的清唱，一切都不带有丝毫的金属气息；这种雾绕山峦、云蒸霞蔚、清山若洗、碧空若洗的境界，使人恍若置身香格里拉。

这不是我空发感叹，在平常的生活里，对那些不注重环保的人我一直不敢苟同，我认为他们素质有问题。而松潘的环境是那么优美，可见松潘人的素质是值得称赞的。我喜欢松潘人！喜欢美丽的旅途骑马旅游公司的年轻人！这也是我到松潘旅游的又一收获。

这些天来，学校的工作很忙，因为新学期刚刚开学，学生的心情、学习状态以及我在新学期里的教授方法都令我牵肠挂肚，然而最令我牵挂和难以忘却的却是松潘之旅。

蓝天碧野，青山绿水。我希望生活在松潘，远离尘嚣、远离浮华，然后静静地享受人生，那种境界，能使人感悟出不少生活的真谛。

请原谅我用英文给你写这封信，我知道的，你看这封信根本不成问题。

我的中文水平很差。中文是一种非常美丽的文字，但学习起来太困难了，你今后愿意成为我的中文老师吗？

对了，请代我向贵公司的其他先生问好，感谢他们对我的关心和照顾。

希望我们的友谊能够恒久，希望收到你写来的信……

唐雄瞪着两只灯笼般的眼睛激动地看信，然而看过信之后，他先前的激动却又大大地消减了。

他真想给安妮回信，可是又很快否决了这种想法：安妮的信中并没有说什么呀！他怕给安妮留下此地无银三百两的嫌疑，遭其耻笑。

唐雄对安妮的理解完全错了，其实安妮也是一个性情中人，对友情与爱情的敏感度私毫不弱，只是无论是东方女性还是西方女性，在表达感情时都是既有勇敢的一面，也有含蓄的一面。

含苞待放的花是最有韵味的。

自从与唐雄在松潘一夜长谈之后，安妮已悄悄喜欢上了这个既野性十足又有绅士风度的年轻人；经过成都一周形影不离的结伴旅游之后，她对他的喜欢程度更加深了一层。

但是，也许是家族的原因，她的感情很内敛，尤其终身大事更是如此。因而当唐雄一次又一次地试探她时，她都非常谨慎。芳龄 24 岁的她过往的成长岁月里，只顾了读书，从未涉足过爱河，她需要时间和经验来区分友情与爱情的界限。

然而，安妮也坚定地认为，唐雄是本颇耐读的书，与他交往很有意思。所以，她原本蔚蓝的心空，被嵌进了朵朵思念的白云。她怕自己心中那一泓流淌的清泉枯竭，回到洛阳的第三天，她就迫不及待地给他写起了信，虽然信的内容很平常，但是邮寄之后她却期待着什么，期待着炊烟袅袅的满溢红尘的生活。

安妮一天一天地盼望着，然而一周过去了、两周过去了，却始终没有一点来自唐雄的消息。她真想给唐雄打电话，可是她把他的名片不小心给弄丢了；通过电信局 114 服务台查询，却又被告之“美丽的旅途骑马旅游公司”的电话号码没有登记。

在这种情况下，她只有干着急，只能盼望唐雄给她来信或来电话。

等待的日子里，思念在层层叠叠地堆砌。

安妮无法掩藏心中那种潜滋暗长的情愫，和枯萎凋零后春风吹又生的春意盎然与蓬勃。虽然她知道自己和唐雄的语言与生活习惯大相径庭，但能将二者连为一体者，只需一个字便行了，这就是“爱”。

在一天天失望以后，在苦苦等待了两周之后，安妮像个狙击手一样，一枪毙掉了先前的矜持。她又给唐雄写了第二封信：

我亲密的朋友唐雄：

你好！

我写给你的上一封信收到了吗？这些天来，我都在等待着你的消息，可是没有。你很忙吗？但愿你还能想得起我来！

上一封信中我谈了对松潘的美好印象。

是真的，松潘太美丽了，太令人难忘了。

可是，你给人的印象也一样深刻、一样难忘！你和我的那一个整夜长谈，使我不只是听了一个个动人的故事，而且也有了许多人生感悟。

其实在我平常的生活中，我是很在意在深夜与人促膝长谈的，尤其在意在陌生且封闭的环境中与我不熟悉的异性深夜长谈。但是 8 月 23 日的那天夜里，我却一点也不在乎，不感到危险、不感到疲倦，相反还有一种很幸福的感觉。

因为我觉得听你的故事比到宾馆休息要有意义得多。

我想你大概也有同感，不然我们俩怎么都忘记了时间的存在？

你带有传奇色彩的成长经历令我感慨万分，不要说我的少年时代不可能体验到这些磨难的滋味，就是连想象也想象不出来，真有一种当代鲁宾孙的味道，你的自身故事深深地吸引了我。

“没有尝过逆境的痛苦，就不知道顺境的幸福。”这是我们英国的一句谚语，是你的人生经历告诉了我这句话的深刻含义。

你的奋斗精神也同样令我感动。

我们英国有一位叫博克的哲学家、散文家曾经说过：“磨难比享乐更容易使人产生崇高的理想。”我认为这句话是真理。因而我敢说，在我们英国，像你这样具有勤奋吃苦精神而又头脑灵活的人，天长日久一定会成大器，会有所作为的！

在松潘的日子虽然很短，但是我想，我这辈子也许都忘不了松潘了。

虽然它僻远了一些，小巧了一点，野性了一些，但却是那么美丽。我甚至认为我的松潘之旅比九寨沟之旅要有意义得多。

“Smallisbeauty（小巧而美丽）”，我认为也许只有松潘才配得上这个华丽的英语单词。

还记得8月23日那天晚上，我在你的办公室里也如此对你说过吗？

最令我难忘的是，你在听了我对松潘的这番夸赞之后，却告诉我说，我也是Smallisbeauty那样的女人。

对此我大惑不解，我的个子1.8米，即使在我们英国也不算矮的呀，你怎么这样形容我呢？

好半天我才终于明白，你所说的小巧而美丽是指我的内心世界。

我知道，中国女人常以小巧为最可爱，也最受中国男人的宠爱。因而我对你的好感由此倍增，没想到我在你的眼中成了最可爱的女人，我很荣幸！

感谢你！我真希望能够再次听到你的这句话！

哦！是的，我喜欢你公司那些黄皮肤、黑眼睛的小伙子们，我能从他们的一举一动中感受到他们对我的热情、关心，同时，因为有他们，我才能够认识你！

真诚地盼望着你的来信！

还有，你能再一次告诉我你的电话号码吗？很对不起，我这里出了一点小小的差错……

然而，安妮的这封信寄出去以后，还是没有收到唐雄的回音，她知道自己对唐雄的思念更增加了一层，脑海中一整天都是他的身影，她此时才知道，自己是真的爱上唐雄了。

掬水月在手，睹物倍思人。如初绽蓓蕾的女孩的一腔心事经纤纤素手羞涩地投寄之后泥牛入海，让安妮内心有一种被掏空的怅惘。

转眼间九月过去了，竟日的思念从来不会因为时间的流淌而消减，于是安妮又给唐雄写了第三封信。

……我已经给你写第三封信了，不知道为什么一直没有你的消息。你没有收到我给你的信吗？是我写的地址错了？还是你根本不在乎我，早把我这个朋友给忘了？

……

我不知道为什么，在我离开松潘、离开成都、离开你的这些日子里，我常常在夜里梦见松潘、梦见你、梦见跟你在一起，你知道其中的原因吗？

当初你从松潘到成都费尽千辛万苦找到我后，说有东西掉在我那里了，我却反问你什么具体的东西遗失在我那里了，现在看来，这真是个愚蠢透顶的问题。

我喜欢你轻轻的诉说和淡淡的微笑，你总是带着一种远古的磁性，将我的心紧紧抓住。

或许有些东西错过了才知可惜！此时我无所适从。

……

十月上旬又将过去了，仍然是失望的等待。

安妮在无尽期盼的煎熬中明显地瘦了。

玉炉香，红烛泪，梧桐树，三更雨，她满腹的愁绪都是离情苦。

时间和盼望的折磨让安妮的面容变得憔悴，羸弱的心情在时间里度日如年地煎熬。

她生病了，虽然是重感冒，但谁说这跟她对唐雄的相思没有一点关系呢？

1997 年 10 月 15 日，安妮永远忘不了这一天，当时她正在住院，当被病毒性感冒折磨，在鲜活的回忆和破碎的守望中郁郁寡欢地昏睡了一会儿后，刚一醒来便发现自己已置身于童话的氛围之中：她的病床床头柜上放着一个保温饭盒和一袋水果。

开始时，安妮还不以为意，认为是别人放错了地方。

然而，当她猛然意识到什么，且邻床的病友告诉她这些东西属于她时，她顿时惊讶了：保温饭盒里边装的是热气腾腾的绿豆粥，这是她最爱吃的中国食品，是谁放在这里的呢？

阳光轻轻落在饭盒上，使眼前的一切看上去是那么迷离、深邃而又缥缈。

正在安妮奇怪的时候，一个熟悉而又陌生的身影手捧一束鲜花走进病房来，乌黑的头发随风飘逸。“安妮，你醒来了？”他笑着跟她打招呼。

“My God（天啊）！”安妮惊呼！

这不是自己日夜思念的人儿唐雄吗？

她感到一阵晕眩，感觉曾经漫长的时间之针指向的全然是这一刻的幸福。

“这已是我第三次来看你了，你睡得真沉啊！”

唐雄一边将买来的鲜花为她插好，一边对她说道。

安妮看着鲜花，心里甜甜的，一股幸福的感觉迅速弥漫了全身。

“怎么你又突然出现在我的身边，而没有事先跟我打个招呼？”安妮故作镇静地问道，“你很喜欢搞突然袭击吗？”

“非常抱歉，这一段时间我陪着澳大利亚一个旅游团到黄龙自然保护区旅游去了，耽误的时间久了些，没有及时收到你的来信。”

唐雄一边说，一边给她盛上饭来。

“可是，你也应该给我打电话呀……”安妮激动得声音发颤，再也控制不住奔涌而出的热泪，“唐雄，我现在知道了你要我回答的那个问题的答案了。”

“不！你不用急于回答那个问题。我想，作为你的朋友，谁碰上你生病，都会义不容辞地照顾你的！同时，如果要回答那个问题，今后的时间十分充裕。”

4

爱情是一剂良药。安妮在唐雄的精心照顾之下，感冒很快好了。

病好后，安妮一上完课就陪着唐雄，两人在唐雄所住的旅店里常常聊到深夜才依依惜别。

但是在这十来天里，唐雄却再也没像以前那样向安妮表达爱意，即使安妮主动，他也一再推却。

十月末的北方，已有了寒意。

唐雄想，一团篝火怎能驱赶寒凉？谈情说爱怎能乘人之危？

他乘兴而来，落寞而去。

情绪的变化全都因为自己内心的不安和波动。

然而。就在唐雄告别安妮刚刚回到松潘的第三天，他却收到了安妮写来的一封信，这封信是用特快专递寄给他的。

……

我之所以用特快专递将此信寄给你，是为了让你尽快了解我的一颗心。

随着我们相处时间的逐渐积累，我觉得我已经比较全面地了解了你，我觉得我应该郑重地回答你曾经向我提出的那个问题了：

那就是我生来就注定要狂热地爱你！

而且永生不变！

我这样讲是认真的，是经过时间来回答的，是深思熟虑的。
我知道你的感受和我一样，成熟而厚重。
因而请你不要拒绝我。
愿上帝保佑我们！
……

唐雄收到这封信后既激动，也忧愁。

在他的内心深处，他是那么炽烈地热爱着安妮，曾经他也是那么执着地追求着她，但是现在当他盼星星盼月亮终于盼来了安妮的爱情的时候，却反而犹豫了。

因为他在无意之中从一位加拿大游客口中了解到了安妮的身世——她父亲的公司在世界著名的四大会计公司中排行老二，且在美国、加拿大、法国、德国、中国香港、新加坡、日本等世界400多个国家或地区设有分公司，主理着索尼、奔驰、飞利浦等许多世界著名企业及一些著名大学的财务进出、利润盈亏，公司在世界上很有声望。

天哪！安妮原来是世界巨富的大千金！而我，却是一个穷山僻壤土得掉渣的小马倌！彼此之间的身份地位天差地别，这是一道多大的屏障啊！

一道道揪心的痛，波涛般地不时袭来，让唐雄对他与安妮之间的爱情产生了动摇。

曾经的勇敢，是因为那份理想中让自己义无反顾的爱情的阳光。

现在的怯懦，也是因为那份现实中让自己左右为难的爱情的阳光。

唐雄多么希望自己因为爱情而华丽转身。可是，这份他梦寐以求的爱情又有着天与地之间的鸿沟，让他顿觉末日恐惧。

忘了吧，
再想她又有什么用？
还不是烦恼多一重，
还不是有始无终，
来匆匆，
没想到去也匆匆，
昨夜梦，
却见你含情笑容。
……
漫长夜空，
星月无踪，
夜空之下，
只有我在回想着往事如云烟，
忘了吧，
还是把希望托夜空……

唐雄擦干眼泪，残酷地把自己与安妮分手的想法告诉给了安妮。

接下来的日子，每当他鬼使神差地思念安妮时，便在心中唱起这首《夜空》。

然而，唐雄很快收到的安妮用特快专递寄来的回信，却又如料峭春寒中的惊蛰，唤醒了他渐次冬眠的情感：

……真挚的爱情是高尚的情感行为，它跟民族习惯、文化层次、身份地位、贫富差距没有直接的关系。

真的，我的爱情是稳慎而崇高的，这也是我们家族的传统。

我不敢说能爱你到地老天荒，但我知道自己一定会爱你到你不爱我之时……

亲爱的，我多么渴望能常伴在你的身边，你知道我思念你是一种什么滋味吗？

多少个寂静的夜晚，我孤独地伫立在寝室的阳台之上，望着你生活的方向，想你，盼你，轻念你！

也许，在某个思念你的晚上，我会被夜里的寒流所吞噬。

但即使那样，我也无怨无悔。

因为我孤独的灵魂可以带着我对你的思念来寻找你、追随你，到天涯、到海角，无处不在地跟着我心爱的你……

相信我，我父母也是普通人，他们跟你一样随和、善良！

你什么时候能再来到我的身边？

我盼望着，等待着，被一种撕心裂肺的痛楚煎熬着……

高处不胜寒的爱，的确需要勇气，也能够成就一种漂亮的飞翔。

唐雄几乎是双手颤抖着读完这封信的。

一弯愁眉就此舒展。

他虽然是一个十分坚强的男子汉，但是不轻弹的男儿泪还是盈满了眼眶。

他仰着头，对天发誓：安妮，我一定要好好爱你！

甘霖浇灌，情感盎然。

唐雄无法抑制想尽快见到安妮的那颗狂跳的心。

就在唐雄收到安妮第二封特快专递的第二天，他就穿过寒风萧瑟的旅途，急不可待地踏上了去洛阳的列车。

品味着爱情的甘露，醉了一路风景。

经过 26 个小时风雨无阻的穿越及颠簸，唐雄终于来到了心上人身边。

当唐雄赶到洛阳师专的时候，刚刚上完课的安妮发现了站在学生群中的他时，惊得呆住了，激动万分，眼泪像潮水般地奔涌而出："亲爱的，真的是你吗？"

安妮忘情地扑进唐雄的怀里，忘情地与他相拥："亲爱的，我爱你！我爱你！"

她在他的脸上雨点般地狂吻起来，那么激烈，那么无所顾忌。

忧伤如斯，痛苦如斯，思念如斯，深爱如斯，纠结如斯……

一任学生以惊讶的目光看着他们。

"安妮！安妮！"

爱情，此时是唐雄和安妮的全世界，但全世界当然不止他俩的爱情。唐雄轻轻地拍着安妮的肩，向她示意有学生在场，安妮不好意思地擦了擦脸上的泪水。

"你答应我了吗？"安妮用灼热的目光逼视着他。

"当然，我爱你！"

唐雄一边说着，一边从行囊里取出专门从松潘带来的两根藏族绿松石项链给安妮戴上："这是我送给你的定情物。"

安妮高兴不已，再次热泪长流，再次忘情地扑进了唐雄的怀里。

自从明确了恋爱关系之后，电话就成了他们倾吐相思之情的信使。

为了能够看上安妮一眼，唐雄更是经常往返于松潘与洛阳之间。

然而，就在唐雄与安妮爱得难舍难分的时候，安妮的心中其实也有着一种淡淡的忧愁，就如一叶扁舟在大海的风浪里快乐地穿行的同时，也偶尔会眩晕一样。这种眩晕既如梦境，又如雾霭。

这也是唐雄以前所担心的：西方社会虽然崇尚婚恋自由，但是安妮的家庭却很特殊，毕竟是亿万富翁之家，很在乎颜面。万一父母有看法，不支持她与中国这个小马倌的婚姻，那该如何是好？

在一片翠绿的心情之上，安妮梳理着自己应对父母的思绪，找寻着最好的平稳着陆的方法，尽可能抚平父母得知自己与唐雄的爱情后出现的情绪上的峰壑。

但想来想去，她还是觉得就像晚钟和夜露一样随和自然些比较好，毕竟诚恳与朴实的态度最能打动人，何况这是对生养自己的父母。

于是四个月后，安妮怀着惴惴不安的心情，将自己的恋爱经历及唐雄的情况向父母写信做了详细的汇报。

等待的日子特别漫长，等待的心情高低不平。

所幸，像一只鸟儿站在枝头欢唱的日子很快就来了。

父母的回信令安妮喜出望外！

父母终究是开明的父母。

慈爱的父亲很绅士地说，从她的信中可以看出，唐雄是一个难得的好青年，因为他的人生经历、奋斗精神以及好学上进，都是一个可能走向成功的人士所具备的最重要的素质。

父亲还说，除了道德和才能外，任何人无权凭借其他条件而受人尊敬。因为称号只是一片烫金纸，权力是一种腐蚀剂，荣誉是一个肥皂泡，过多的财富是对其拥有者的诽谤。

母亲也在信中展现了爱的慈祥。

母亲告诉安妮说，父母相信女儿的眼光，也赞许女儿的眼光，尽管唐雄的家乡贫穷了一些，偏远了一些，唐雄所读的书少了一些，但这并不可怕，最可怕的是身处贫穷却安于现状！

一个人是否富有不是看他拥有多少财富，而是看他无须显要地位也能做成的事情。

因为任何个人财富都不能成为自己最终的生命价值。而高素质的人，即使身无分文，也还有自身这个财产……

有了父母的理解和支持，安妮的生命瞬间豁然开朗，充满光明，曾经积郁于心的雾霭烟消云散。

她感到幸福极了，对爱情她也更加投入了。

事事顺遂，一个油然而生的崭新的甜蜜也在呼唤。

这种甜蜜也同样令唐雄企盼。

这个他们彼此之间不知道幻想了多少回的、终生难忘的日子终于姗姗到来了。那之后的有一天，安妮饱含深情地对唐雄说：“亲爱的，我们结婚吧，我不愿再看你形单影只的样子。”

看着心爱的人那双柔情而充满期盼的眼睛，唐雄一时竟激动得说不出话来，眼睛里更是升腾起了一片水雾。

一路携手，迎向太阳。

经过常人难以想象的曲折后，唐雄与安妮拿着英国大使馆以及松潘县政府机关提供的有关证明材料，终于在民政部门办理了结婚证。

办了结婚手续以后，虽然唐雄到洛阳看望安妮时不再担心会有像以前他俩住宾馆时被宾馆保安强行拆散的尴尬，但是两地分居之苦仍然困扰着他们。

看着丈夫疲惫不堪尘灰满面地来来去去于风雨之中，安妮心痛不已。她暗下决心一定要调到四川，离丈夫近一些，以便能够照顾丈夫。

那段时间，安妮除了完成自己的授课任务之外，还学起了做中国菜，尤其是四川菜。

她要放下自己的千金之躯，做一个让丈夫比以前更爱的中国小媳妇。

这真是仙女与马倌的爱情。

凡是知道安妮与唐雄爱情故事的人，无不为之打动。

同样，安妮与唐雄的爱情故事也打动了四川大学出国培训部的领导，同意将她从洛阳师专调到四川大学从事出国人员雅思、英语口语和英语写作的教学。

之后，在天穹最蓝、大地最绿、风景最美的七月，在格桑花次第绽开如彩云招展的时节，唐雄与安妮又在他们爱情的发源地四川省松潘县，按照中国藏族的传统结婚仪式举行了简朴而隆重的婚礼。

茁壮的禾苗，不能少了雨露的滋润；女儿大喜之日，岂能少了娘家的祝福？

安妮的母亲在得知这一佳期之后，也专程带着安妮的两个弟弟及一位挚友从英国赶来松潘参加安妮的婚礼。

看到英俊潇洒的中国女婿唐雄，安妮妈妈笑得合不拢嘴，对唐雄备加称赞，连夸女儿好眼光，甚至对女儿说：“你的幸福真令我嫉妒！”

身世显赫、地位尊贵的洋岳父也带来了珍贵的贺礼：他要帮助乘龙快婿唐雄到英国发展，让唐雄难得的天生素质在英国得到充分发挥，打出一片属于自己的天下！

最有意思的是，曾经把安妮“筛糠”“筛”出怒火的几位小伙子，也加入了闹洞房的行列，他们用一些为难中国新娘的办法去为难安妮。

“感觉怎么样？甜蜜吗？”他们在为难了安妮之后，幸灾乐祸地问道。

“当然甜蜜！”安妮虽然有些难堪，但脸上仍然洋溢着幸福，“这种感觉应该比‘筛糠’好多了……”

安妮说到这里时，故意顿了一顿。

当她发现小伙子们面露尴尬之色时，又及时地补充了一句：“不过，现在看来，我还真喜欢‘筛糠’，因为我的甜蜜是从‘筛糠’开始的。”

话音落地，彼此都开心地笑了。

（文中“唐雄”“安妮”为化名）

来自夏天的温柔

当今时代，多少爱情已轻贱得只剩一个符号，
但这个故事，却让渐渐石化的爱情再度鲜活。

淘宝网上，各种商店、各种商品琳琅满目。

这是一个看上去毫不起眼，却繁荣昌盛、浩如烟海的集市。

在这个集市中，有一家小店的名字很奇怪，叫作“唐山爱上吉隆坡”。

店铺主页的醒目位置贴着一张婚纱照：婚纱照中的新娘是一位健康阳光的女孩，新郎却是一位全身瘫痪、肌肉与骨骼均严重萎缩的残疾人。

淘宝店也可以销售婚纱照吗？当然不可以。真要销售婚纱照谁买啊？

这家淘宝小店所贴婚纱照的背后，有着一个感天动地的爱情故事：新郎是中国唐山的一位高度瘫痪的男子；新娘，则是一位来自马来西亚吉隆坡的健康女子。

这一男一女，正是此淘宝店的男女主人。

在这个爱情速食的时代，爱情几乎轻贱得只剩下一个符号，生活中真还有这样不沾一丝尘埃的纯美爱情吗？

当然有！

1

缘分就像春天的风，不知不觉就带着温暖和绽放来了。

2011 年 6 月 19 日，在马来西亚吉隆坡一个温馨的房间里，一位叫 Gan 的女孩在电脑前忙碌且专注地处理着手中的工作。不经意间，她看到电脑右下角的 QQ 企鹅标志变成了闪动的小喇叭。

“这是有谁想加我为 QQ 好友吗？”轻点鼠标，一个网友的申请跳了出来：“我是中国的网友，请加我。”

中国的网友？

女孩本不想加，但一看这个网友的名字叫“聪睿 Charles 宇”，挺有意思的，便点了“确定”，想看看此人到底有多聪睿。

由于太忙了，Gan 加上“聪睿 Charles 宇”后，没有顾得上细看“聪睿 Charles 宇”的资料，只打了一个“你好”后，便继续做着自己手头上的事情。

这个网名叫 Gan 的女孩，生于 1978 年 5 月，中文名字叫颜淑英，是马来西亚华裔。

颜淑英在吉隆坡读完高中后开始上班，父亲去世得早，家里有母亲、哥哥、嫂子和两个妹妹，由于家庭和睦，她的生活过得阳光而充实。

也不知过了多久，就在颜淑英差不多遗忘了自己刚才加了一个好友，且与之打过招呼这事的时候，她却看到“聪睿 Charles 宇”的 QQ 头像跳动了起来。

点击“聪睿 Charles 宇”的头像，对话框里出现了他的一行字：“你好、我是中国唐山的网友、想与你成为朋友、”

这行字字数并不多，但“聪睿 Charles 宇”却起码打了近 20 分钟，且标点符号全用的是顿号，太不讲究细节了。

出于礼貌，颜淑英暂停了手上的活儿，浏览起“聪睿 Charles 宇”的个人资料来，这一看，她竟被吸引住了：“我是个瘫痪的男人，身体瘫痪，精神不瘫痪……”

这个 QQ 签名说，他已经卧病在床 28 年了，但是他并不屈服于病痛对他的折磨，以及命运对他的不公，他感恩微笑着生活，要把欢乐展示给朋友。

颜淑英觉得这个人如果真的躺了 28 年还如此乐观坚强的话，那可就太了不起了，因而天性善良的她想认识他。

“你真的是残疾人？瘫痪在床上？”

网络真是个奇怪的东西，网上居然有人承认自己是残疾人。

“是的。”

“聪睿 Charles 宇”打下这句话后，随之发来了自己躺在床上的照片。

这张照片真震撼啊！只见照片中的男子骨瘦如柴，蜷曲难看，但脸上却又写满阳光。

于是颜淑英丢下正进行得饶有兴趣的工作，与“聪睿 Charles 宇”聊了起来。

友情，通过网线飞速地传递着，熟络着，温馨着。

通过聊天，颜淑英得知了神秘的“聪睿 Charles 宇”的一些信息：“聪睿 Charles 宇”本名李康宇，1975 年 4 月 19 日出生在河北省唐山市丰南区柳树圈镇前柳村的一个农村贫困家庭。

李康宇是一个不幸的人，他出生后的第二年，即 1976 年 7 月 28 日凌晨 3 时 42 分，唐山发生了震惊中外的 7.8 级强烈地震。

地震后，在一片凄惨的叫喊和崩裂、坍塌声中，唐山以及冀东大地顿时化为一片疮痍废墟，另有 24 万多条鲜活的人的生命在地震中罹逝。

李康宇幸运地逃过了一劫。但这看似幸运的背后，却隐藏着深深的不幸：由于物资匮乏，父亲勉强重新盖起了房子，那房子却无异于最破的茅庐，一家人仅能勉强栖身，聊胜于幕天席地。

万恶的地震，将本来就很穷的家震得更穷了，穷得甚至连好一点的被褥都没有！

再加上天气恶劣阴雨连绵，天上下大雨，屋里下小雨。天晴了，屋外的泥土被晒干了，可是屋里依然很潮湿，一家人晚上睡觉只能裹着湿被子睡，结果年龄很小的李康宇便经常发烧，且半夜惊悸，夜夜哭醒。

由于总是感冒，缺吃少穿，营养严重不良，直到 3 岁时，李康宇才勉强学会走路，且走路的样子与同龄孩子大不一样：人家走得还算平稳，他却走得跌跌撞撞、一瘸一拐、左右摇摆，就像一只笨拙的鸭子。

李康宇的状态，令父母亲很是揪心，猜想到他可能有病。

为了确证此事，父母便带着他去了上海医科大学唐山援助医疗队检查。然而，该医疗队在检查之后，却并未发现有啥大问题，说只要补充一些营养物质便行了。

没病当然好！李康宇的父母为此松了一大口气。

李康宇真的没病吗？这个先入为主的愿望，在时间的推移中，渐渐被残酷的现实磨灭了。

那之后李康宇犹如被下了魔咒，依然在夜里被疼痛折磨得哭醒。

“医生都没说有啥病，你哭个啥？”李康宇的哭声，招来了父母的训斥。

“我身上痛啊……”

“小孩子身上痛一下有什么呢？一会儿就好了。”由于家里太穷，父母也没想过带他去医疗条件好的地方求治。

就这样度日如年，到李康宇 5 岁的时候，他的病便完整地表现了出来——他竟然不能走路了！

原来小儿无诳语。

这下父母着急了，便又带着李康宇到处求医问药。

虽然经过一段时间的医治后，李康宇又能断断续续地勉强走路了，但是终因当时医疗水平有限，没什么好药，也没遇到水平高的医生，所谓治病不过就是给他输点青霉素，吃点安痛定……

“头痛医脚”，乱治一通，李康宇 7 岁那年，彻底瘫痪了。

2

在与李康宇聊天的过程中，颜淑英进一步得知了李康宇的故事。

李康宇瘫痪之后，父母又带着他去看了一些医生，希望能够确诊他到底患了何病，以便对症下药，让他重新站起来。

大多数医生都说，他缺钙。但是补钙后却丝毫未改变症状。显然，病根并非是缺钙。

后来有一位医生又诊断说，这是类风湿病，并讲了这个病的一些特点。

李康宇的父亲李继英着急地问：“能治好吗，医生？”

“不能确定能治好，但只要治疗，应该就有希望。”

为了治病，李继英从此四处了解药方，哪怕只听说有一点希望，也当成救命稻草买来给李康宇吃，中药、西药都成了他的“饭”，他完全成了药罐子。

实际上，强的松、地塞米松、消炎痛、雷公藤、布洛芬、芬必得等止疼药物，对李康宇的胃、肝、肾等脏器损害极大。1999年的一段时间，他甚至小便时还尿出了血。

尿血可不是小事，甚至可能是肾坏死！

在不知病因的情况下，惊吓不已的母亲郑秀兰装了一小瓶李康宇的尿液去医院化验，当得知他尿血的原因是吃了大量止痛药所致时，便当即停用了他的止痛药。

李康宇停药后虽然不再尿血，也不用再担心双肾坏死，但身上先前那种撕心裂肺的痛却再次凶猛地扑来。

随着时间的推移，李康宇的病情越来越严重了，关节一年比一年变形，四肢弯曲，两腿强直不能回弯不能抬起，两条胳膊肘不能回弯不能抬起……

到 2001 年时，他已经不能直接往嘴里送食物了，只能借助工具——用一把绑在一尺多长的小木棒上的小勺吃东西。而且不论吃什么东西，都必须由母亲郑秀兰给他弄成小块，才可用勺子慢慢地吃。

农村人都有重男轻女的封建思想，看到儿子的病情和瘫痪的现状，李康宇的父亲感到自己没了希望，原本性格开朗的他变得沉默了，在村里人面前也很自卑，还时常在李康宇面前抱头大哭……

自 1995 年开始，李康宇每次吃过饭或吃过东西后就感觉肚子疼痛，后来疼痛越来越厉害，到了 2002 年 11 月时，痛得实在难忍，且开始便血。

2002 年 12 月 2 日早晨，李康宇就着咸菜刚吃了半碗粥，便突然喷血，一口接一口，把盖的被子都染红了。

吓哭了的姐姐连忙去叫附近的医生。

在医生的嘱咐下，姐姐又火速去唐山市区买药……

就这样几经抢救，才把他的一条命捡了回来。

李康宇因得病时很小，此后骨骼未能正常发育，身体似枯槁一般，体重只有 80 多斤。他的手和脚也比健全人小很多。

李康宇是个讲卫生爱干净的人，不管冬天多么冷，他都会请家人十天给他洗一次澡，夏天则四五天必须洗一次澡。洗澡时还要求用带香味的沐浴露和洗发水，洗完后又请姐夫给他喷上香水。

虽然那香水很廉价，但他闻到喷在自己身上的香水时，仍心旷神怡。

人生最大的财富是希望，最大的灾难是绝望。

虽然李康宇是一个完全瘫痪的人，但他却一直对生活充满着希望，这种精神让颜淑英深深感动。

3

随着跟李康宇聊天交往的渐渐深入，颜淑英对李康宇的感情也在渐渐发生变化，由最初的同情，开始向敬重方面转换。

李康宇患病后，失去了上学的机会，也没人陪他玩。

父亲不忍目睹他寂寞与低落的心情，便给他买来了《三国演义》《水浒传》《西游记》等小人书。

然而由于李康宇只字不识，他仍觉得索然无味。

就这样直到李康宇十岁那年冬天，父亲见他对外面的事物充满了好奇，便给他买了一台十四英寸的黑白电视机。

这台电视虽只能收到中央一台和天津电视台的节目，但能看到外面的世界，李康宇依然非常快乐，每天晚上几乎都要看到节目说晚安后才睡觉。

电视看得久了，李康宇总结出了一个经验：看动画片、动物世界等节目时，电视机屏幕下方都会因电视内容中有对白或旁白，而出现相应的一行字。于是百无聊赖的他便有了认字的想法。

之后，他便对照着电视机里的声音看屏幕上的字幕，开始了识字学习。

生活中，李康宇的姐姐们虽读过书，识得一些字，但却从不教他，原因有二：一是姐姐们忙农活，累；二是姐姐们的脾气都不太好，没有耐心。每当他请姐姐们教自己识字时，都几乎被冷嘲热讽给挡了回去。

姐姐们不给自己当老师，不教自己识字，这让李康宇很是失落了一阵子。

正因为如此无奈，李康宇才跟着电视字幕学起了识字。

后来的他找到了教他识字的老师，而且这位老师还是大学教授。当然这位教授“教”他的形式也只停留在电视上。

1987 年，天津电视台每天中午都会播出一档 10 分钟的《一日一字》节目——一个教授讲解那个字及相关成语的含义。

这对于没老师的李康宇来说，是个难得的学习机会，因而他几乎一天不落地追着这个节目看，跟着电视里的教授学习。

虽然这个节目总共只播了一个多月便停播了，但李康宇却从中认识了许多字，还懂得了成语的意思。

就这样，到 1990 年时，李康宇几乎可以读《天津电视报》和《唐山电视报》了。

之后，他还请家人给他买小说看，那时人们都喜欢看琼瑶和金庸写的小说，而他却喜欢看战争和军事题材的书。

李康宇不仅跟着电视识字，还跟着电视学普通话的发音。

会读、会识字后，李康宇又开始学习写字。

由于躺着写字很不方便，李康宇就让家人给他买来了硬纸板做的那种文件夹，垫在自己身上，他每天都要求自己必须抄写多少字，并跟着词典学习词句。

……

一个完全瘫痪的人，在没人肯教课的情况下，却自己跟着电视学习，不仅认识了很多字，甚至还能写日记，真是太不容易了。

故事很励志，但却如同天方夜谭。

“你用手吃饭都困难，都要借助一个绑在棍子上的勺子帮忙才行，那你又怎么能够用 QQ 聊天呢？”颜淑英有些困惑，她本来不想问得太多，但最终还是忍不住问了起来。

李康宇又对颜淑英讲起他的上网故事来。

李康宇常在电视广告上看到宣传能上网的智能手机，便有了学上网的冲动，2007 年深秋的一天，他请在父母去世后还一直照顾他的三姐李兰花给他买一部智能手机，他说他太寂寞了，想与人 QQ 聊天。

2008 年 3 月中旬，李兰花给李康宇买了一部能上网的手机。李康宇在一个亲戚的帮助下，申请了一个 QQ 号。

有了 QQ 以后，李康宇坦诚地写上了自己的 QQ 签名：“我已瘫痪卧床 28 年，我没有屈服于病痛的折磨，我珍惜生命的点滴与感恩，把坚强乐观的精神带给大家。”

会写很多字后，李康宇甚至还写起了日记，并将之放了一些在 QQ 空间上。

出于好奇，也为了验证李康宇的说法，那段时间，颜淑英还去李康宇的 QQ 空间，读了他写的一些日志。

李康宇瘫痪以后，李继英看到自己唯一的儿子只能永远瘫在床上，于是性格刚烈的他脾气变得越来越暴躁，常常和李康宇的母亲郑秀兰吵架，而且从十天八天一吵缩短到两三天就吵一次，吵架的过程中还伴随着砸碗砸盆。

李康宇的母亲是个文盲，既不会劝人也不会忍让，父母的吵架让李康宇的身心受到极大的摧残。

那是 1991 年的一天下午，家里来了一个我父亲的酒友，父亲便做了几个小菜，摆上了桌子放在我身边，我也就跟着快乐地吃饭。

当他们喝酒到半醉时，由于家庭中的一点小事，父母吵了起来，两人谁也不让谁。

我父亲可能是因为母亲当着朋友的面没给他面子，从而恼羞成怒，抄起桌子上的一瓶啤酒就要砸母亲。

我一看事态不好，赶快伸手抓住了瓶子。

此时我的母亲却并不退缩。

为了避免母亲挨父亲揍，我和父亲来回地争夺酒瓶，我一边使劲地抓住酒瓶一边大叫："爸爸别打了！妈妈别再说了！爸爸难道我们不过了吗？"

爸爸恶狠狠地大声回答我："不过了！"

此时爸爸与妈妈都已无动于衷，但我依然在"爸爸""妈妈"地叫着，苦苦哀求着。

就这样我和父亲一人握着一半啤酒瓶，争夺了数分钟。

父亲可能心软了，最后松开了手。

当我放下酒瓶时，才发现我的左手在与父亲争夺酒瓶的过程中因不停地拧扭，已经像开了花一样破裂开来，伤口处鲜血直流，染红了我半边袖子……

我的父母总是在我面前吵架，从来没有顾及过我内心有怎样的感受，有多么痛苦！

在那些年中，我父亲偶尔就会把桌子掀翻在地，我已记不清他们在吵架中摔碎了多少盘子或饭碗，摔碎了多少酒瓶！

后来演变成我父亲竟然数次以喝农药的手段来威胁母亲，现在想起那些事好像是他们故意对我进行的一种发泄。

有时他们吵得太凶还招来街坊邻居的劝架。

一想到这些，我就替他们感到很羞愧。

在那些年中，我受到了很大的创伤和刺激，精神几乎都要崩溃了！

有时真的想以死去解脱生活在这种畸形家庭中的痛苦……

有时我恨自己为什么来到这个悲惨而不属于我的世界……

然而，我又是多么地热爱自己的生命，多么地热爱生活。可是我真的不愿意活在他们互不相让、永不消停的吵架声中，不愿意活在这个世界上。

因而我有时把自己的两个手指放入嘴里狠狠地咬，咬得鲜血直流，希望流血而死。

有时我又背靠着墙，使劲地用头去撞击墙壁，希望撞死自己……

而我每当这样做的时候，泪水，却总是止也止不住！

很多年都如此。

如此地生活在恐惧之中。

那时我只希望天天都是夜晚，因为黑夜对我来说才是安宁的。

夜晚没有吵架声，没有我不愿意看见的父母吵架时狰狞的脸。

所以我很怕天亮，天亮对我而言就是灾难……

每当到了夜晚，我一个人静静地想白天发生的一切，回忆着父母吵架时爸爸凶恶可怕的样子，想着他们恐怖的情景……

我时常在夜里突然被噩梦惊醒！

这些噩梦就是那一场一场现实生活中真实发生的事情。

从噩梦中惊醒后，我其实并不轻松，因为真实的生活比噩梦更令我恐惧。我的脑海又陷入了白天里不断重演的父母亲之间如同仇敌般的吵架打架的场景之中，便再也睡不着了。

我时常就这样醒着，一个人透过窗口，双眼木然地望着漆黑的天空，或者望着天上遥不可及的清冷的星星，一个人孤单地流泪到天亮。

就这样，我在求死与求生的欲望中苦苦挣扎着。

有谁知道我多少年来只为拥有一个健全人所应有的一切而苦苦祈望?

在那些岁月里，家中发生的一幕幕破碎的事，不断地重复上演着，没有尽头，使得我心灵的伤口永远无法愈合，且新伤重于旧伤……

此时此刻，我多么希望有一种传说中的灵丹妙药，能治好我的顽疾，让我和同龄人一样踏进校园的大门。

我小时候一直盼望着能早日康复，以便能如别的孩子一样去上学，将来考上一所理想的大学，毕业后报答父母，报效国家……

可这一切美好的愿望，都成了遥不可及的梦，终究是我人生理想的泡影。

多么希望这世上真的有神仙，能给我一个健康人的一切，让我奔向大自然，看一看绿色田野，听一听鸟儿鸣叫，看一看鱼儿游泳，看一看蓝色的大海，看一看蓝天白云……

日复一日，年复一年，历尽沧桑、流尽血泪的我，总是这样做着不切实际的梦。

这是怎样的一种心酸，怎样的一种绝望，怎样的一种痛苦，只有我自己最清楚。

这些日志内容极为催泪。

李康宇还和颜淑英说起了自己的父亲，说父亲李继英 1996 年永远离开了他们。

1996 年 5 月的一天上午，只有李康宇与父亲在家。临近中午，李继英走进厨房开始准备父子俩的午饭。一切看似如常。然而就在李继英快要做好饭的时候，却突然跌倒在了厨房里。

李康宇一听厨房传来异样的声音时，便一边大声地叫着爸爸，一边极力地往屋里爬去。

在李康宇的心中，父亲一直是个刚强的男人，平时受了外伤从来都是毫不在乎。这次也一样，虽然他跌倒在了厨房里，但他最后还是苦苦撑着爬回了卧室的炕上。

……但父亲之后再也不能动了，此时我也预感到他得了急病，便连续大声呼叫邻居，以便救助父亲。

我喊叫得嗓子都哑了，喊叫了一个多小时，但人们怎么也听不到我的呼唤。

最后，我流着汗只好慢慢挪近窗子，用平时取东西的长棍使劲地击打窗玻璃。

最终，窗玻璃被我敲碎了，邻居终于听到了玻璃碎片哗啦掉落的声音，以及我沙哑的呼救声，于是便往我家赶来。

他们见到我父亲的情况之后，又连忙叫来两个街坊，大家一起把我父亲送进了当地医院进行抢救。

此时已接近中午十二点了，从父亲跌倒到我呼叫来人，竟然用了一个半小时……

虽然父亲被送往了医院，但我的心却一直在不停地狂跳着，预感会有不祥的事情发生。

当天夜里十二点多，关于父亲的消息终于传来了——在医院接受了十多个小时的抢救之后，我的堂兄弟们把他从医院抬了回来。

但是，这个消息并非是他被治好了的消息，而是噩耗！

真是晴天霹雳般啊！

我一下子撕心裂肺地号啕大哭起来，悲伤的泪水像暴涨的山洪，淹没了我的双眼，湿透了我的衣领……

我不敢相信眼前发生的这一切是真的，但又确实是真的。

父亲的确脾气暴躁，但他毕竟养育了我二十多年，我对他还是很有感情的，看着他那已经没有血色而苍白的脸，我悲伤得不停地大声呼唤：

“爸爸，你醒来呀，爸爸！”

“爸爸！你不能死呀，爸爸呀！”

“爸爸，是我拖累了你呀！是我该死呀！”

“爸爸，你活过来呀，你让我代你去死呀！”

当天晚上，我哭了一夜。

我恨父亲总是制造家庭暴力，让我们这个穷困的家没有幸福、不得安宁。然而我的生命却是他给的，他也是爱我的。

他不在了，我的天也就塌了！

第二天，街坊邻居和家族的人们闻讯来了，为父亲准备丧事。

主持丧事的人把我抱上一辆农用车，让我以孝子的身份为父亲送行，做最后的告别。

就这样，我跟着他们一起，把父亲送到了几公里外的墓地，亲眼看着人们把他埋葬了。

那天，我哭得天昏地暗。

跟我同样哭得天昏地暗的，还有总是在与爸爸吵架时寸步不让的母亲。

后来，我听母亲说，父亲在医院弥留之际，悲伤地哭了，很少流泪的他落下了大滴大滴的眼泪。

或许，他没有完成某种心愿。

或许，他有了某种忏悔……

父亲突然去世的那天，是我人生中经受的所有苦日子中最痛苦、最悲伤的日子。

父亲的形象虽然乌云密布，但他始终是我的天。

父亲死后，由于我需要人照顾，当时尚未出嫁的三姐因此决定招婿上门。

后来，一个退伍军人和她结了婚，成了上门女婿。此后一直都是三姐和三姐夫在照顾我和母亲。

我没有弟弟妹妹，我是家中最小的，大姐和二姐早在20世纪80年代末便分别出嫁。

我把这段自己多年不愿人知的家庭琐事写出来，只是想让人们知道我不寻常的坎坷经历。

也许会有人不理解我这样做，也许有人不喜欢悲剧故事。但是没关系，我只想告诉我自己，遇到再大的困难，我也一定要坚强。

同时，这也是我练习手机打字的一种方式。

确实，我很坚强！

我热爱生活，我不愿过早地离开人世，能活一天我就不会放弃我的执着。

虽然我的病不可能会好，虽然我早已残废，但是我不会放弃对真善美的追求，不会放弃对美好生活的向往、对情与爱的渴望……

李康宇既励志又苦难的故事，更进一步地打动了颜淑英，她觉得自己跟李康宇聊天，不仅仅是同情他，更对他不屈服厄运的硬汉精神有了崇拜之情。

而且，他们还有相同的地方，那就是都没了父亲。

颜淑英对李康宇说，她的父亲是在1992年离开他们的，自此，母亲和四个兄弟姐妹相依为命。她白天上学，晚上就和被迫辍学的哥哥到路边摆烧烤摊，卖沙嗲鸡翅。

4

为了证明李康宇所言皆真，颜淑英向他发起了视频邀请。

连通视频以后，颜淑英看到了李康宇的样子：脑袋不能左右摆动，腰部以下，只有常人胳膊粗的双腿萎缩弯曲，脚掌似乎从八岁那年就停止了生长。

要不是早已通过聊天了解了大致情况，她真不敢相信自己的眼睛。

不过，她除了惊讶之外，更多的是震撼与感动：就是这样的一个男子，却开朗豁达、乐观感恩，而且语言幽默、见识广博，完全不像是一个残疾人。

虽然李康宇总是听说网络是虚拟的，但他却要用真诚与真实同虚拟世界的网友聊天。他没想到自己的真诚付出，不仅赢得了真诚的回报，还渐渐赢得了一个女孩纯洁的心……

就这样，转眼两个月时间过去了。通过与李康宇一天天的聊天，颜淑英被这个命运多舛，却坚强不屈的男人深深打动了。她决定帮助他，照顾他，而且要一辈子！

当颜淑英产生这个想法时，她自己都惊呆了：一个连生活都不能自理的人，多少人避之不及，而自己却愿意去照顾他，且照顾他一辈子，这难道不是一件令人惊叹的事吗？

为什么会爱上李康宇？这并非颜淑英的一时冲动。而是因为颜淑英是一个极重感情的人，也是一个相信缘分的人。

她在与李康宇进行 QQ 交往的过程中时常觉得，李康宇一定是上天为她所赐。

因为世界这么大，怎么偏偏遇到他？且让自己对他动了感情？而自己身边那么多男子，自己怎么就没有与之产生感情？

颜淑英不是没有过感情经历。她曾有过两段恋爱，都让她觉得索然无趣。

第一段感情经历发生在中学阶段，但是中学毕业以后彼此便一拍两散了。原因是对方是一个不切实际爱幻想的人。

第二段爱情经历持续了一年之后，也无疾而终。没能继续的原因是对方说她太善良，不理解她总是乐善好施。

20 岁的时候，颜淑英白天在学校当老师，晚上还出去打工挣钱，非常努力，想多多地赚钱。而她哥哥，因做海鲜批发生意而赚了不少钱，并因此住上了大房子，开上了豪车。

虽然赚钱并非是一件很难的事，但颜淑英觉得，人生还有很多事情比拼命赚钱更有意义。而且，钱并不能买来一切。比如哥哥的大房子在她眼中，便缺少家的温馨，这对哥哥来说，就像酒店一样，不过就是回家睡一觉而已。

因而，她渐渐改变了自己，让自己的人生观、世界观更加从美从心、从善从德、从净从静。

认识李康宇的那一年，年过三十的颜淑英回到学校进修。课余及假期，她时常和自己的同学一起去做义工，足迹遍布澳大利亚、泰国、新加坡、柬埔寨等国家，以及中国的云南和台湾等多地。

快乐与贫富无关。快乐来自内心。

在东南亚一个国家做义工之时，一个经历让她非常感动：一个小男孩拿着义工们给的巴掌大的面包，却舍不得吃。一问才知道，由于家里太穷，小男孩打算将之带回家，与爸爸、妈妈、奶奶分享这份美食。

小男孩的话震撼了颜淑英和其他工友，为了尽其所能再帮助一下这个小男孩一家，他们跟着小男孩去了其所在的村子。

小男孩的家的确在一个贫困的村庄里，这里的人们洗澡、洗衣、打水，都在同一条河里，土地也十分贫瘠。

但是到了小男孩的村子之后，他们却震惊了：这里虽然贫穷，但是沐浴在山清水秀、白云蓝天环境里的人们却怡然自乐，脸上看不见丝毫忧愁。

类似经历让颜淑英的见识殊于常人，因而她在与李康宇交往的过程中觉得，她与李康宇之间的这份感情，正是她渴望已久的一尘不染的感情。

是的，爱一个人是不需要附加条件的，缘分到了，就该万般珍惜。

而且，她也知道，李康宇一定也是爱她的，因为李康宇的QQ空间里，有对爱情的渴望。

因而她大胆地向李康宇表白了自己的爱情："我的后半生，我想和你一起笑、一起哭，我愿做你生命里的天使，永远陪伴你！"

自己是残疾人啊！而颜淑英却是一个身体健全、五官端正的好姑娘，她要与我生活一辈子，这怎么可以？我哪配得上她这样的天使？

李康宇很感动，却又被吓坏了。

"你开国际玩笑吧？不过无论是否是开国际玩笑，我都不会将之当真，也不容许自己当真。因为我是残疾人，我配不上你！你去找一个更好的人吧！”

“我都不在乎你的身体情况，为什么你这么在乎呢？”

“我不是在乎自己的身体是否残疾，而是不能让自己害人！”

颜淑英猜想得没错，李康宇不是没有想象过这份感情，也觉得自己已经离不开这个善良开朗单纯的女孩子了。但他心里又十分明白，自己不配拥有爱情，无论与谁。

有一首名叫《单身情歌》的歌词里有这样几句：

爱要越挫越勇，
爱要肯定执着，
每一个单身的人得看透，
想爱就别怕伤痛……

颜淑英很执着，她找到了一个最爱的深爱的想爱的亲爱的人，她想以此来告别单身。她面对一个多情的痴情的绝情的无情的人，不怕勇往直前时脆弱且纯洁的心会留下伤痕，她只怕爱过了错过了却留下了单身的自己，独自唱情歌。

因而，当她遭到李康宇的谢绝以后，她便给李康宇讲了一个感人的故事。

重庆有一个名叫丁胜奇的男子，也是很小的时候就重度瘫痪，从未上过一天学。但他通过自学，终于靠网络赢得了一位广西女大学生的芳心，且在与之通过六年的相处后共结连理。

这个丁胜奇生于1980年，三岁时患上脊髓萎缩症，他也跟李康宇一样，七岁那年就再也没有站起来过。由于无法行走，他没有上过一天学，但他通过自学开办了重庆市第一家有关残疾人情感服务的网站。

2001 年 3 月，在广西大学读计算机专业的大三学生彭争冬通过网络与丁胜奇开始了网恋。2001 年 7 月，彭争冬毕业后直奔重庆与丁胜奇相会，在随后的六年，不管他到哪里工作，彭争冬都会不离不弃地跟到哪里，直到两人结婚。

颜淑英还给李康宇发去了网络链接，并打上了这样一行字：

“虽然丁胜奇觉得自己配不上彭争冬，从而一次又一次地谢绝彭争冬的爱，但彭争冬却一直没有放弃对丁胜奇的追求，直到最后，她终于打动了丁胜奇，并与其共结百年之好。我就是你的彭争冬！我不会放弃我对你的爱，永远！永远！”

然而，颜淑英将这个故事发过去以后，却久久没有得到李康宇的回复。

由于怕李康宇不再搭理自己，颜淑英很着急——李康宇说过，如果她再对他谈爱情，他就不再搭理她了。原因就是他不想害她，不想害她一辈子。

虽然李康宇没有回复颜淑英，只字片言也没有，但其实看到丁胜奇的故事后，李康宇却心潮起伏，泪雨滂沱。

他不是健康人，可他也一样知道爱情，也一样渴求爱情。

因为谁都知道，爱情是美好的信仰！是生活的阳光！是人生的雨露！

“小宇哥，你在吗？你可知一颗爱你的心在等待你的回应啊！”

李康宇的 QQ 依然黑着，不知道他是隐身着，还是没有登录。

“小宇哥，你在吗？你的 QQ 头像没有亮起来，你知道我有多牵挂你吗？你是不是病情加重了？没有你的消息，我吃不下饭，睡不好觉，你舍得我这样受折磨吗？”

颜淑英一次又一次地呼唤。

玲珑骰子安红豆，入骨相思知不知？
山有木兮木有枝，心悦君兮君不知。

终于，两天后，那个一直黑暗着的李康宇的头像亮了起来。

“英妹妹，我感谢你对我这么好！然而爱情这个东西怎么能冲动呢？我渴望爱情，可是我没有资格获得爱情。理由我之前已经说了，我是一个残疾人，而且瘫痪着。假如我们在一起后，我不仅不能成为你的大树、你的依靠，还会是你的负担。比如吧，仅仅是照顾我的大小便，便会让你生不如死的！”

最初收到颜淑英对自己爱的表达时，李康宇感动的同时，其实也五味杂陈，甚至还担心自己是不是遇到了骗子。

但是很快，他便鄙视起自己所产生的这个念头来，这不是亵渎人家的感情吗？回想这几个月来与之交往的细节，这个女孩是多么真诚呀！

终于有回音了！我的小宇哥终于搭理我了！

看到这一段文字后，颜淑英激动得哭了。

小宇哥用一只手，在手机上打字，要打这一段文字不知道要花多少时间啊！何况这段文字还是他在心灵迷茫时写写删删后留下的。

“我愿意照顾你，不嫌脏，不嫌累！因为我爱你！！！”

在天愿作比翼鸟，在地愿为连理枝。

泪眼迷蒙中，颜淑英打下了这一行字，且还特地打下了三个感叹号。

然而，颜淑英的这一行字又未得到及时回复，李康宇的 QQ 复又暗了下去。

颜淑英是一个相信爱情的人，别的事她可以不坚持，但对自己的爱情，她从来都觉得一定要坚持。

如果自己不坚持，那便是对不起自己，一个对自己都不负责任的人，如何能够做到对心爱的人负责？

因为心爱的人是瘫痪的，需要自己一辈子去爱他，去照顾他。

丝毫没有受到打击的她继续想着办法说服李康宇。她又给李康宇讲了一个美国女孩与车祸后瘫痪男友结婚的故事：

“车祸只是中断了我男友的健康，却并没有中断我们之间的爱，因而不管怎么样，我都要嫁给你，即便我们两人的事情全由我一个人承担，我也会至死不渝地爱你，并与你相守终生。因为在我心中，你是上帝对我的恩赐！”这个美国女孩对她的瘫痪男友这样说。

……

于是在女孩的坚持下，男友心中的顾虑最终全都消除，他们幸福地走到了一起……

这个故事打动了李康宇，泪眼蒙眬中，他有些迷茫了。

实际上，再硬的心，在这么善良纯洁的女孩的柔情面前，都会变软；纵然心如冰山，也会被她的热情与执着融化。

因而，在颜淑英一直坚持不懈地表白下，一向谨慎的李康宇心中的冰山开始消融。

一个多礼拜之后，他终于接受了这份了不起的爱情，并与颜淑英交换了电话号码，然后对颜淑英说：“我们还没见过面，还是先以兄妹的名义相处吧，等哪天我们见面了，你再做决定。”

5

那些日子，看到弟弟李康宇精神很好、容光焕发的样子，李兰花觉得好生奇怪。因为平时的弟弟脸上即便没有写满悲哀，也一贯是平静的。

直到有一天，当她甚至看到弟弟与人通了很长时间的电话时，便忍不住问起李康宇来：“你与谁通电话呢？这么黏糊？”

当李兰花得知弟弟正与人恋爱后，一下子呆了：严重瘫痪，生活都不能自理的弟弟竟然遇到了爱情，而且还是来自异国马来西亚的爱情，而且爱上弟弟的这个女孩子还是高大健康、容貌端正的女孩，而且还是吉隆坡人……

天哪，这是真的吗？

“当然是真的！”

面对三姐刨根问底的询问，李康宇把自己与颜淑英从结识到交往的来龙去脉都说了出来，同时还给三姐展示了颜淑英追求自己的一些网聊细节……

要不是亲耳所闻弟弟与颜淑英的故事，亲眼所见弟弟与颜淑英的 QQ 聊天记录，李兰花真不敢相信这个非常传奇的爱情故事是真的。

现在，十分明白自己未处梦境之中的李兰花被震撼了，也被感动了。

然而，感动之后，李兰花却又对弟弟与颜淑英的爱情予以了坚决反对。理由是你李康宇这个样子，整天瘫在床上不说，不仅不能挣钱，连生活都不能自理，人家一个身体健康的好姑娘跟着你，你这不是害人家吗？你是挺可怜的，挺需要爱与帮助的，但你再可怜，咱老李家也不能害人呀！

李兰花的话当然说得很在理，但李康宇却又觉得很委屈："三姐，我也以这样的理由拒绝过颜淑英，而且有近十天没有搭理她。可她却坚持己见，坚决不放弃这份爱，坚决要跟我在一起呀！"

李兰花想了想说："年轻人都容易冲动，那你把颜淑英的电话号码告诉我，我跟她通通电话，让她冷静冷静吧。"

在与颜淑英通话中，李兰花再一次感到了这个好姑娘磐石般的坚持和蒲苇般的温柔。

"他和我很像，我们有许许多多的共同语言，我爱他！"

问世间情为何物？直叫人生死相许。

最终，李兰花改变了主意，成了第一个支持李康宇和颜淑英爱情的亲友团成员。

相识 5 个月后，颜淑英拿出 2500 元人民币积蓄，订了机票，于 2011 年 11 月 13 日从吉隆坡飞往天津。

心上人跨过季节的阻隔，飞越万里而来，李康宇本应该开心的，但是他的心里却装着焦灼与不安。

他想尽快见到颜淑英，却又怕见到颜淑英之时便是失去她的时候。

他还怕这梦幻般的一切没有那么简单。

虽然他对马来西亚不了解，但却从网上不时看到一些外国姑娘到中国借相亲或嫁人的名义骗财的新闻，因而心里既期盼也忐忑，既盼着亲爱的人前来，却又担心这是一场预谋很久的骗局。

自己一无所有，他当然不担心自己被骗去什么，可是他怕给三姐、三姐夫添麻烦。

即便不是骗局，而是一个没有兑现的“国际玩笑”，也依然会给三姐、三姐夫添麻烦的。

为了使自己能够镇定一些，在家里等待的过程中，他循环地播放《人在旅途》《小小的太阳》《最远的你是我最近的爱》三首歌曲。

从来不怨命运之错
不怕旅途多坎坷
向着那梦中的地方去
错了我也不悔过
人生本来苦恼已多
再多一次又如何
……

——《人在旅途》

……
面对就要失去的爱情
有一点释怀 有一点彷徨
最怕的其实是孤单
你像一个小小的太阳
有一种温暖
总是让我将要冰冷的心
有地方取暖
……

——《小小的太阳》

风雨之后 无所谓拥有
萍水相逢 你却给我那么多
你挡住寒冬 温暖只保留给我
风霜寂寞 凋落在你的怀中
人生风景在游走
每当孤独我回首
你的爱总在不远的地方等着我
岁月如流在穿梭
喜怒哀乐我深锁
只因有你在天涯尽头等着我
……

——《最远的你是我最近的爱》

他觉得，这些歌词唱的正是他的心境。

他一边听歌，一边期盼着来自去天津机场接颜淑英的三姐李兰花发回的前方讯息，也倒数着颜淑英所坐的那个航班的飞机落地的时间。

“弟弟，颜淑英所坐的那个航班的飞机落地了。”三姐终于打来了电话，“但是没有看到姑娘呀，好奇怪！”

这句话让李康宇心中的担心顿时剧增：这是什么情况？难道真的是个骗局？或者那个叫颜淑英的网友根本没有买机票，更没有登机，而是跟自已开了个国际玩笑？

他的心情突然糟透了。

如果真是这样，那就太丢人了！

不过，十分钟后，三姐再次打来了电话，告诉他说，接到人了。

太好了！我的颜淑英怎么可能骗人呢。

李康宇悬着的一颗心落了地。

不过，几乎一瞬间，他心里一种担心消失，另一种担心又冒了出来：颜淑英看到真实的我之后，会失望吗？能接受吗？我家里的条件这么差，能留住她吗？

而在这同一时刻，颜淑英的心里也不平静，生长在只有夏天的马来西亚、刚刚踏足陌生土地的她当然需要很大的勇气，因而她在不断地给自己打气：如果我人生中第一次过冬天没有生病发烧，如果李康宇说的都是真的，如果我能适应中国北方农村的生活，我此生就和李康宇一起过。

颜淑英坐上李康宇朋友的车子后，汽车朝着唐山李康宇的家里驶去。

一路上，她的心情复杂、忐忑。

出机场后不久，汽车驶上了宽阔的高速公路，畅通无阻。

走过一段高速公路之后，汽车便驶入了凹凸不平而又狭窄的乡间公路，并最终停在了一个农村小院门口。

汽车从都市驶入乡村的过程，也好比从天上跌落人间的过程。在这个过程中，李康宇的三姐李兰花挺尴尬的。越接近自己家所在的村子，这份尴尬越强烈。

但颜淑英却并没有过于不适的表现。因为在此之前，她对心上人的生存环境做了最坏的打算。所以，当置身于此之时，她反而觉得比她之前想象的要好许多。

终于见面了。亲爱的，冥冥之中的缘分因坚定的追逐而聚首。

李康宇有些许尴尬，但颜淑英却很平静。她跨进李康宇家门的那一刻反而有了一种如同回家的平静。

她在李兰花的引导之下来到了李康宇的房间，很自然地坐在李康宇的床沿上，就像已经见过无数次面的情侣那般，深情地看着李康宇，满面含笑。

“小宇哥，我来了……”

室内灯光明亮，温暖明媚。而窗外，一轮明月已经升起，虽然同样照着故乡与异乡，但是却显得那么清冷。

相爱的人儿，不远万里相聚在一起，当然会有千言万语。可是千言万语又不知道该从何说起。

一声“小宇哥”，叫甜了李康宇的内心，他百感交集。

对视片刻，他当着三姐的面，急切地问道：“我和视频里看到的一样吗？”

他没有问候亲爱的人是否旅途辛苦，而是直接问她对自己的感受。是因为他太喜欢她了，太爱她了，他真的怕失去她。

颜淑英赶忙说：“一样，一样。”

此时无声胜有声，有声无声皆为衷情声。

知趣的李兰花便借故走开了。

这时，李康宇又局促地问颜淑英：“我真的和你以前看到的一样吗？你会不会很失望？”

“不一样！”颜淑英说。

颜淑英的话令李康宇心情蓦地一沉。完了，难道……唉，确实是癞蛤蟆想吃天鹅肉。我早想过了，“风雨之后无所谓拥有”，我应该平静……

但这时颜淑英却开怀大笑起来：“你比视频中好看一点！”

说着，颜淑英伸过手来，一把抓住了他的手。

一股温暖的电流，顿时传遍他的全身，他刚刚还沉重的心情一下子舒缓开来，同时泪水也在这一刻狂奔而出。

第一次到寒冷的北方，第一次到异国他乡，第一次到心上人的家里，颜淑英难道一点不适之感也没有吗？

当然有的。比如说，臭气熏天的旱厕便让她颇不适应。

然而，世间爱情能让人生死相许，这点困难又算什么呢？

自己爱一个人，就应该同样热爱他所生活的环境，同时接纳他的生活习惯以及亲人朋友。

她是真的很爱李康宇。见到李康宇本人后更爱了！

他虽然身体残疾，但是他的内心比多少身体健康的人还要健康。他诚实、热情、善良、幽默、大度，他对她毫不遮掩、毫不隐瞒。他对她就像对自己一样，敞开了一切，无论优点还是缺点，无论贫穷还是富贵。

就像她对他一样。

这样的人是值得信赖和托付终身的。

确实，两人虽是第一次见面，但却好似早已一家。

在接下来的日子里，他们互诉衷肠，更坚定了要在一起共度今生的念头。

甚至，之后的一天，颜淑英也如同从前在网络上主动告白一样，大胆地向李康宇提出："你向我求婚吧！"

第一次见面就订婚，幸福来得这么突然，李康宇又一次掉下了眼泪。

可是自己向一个女孩求婚，该怎么做呢？难道就是一句话吗？

不能！

求婚，是向一个女孩子求她的一生，哪能这么简单？

“好的，我明天就向你求婚……”

“你不是还想搞一个啥仪式吧？不用不用，你直接说就行了。”

“我家这么穷，能搞个啥仪式呢？我只是需要想想该怎么求婚比较好，想尽量庄重一些，毕竟这是我俩的人生大事！”

“那好吧，我听你的！”

话虽这么说，但实际上猝不及防的幸福与惊喜，却为难住了李康宇。

他偷偷地通过网络向一位网名叫“北京姐姐”的人请教，请她给自己支招。

这位“北京姐姐”也是李康宇通过网络结识的，很关心他，不仅平时对他嘘寒问暖，而且还曾送给他一台笔记本电脑。

“要不你买三束玫瑰、两束百合送给姑娘吧！”

这个主意好！

李康宇知道其中的含义：三束玫瑰代表“我爱你”，两束百合代表“百年好合”。

可是，自己是一个瘫痪的人，怎么去买花呢？叫三姐去买？

正在李康宇琢磨这事的时候，这时“北京姐姐”却突然发过来一句话：“你是不是正在琢磨该如何去买这几束花？”

“对！”

“我去给你办这事呀！”

“你在北京呀！”

“弟弟这么大的喜事，我买好花后从北京赶过来又有什么不可以？再说北京离唐山并不远呀！”

“太好了！”

“是呀！能见证弟弟最幸福的时刻，那对我来说，其意义也是十分重大的！”

第二天晚上，一场简陋却又庄重的跨国求婚仪式在唐山市丰南区柳树圈镇的一个小院里举行。

坐在床上的李康宇，手握着特地从北京赶来的“北京姐姐”给他买的鲜花，有些羞涩而又十分幸福地问颜淑英：“亲爱的，我爱你！你愿意嫁给我吗？”

不知道是由于激动，还是手臂肌肉萎缩，他握着鲜花的手在颤抖。

“亲爱的”这三个字不是李康宇第一次对颜淑英说，但是很大的区别在于，之前这三个字是通过网络传达的，而这次却是当着鲜活的真人说，因而他鼓了好一阵勇气才说出口。

“我愿意。”

颜淑英的脸羞红了，这是少女的娇羞，也是幸福的娇羞。

说出这三个字的时候，她的眼里涌出了晶晶亮的泪水。

虽然这三个字是轻轻地从她口中吐出的，但是这三个字却是重重的托付，重重的承诺，也是她庄重的一生！

这三个字并非是她随意说的，是她在买机票之前便已经深思熟虑做出的决定。

为了这个决定，她甚至还特地从马来西亚买好了戒指……

这次见面，颜淑英在李康宇家里待了两个星期。

颜淑英走后，李康宇感觉自己像做了一场梦。

不过，他的小屋里，依然留着颜淑英的气息与印迹，又显示这一切并不是梦。

在李康宇目光能及的墙壁上，颜淑英为他贴了很多卡通贴纸，其中还有夜光贴纸，即便夜晚关了灯，也能如星星一般闪亮。

贴这些贴纸的时候，颜淑英对他说：“我不在的时候，就让它们陪你。”

订婚之后，李康宇和颜淑英的爱情在炽烈燃烧的同时，更多了一层牵挂。他们不仅每天都要通过网络互通有无、互诉相思，而且还要通越洋电话。

李康宇通过电话得知，颜淑英最好的朋友听说她要嫁给李康宇这样一个高位截瘫的男人后，无不强烈反对，骂她简直疯了。

这还不是最难的。

相比于此更难的是，他们面前出现了第一道必须跨越才能继续的坎！

当颜淑英的母亲得知女儿以到中国旅游的借口去中国相亲，且男友是一个严重瘫痪患者时，惊呆了，也很生气：“阿英，你怎么可以这样啊？天下这么多健康的男人，你怎么不爱？偏偏爱上他？”

知女莫若母。虽然当母亲的知道女儿重情重义淡泊物质，但她又怎么舍得女儿漂洋过海、背井离乡，去嫁给一个瘫痪在床的中国男子？何况女儿嫁得太远，万一受委屈咋办？

“妈妈，爱情是讲缘分的！茫茫人海为什么我独独爱上他？原因是我爱上他我觉得自己幸福。你爱我，就应该支持我的幸福啊！”

“我反对你就是对你好！你是我生的，是我的宝贝，我会害你？”

“妈妈，我就是要嫁给他！”

“你这孩子怎么这么不懂事？你爸爸去世早，你说我把你养大容易吗？你怎么一点也不尊重我的意见？你这么强势，那我也告诉你，我坚决不同意你嫁给这个残疾人！”

第二天，老人找来了几乎所有亲朋好友，请他们劝说颜淑英放弃这段不可理喻且极不般配的爱情。

但颜淑英却非常执着：“我相信我嫁给李康宇，会得到幸福的。一个女人能拥有幸福，便是完美！便是一生的追求！”

话虽这么说，但母亲毕竟是自己最尊敬的人，而且母亲养大自己也确实不容易。因而面对这道难以跨越的坎，颜淑英其实内心也很无助。

由于一时看不清未来，她甚至偶尔会在电话里哭。

李康宇也哭：“亲爱的，没关系！如果我们俩真没缘分的话，以后，我就把你当成我的好妹妹吧，只要你一年能来看我一次，我就很满足了……”

哭虽哭，但颜淑英却又斩钉截铁：“不！我这辈子一定要做你的老婆！”

她不放弃自己这份好不容易得来的，如同上天所赐般的爱情，她利用一切机会进行着努力，以改变母亲以及家里人对此的态度。

很多时候，她自己花钱买了东西，却告诉母亲和家里人说，钱是李康宇给的，他很爱她。

转眼三个月过去了，拉锯战的结果是双方互不相让，不分胜负。

女儿执念如此，爱女儿的妈妈只好来了个缓兵之计。

转眼到了 2012 年 5 月，当颜淑英的母亲得知颜淑英将再次去往中国唐山时，便悄悄叮嘱颜淑英的哥哥和两个妹妹，请他们作为亲人代表陪同前往唐山，并努力找出恰当的理由，力劝颜淑英死心。

在哥哥和妹妹的陪同下，颜淑英第二次来到了唐山。

颜淑英的一个哥哥和两个妹妹本想找出颜淑英与李康宇爱情的软伤、硬伤，找准机会游说她放弃这段爱情。又谁知在李康宇家中居住的一个多星期里，兄妹三人却被颜淑英与李康宇的爱情深深打动了。

飞到天津，刚出接机大厅，他们就震撼了：一位漂亮的美女举着一捧鲜花送给了颜淑英，而这鲜花是代李康宇送的。

“这个人真浪漫！”颜淑英的妹妹由衷地夸赞道。

紧接着，几个小伙子热情地上前，帮他们拉行李：“我们是李康宇的朋友，我们是特地来接你们几位尊贵客人的。”

一直卧床的李康宇，竟然也有“铁哥们儿”，真令人感动。

而迎接他们的车，也布置得像婚车一样漂亮——他们负责开车把兄妹三人从机场接回到了李康宇的家。

在李家的日子里，他们每天都是既感慨，又感动。

颜淑英的妹妹故意设难以考李康宇的智商，结果发现没有上过一天学的李康宇头脑聪明灵活，懂的东西竟然比她这个大学生还要多。

临离开的前一天，颜淑英的哥哥非常认真却又似乎早知答案地问了李康宇一个问题："康宇弟弟，请你真诚地回答我，你能给我妹妹幸福吗？"

李康宇老老实实地回答："这个不能！"

李康宇进一步解释说，从他和颜淑英恋爱的第一天起，他就告诉她，自己不能给她幸福。

"那你既然不能给她幸福，为什么还要跟她在一起？"

这句话让李康宇脸上写满了沮丧："我一直在为此痛苦地挣扎，因为我很爱她！但我明白我爱她的最大的表现，就应该是要让她生活得幸福，所以我也一直希望她能找一个更好的过自己的一生。"

"哥哥，你问这些问题干啥？幸福不幸福最有发言权的是我呀！"这时颜淑英有些生气了，"我所理解的幸福并非做给谁看的，也非物质化的体现，而是内心真切的感受！"

"亲爱的，没事！哥哥问得很好！这表明哥哥很爱你！"李康宇笑着打断了颜淑英的话，然后面朝颜淑英的哥哥说："是的，哥哥，如淑英所说，我理解的幸福也是来自内心的。不然，那么多身体健康、物质基础好的人就不会离婚了。在我心中，真爱是一种圣洁的信仰！"

李康宇的善良和真诚，打动了颜淑英的哥哥和妹妹。

感动如斯，颜淑英的哥哥心情却并不轻松——他不知道对妹妹是该祝福还是心疼。

当晚，当兄妹四人单独在一起时，他又一次很认真地问颜淑英关于她与李康宇的爱情的问题："阿英妹妹，现在只有我们兄妹在，所以，我再问你一个很严肃的问题：你真的想清楚了吗？这条路会很苦的。如果没想清楚，现在回头还不晚。”

颜淑英告诉哥哥：“我这辈子认定了李康宇，非他不嫁，因而也就无所谓苦与不苦了。即便苦，也是宿命。正所谓‘问世间情为何物，直叫人生死相许’。”

颜淑英的话令哥哥顿时无言。而颜淑英的两个妹妹，则感动得泪水涟涟。

因而回到吉隆坡后，未完成“任务”的兄妹三人非但没有自责，相反还加入了颜淑英与李康宇的爱情啦啦队，当起了颜淑英的说客，劝说起母亲来。

天下没有不爱自己子女的父母。在又经过一段时间激烈的思想斗争后，颜淑英的母亲终于同意了女儿与李康宇的这门亲事。

当得到家人的支持之后，颜淑英便催促李康宇赶紧去办理护照。因为跨国婚姻需要办理护照。

如同叶公好龙。李康宇曾经无数次梦想过与心上人结婚，可越过一个个难关好不容易迎来谈婚论嫁的时刻，他却又有顾虑了。

真跟颜淑英结婚好吗？会不会害了这个好姑娘？

自己身体并不好，任何时候都可能说没就没了，能与这么好的一个姑娘结婚当然荣幸之至，可要是自己死了，这不是毁了人家吗？

而且，自己身体瘫痪成这样，出一趟门很不容易，会给家人和朋友添多少麻烦呀！会有多少人看稀奇呀！

办理护照要花两三百元，自己一年的低保收入才 2300 元，经济问题也不能不考虑呀！

还有，万一护照办了，颜淑英那边却出现变卦，婚事未成，村里人怎么看自己呢？这不是一个真实版癞蛤蟆想吃天鹅肉的国际笑话吗？

因而他对办护照一事一拖再拖。

当颜淑英经旁敲侧击知道了李康宇的顾虑之后，真是又好气又好笑又心痛。

她态度明确地对李康宇说，她非常爱他，他愿娶她就是她最大的幸福！

“你若不娶我才是真的害了我！没钱，我们的婚礼可以办简单点，或者不办；还有，请你放心，我永远不会改变今生一定要嫁给你的这个决定！我敢对天发誓，说句不吉利的话，即使在我再来之前你死了，我也要到你的墓地跟你结婚的！”

这时，李康宇身边的朋友也鼓励他说：“姑娘都不怕了，你还犹豫什么？”

于是 2013 年 4 月，李康宇便在两个朋友的帮助下，去了唐山城。

之后通过网络商议，他们为李康宇和颜淑英定下了婚期：2013 年 8 月 8 日。

2013 年 7 月 20 日，颜淑英带着亲人的祝福，以及各种跨国手续又一次来到李康宇家中，筹办结婚之事。

由于跨国婚姻只能在省级民政厅办理，而李康宇无法坐立，踌躇多日后，李康宇才在自己一个有车的朋友的帮助下，躺在拆掉了座椅的车上，去了石家庄。

2013 年 7 月 24 日，李康宇与颜淑英终于在河北省民政厅领到了结婚证。经过两年多时间的网恋，这对相隔万里的情侣终于修成正果。

2013 年 8 月 8 日，颜淑英的母亲、哥哥、妹妹等家人均从吉隆坡赶来唐山李康宇的家中，参加了他们的婚礼。

在婚礼上，主持人将颜淑英的手交到了躺在沙发上的李康宇的手中，两人激动地宣誓：

“从今以后，我将和你一起欢笑，一起哭泣；

我会忠诚地爱着你，无论未来是好还是坏；

我会像我们此时彼此紧握着对方的手一样，

同甘共苦，经风历雨，永永远远不离不弃！”

这一刻，随着两人幸福眼泪的落下，在场的宾客们也都被感动得泪眼蒙眬。

接着，司仪问李康宇：“李康宇先生，你愿意把你妻子颜淑英女士的母亲当作你自己的亲生母亲，爱护她、关心她、孝敬她吗？”

“我愿意！”

在得到李康宇肯定的回答后，司仪又问颜淑英的母亲：“颜妈妈，从今以后，你愿意把女儿颜淑英的丈夫李康宇当作你自己的亲生儿子一样爱护、关心、照顾他吗？”

“我愿意！”

父亲去世 4 年后，母亲于 2010 年也去世了，李康宇此后一直跟着三姐和三姐夫生活，现在因为结婚而多了一个妈，李康宇再一次感动得落泪。

……

颜淑英激动地对亲友们说：“我觉得我们就像王子和公主一样！”

实际上，这是一个寒碜的婚礼：颜淑英的婚纱和披肩，是在李康宇的坚持下，花去 165 元从淘宝网上买来的；结婚戒指，是颜淑英花 60 元人民币，从马来西亚买来的；婚宴摆了 5 桌，每桌的费用 800 元……

这样的规格，创下了承办婚礼的酒店开业以来的最低纪录。

但是，美满的婚姻跟这些表面的东西之间又有何必然的关联呢？

6

爱情的速度很快，也很慢。

快是浓烈。

慢是醇酿。

李康宇与颜淑英美丽且传奇的婚事传播开去以后，引无数的网友称颂。

虽然他们连相拥在一起照一张婚纱照的愿望，也因李康宇身体的原因而无法实现，但身披白色婚纱的颜淑英和只能躺、不能站的李康宇的婚纱照却依然是那么令人艳羡，依然被赞叹为人间最美的婚纱照。蜷曲着身体在床前与穿着白衬衣、打着红领带的幸福的丈夫李康宇合照中笑靥如花的颜淑英，更被赞誉为真正的天使。

不仅如此，还有网友为他们感人的爱情作诗，甚至把他们夫妻的名字也嵌入诗中：

颜如玉温柔如水来唐山，
淑女坊纯洁真挚情无边。
英雄泪看淡世态心无澜，
真情意无关国界爱无言。
爱如海深沉无私涌过来，
李公子感恩欣喜泪翩然。
康泰乐唐山唏嘘纷纷赞，
宇轩昂两手相握谱诗篇。

瘫痪男子却娶了个健康的外国媳妇，这令乡邻羡慕不已，纷纷认为是李康宇上辈子积了德。

李康宇花了20元，从淘宝上买来一个精美的盒子，把结婚证小心地收藏起来。

结婚证在他心中既是一个婚姻契约的证件，更是保佑着他的护身符。

婚后，颜淑英很快进入了小媳妇兼护工的角色。

瘫痪30年，李康宇吃饭时都是用一把接上长柄的勺子，舀上饭在空中绕一个很大的弧线，然后才能勉强把饭送进嘴巴里。但婚后，颜淑英总是先喂他吃完饭后，自己才吃。

颜淑英要学的不仅仅是如何当人妻、当护工，由于她在娘家从来没有下过厨，因此还要学习如何做菜，尤其是做中国菜，特别是中国北方菜。

虽然李康宇也从来没有下过厨房，但是他却是个有心人，吃过什么菜，便知道怎么做，因而颜淑英在做菜之时常常向他讨教。

比如莴笋切片与木耳一起炒肉片，西红柿切片炒鸡蛋，黄瓜拍碎加蒜蓉凉拌……

通常情况下，颜淑英做了菜，都会给对面屋子住着的三姐送过去。

她感恩三姐和三姐夫这么多年来一直对李康宇的照顾。三姐与三姐夫差不多已经是他们唯一的亲人了。

因为哪怕是婚礼当天，不少亲戚都没有出现，也没送来礼金。按照当地农村的说法，这是“断亲”的意思。

之所以与他们“断亲”，是怕与他们交往有麻烦，比如遭遇借钱、帮忙之类等。毕竟他们上无片瓦，下无立锥之地。

结婚前，颜淑英想拿出积蓄，在村里另外买两间房子，供他们婚后住。但当她得知这要花费 10 万元以上时，又打消了这个念头，因为她无力承担。

她娘家哥哥有钱，但兄妹长大，各自成家，哪好意思在自己还没嫁人之时就向哥哥借钱？何况已经成家的哥哥家的钱，也是嫂子的钱。

虽然结婚后三姐一家便与他们分开了，两家各自开伙，但是他们还是感激三姐。因为三姐曾对记者说过，自己的房子他们想住多久就住多久……

新闻热浪消逝，生活平静如常。

为了当好人妻，颜淑英还特地从马来西亚带来了菜谱，琢磨着给李康宇做马来西亚美食。然而遗憾的是，菜谱上的不少食材，在唐山根本买不到。

婚后的生活没有诗意，少了浪漫，少了甜言蜜语，多了油盐酱醋，多了耳鬓厮磨，也多了相依为命的感情。

从前习惯母亲在身旁照顾自己的李康宇，有时候从梦中醒来会不由自主地喊“妈妈”，婚后的每一次，无论有多么疲惫，颜淑英都会随着丈夫的叫声而醒来，并明白丈夫恍惚的呼唤。因而她连忙摸摸丈夫的额头，安慰说：“老公，我在这里呢。”

或者她会开灯，打上水，给丈夫清理完大小便之后，才又躺下，与李康宇脸挨脸头挨头地继续睡觉。

别人嫁人，嫁的也许就是人。而颜淑英嫁人则嫁的不仅是人，还是青春、精神，以及真爱。也因此在这一年，她获得了2013年度“感动河北”人物提名奖。

由于李康宇每年只有2300元的低保金，此外别无收入，而颜淑英要照顾李康宇又不能去外面找工作，考虑到两人婚后的生活问题，有好心人热情相助，帮他们开了一家名叫“唐山爱上吉隆坡”的淘宝小店，经营袜子、护肤品和婴儿车等物品，这样夫妻俩在自己家里也可以工作，挣些生活费了。

为了让这个看上去毫不起眼的小店能够吸引顾客的眼球，小夫妻俩特地在店铺主页的醒目位置贴上了自己的婚纱照，并简略地讲述了自己的爱情故事。

在这个爱情速食的时代，爱情几乎轻贱得只剩下一个符号，生活中真还有这样不沾一丝尘埃的纯美爱情吗？

人们纷纷质疑、探问，急切的心如同破解一个谜题。因而，他们的爱情故事在感动顾客的同时，也带来了一定的人气。

人气，多少因为猎奇而生，是不等于交易量的。因而夫妻俩的婚后生活也很快遇到了尴尬：生活可以很苦，但必需的开支得有。

所幸，由于感动于他们惊天动地的爱情故事，不仅不少媒体采访他们，北京、天津等电视台还请他们去做节目。

以前，李康宇害怕出门，觉得被人抬进抬出“丢人现眼”。而这场婚姻却给了他勇气与力量，给他带来过去不敢想象的新天地，还给他自己带来了收入，他觉得很愉快。

节目上，李康宇侃侃而谈。细心的女主持人不时地问李康宇，要不要停下来休息一会。

这一细节让李康宇非常感动，因为这样的尊重和理解，是过去30年来他从未经历过的。他明白这是传奇爱情的力量，因而对妻子给自己的这场婚姻充满感激。

不久后，同样被他们的爱情故事所感动的一位上海好心人也决定帮助他们，想把李康宇包装成澳大利亚天生没有四肢的励志演讲家尼克·胡哲（Nick Vujicic）那样的人。

“你可以成为一名励志演讲家，为需要的人群进行励志演讲。”

这个好意对李康宇来说，有点令他头晕。

“励志演讲家？什么叫励志演讲家？”

“不着急，我先给你QQ发一些国外励志演讲家的相关材料过去，你先看一看，明白是怎么回事后，你再想一想。”

随后，李康宇收到了这位好心人发来的一些外国励志演讲家的资料，其中就有尼克·胡哲的资料。

尼克·胡哲，1982年12月4日出生于澳大利亚墨尔本，天生没有四肢，只有左侧臀部以下的位置有一个带着两个脚指头的小“脚”。

尽管身体残疾，尼克·胡哲的工程师父亲和护士母亲却并未放弃对他的教育。在他六岁时，父亲教他如何用身体仅有的“小鸡脚”打字；而母亲则为他特制了一个塑料装置，好让他学会“握笔”写字。八岁时，父母把他送入小学。因身体残疾，尼克·胡哲饱受同学的嘲笑和欺侮。十岁时，他曾试图在家中的浴缸溺死自己，但没能成功。

2001—2003年，尼克·胡哲在澳大利亚布里斯班市的格里菲斯大学就读。在校期间，他打电话给学校，推销自己的演讲，遭到一次又一次拒绝。

不过在他坚持了52次，也被拒绝了52次之后，他获得了一个5分钟的演讲机会和50美元的薪水，自此开始了演讲生涯。

2005年，尼克·胡哲出版了名为《生命更大的目标》的视频光盘，同年被提名为“澳大利亚年度青年”。

2008—2009年，尼克·胡哲曾两次来到中国部分高校演讲。2010年，他又出版了自传式书籍《人生不设限》。

2011年，尼克·胡哲做客香港凤凰卫视电视谈话性节目《鲁豫有约》。2013年5月14日开启东南亚巡回演讲……

看过材料，明白励志演讲家是怎么回事后，李康宇还是不太自信：自己又没做出惊天动地的事业来，怎么好大谈特谈励志呢？

“你这样说就太低调了。在我看来，你不屈服命运的折磨，坚强坚忍地活着，就已经很励志了！”

“这哪称得上励志呀？这不过就是好死不如赖活着。”

“这当然算励志呀！你想想，谁的人生会是一帆风顺的？不坚强坚忍地活着哪行？现在一些中学生考试没考好，被老师责备了，就选择自杀，这不是太脆弱了吗？相比之下，你的顽强精神就很鼓舞人心！更何况，你与妻子涤尘荡浊的爱情故事，也能给依然相信爱情的人们以坚守爱情的信心。”

想想也是，我这样一个没有价值、没有希望的人，都可以坚强地活下来，并创造生命的奇迹，身体健康、生活在蜜罐中的人又何必就这么轻言放弃自己的生命呢？

而且，在当下的社会中，一尘不染的爱情早就成了奢侈品，自己的爱情故事，也确实能够令人重新去审视、思考真爱是什么。

他觉得还是应该把自己的生命故事好好地讲给大家听。

“我能行吗？”对于这一番好意，有些心动的李康宇感激的同时，依然没底气，“别人看到我这个样子会被吓坏的！”

“你当然能行！”好心人鼓励他说，“演讲又不是选美，有什么不行的？”

这时颜淑英也鼓励他：“老公，你能行的，你连我这样的媳妇都能搞定，你有多差吗？”

于是，李康宇接受了这个新的挑战，并给对方发去了自己的照片。

之后，他在妻子颜淑英的陪伴下，从2014年开始，先后到过北京、上海、天津、重庆、杭州、苏州等40多个城市，以及韩国等地做励志演讲，与数以万计的企事业精英、学子们分享自己坚强乐观的人生故事。

被人抬上舞台，只能躺着说话，全身只有手能动、嘴能动，但是却坚强地活着，且创造了爱情的奇迹……

李康宇现身说法的演讲，感人至深。

他演讲的主题通常是“与其等待死亡，不如创造奇迹”，这是他从自己的励志人生中总结出来的金句。

他称自己是一个横着出去，横着进来的人，他令人催泪的幽默，也为他迎来了“身体躺着精神却傲立的演讲家”的赞誉。

李康宇的励志演讲全都是公益性质的。他不取分文的理由是人生在世，时光很短，如果能够为这个社会做些贡献，就当努力而为。

那段时间，李康宇还通过几根手指敲打键盘，将自己瘫痪在床 30 多年间与病魔抗争的经历，写成并出版了一本名叫《与其等待死亡，不如创造奇迹》的书。

在妻子加保姆的颜淑英的照顾之下，体重原本只有 30 多公斤的李康宇，渐渐胖了起来，幸福的日子也渐渐驶过了泥泞，驶上了正轨。

然而谁知，不幸却神出鬼没地出现了。

2016 年 12 月，他们在天津演讲完后，李康宇感觉自己身体不舒服。

这引起了颜淑英的警惕，因为在最近一个多月里，他时常感觉胸闷，她还专门找来医生给他看病。

由于怕给别人添麻烦，他们没有及时上医院，而是自己通过网络查症状，并买来了氧气筒治疗。直到 2017 年 1 月中旬的一天，李康宇明显感到呼吸困难，才不得不麻烦四邻送他上医院。

结果，医生在对他进行了紧张的检查之后发现，他心脏有积液和脓包，必须马上去北京的大医院做手术，否则会有生命危险。

于是紧急转院。

大年三十，李康宇在北京做了手术，而且手术很成功。

但是，主治医生在做手术前却无奈地告诉颜淑英说，李康宇的病是多年积下来的，估计难以挺过这一道关，恐怕做手术的结果是钱花了，人也没了。

医生的话令颜淑英肝肠寸断，泪如泉涌，但她还得在丈夫面前强颜欢笑。

当医生将手术的风险性告诉李康宇时，李康宇平静地说：如果自己不做这个手术，是一定会死的；而做了这个手术还有康复的希望，因而哪怕康复的希望只有百分之零点一，他也要做这个手术。他说他不怕死，每个人都会死的，死是早晚的事情。他希望活着的原因是他热爱生命，他热爱与老婆在一起的生活。

手术后，得知他们经济异常紧张的医生劝他们回家过年。但李康宇却希望自己在医院过年，并请求医生同意。

医生对此十分困惑。

这时李康宇才无奈地讲了原因：他们没有家，没有房子，自己一直借住在一对好心夫妻家里，如果春节期间自己发生万一，便又给好心人添麻烦了。

医生无奈地同意了。

2017 年 1 月 29 日，大年初二那天，医生检查发现，李康宇身体的各项指标都在下降。李康宇可能也已经感知自己快不行了，因而当医生建议他闭上眼睛休息一会儿的时候，他却一直不愿闭上眼睛，而且还嘟囔着说：“我不能闭上眼睛，我闭上眼睛就再也看不见我老婆了。”

颜淑英伤心欲绝，她颤抖着声音问李康宇：“老公，你还有没有想见的人？”

李康宇想了想，说他想见见“北京姐姐”。

“北京姐姐”得知他住院且想见她一面的时候，便马上离开正一起欢度春节的亲人，急急地赶到了李康宇所在的医院。当她见到李康宇已经病入膏肓之时，顿时泣不成声。

之后，颜淑英又问丈夫还想见谁。

李康宇凄楚地笑着摇了摇头：“老婆，大过年的，不要打扰别人了。”

“老婆，如果我这次挺不过去，你一定要回马来西亚去。”李康宇吃力地对颜淑英说，“因为你在中国没有房子、没有孩子、没有亲人，你的亲人全在马来西亚。”

这一席话让颜淑英泪流满面：“老公，不会的！你不会有事的！”

李康宇非常痛苦地笑着说：“我是说如果。”

“老公，你一定能够挺过去的，一定！”

“是的，老婆，你放心吧，我不会有事的！”

之后，意识迷糊的李康宇不断地重复着这句话。

然而，说自己不会有事的他还是走了……

李康宇去世后，颜淑英整整哭了三天。

那三个天昏地暗的日子，她感觉自己也跟着丈夫去了。

她真想追随丈夫而去，可是她又不能这样做，因为她还得料理丈夫的后事。

李康宇离世后，他与颜淑英的爱情故事依然在感动着千千万万相信爱情的人们。

想到他生前有个愿望，就是将自己和妻子的爱情故事拍成电影，因而曾长期资助他们夫妇的唐山汇影文化传媒有限公司董事长赵立君决定完成李康宇生前之愿，并请著名编剧周秀玲编写了名为《吉隆坡爱上唐山》的剧本。

2017 年 6 月 19 日，在唐山市举行了该电影筹拍的新闻发布会，颜淑英应邀出席了活动。

而 6 年前的这一天，正是李康宇与颜淑英在网上初相识的日子。

看到自己与丈夫的爱情故事即将搬上大银幕，颜淑英欣慰之余又不免伤感：要是他还在就好了！

斯人已逝，而爱却不竭地流淌着，没有比这更令人断肠的了……

洁白的爱

经过交往，我的心已深深地被你这位东方古国的绅士所打动。我爱你，深深地爱你，我要飞越高山和大海来到你的身边，永远跟你生活在一起……

骄阳似火，心潮澎湃。

六月的一天下午 3 点 17 分，一架银色的波音 757 飞机平稳地降落在成都双流国际机场。

一位满头银发、面容慈祥的白人老太太刚刚走出机场接机大厅，一位西装革履的老先生就立即迎了上去，与她忘情地相拥，且喃喃絮语："亲爱的凯西娅，我终于盼到你来了……"

话未说完，两位老人都已感动得老泪纵横……

1

"蜀国多仙山，峨眉邈难匹。"

春天的峨眉山更是紫气氤氲，令人沉醉。

莺飞草长、流水潺潺的五月的一天早晨，四川省峨眉山市汽车站，熙熙攘攘喧哗的人流中，一辆开往成都的中巴车正欲发车，这时候一位满头细汗、精神矍铄的老人匆匆地赶了来。

“还好，车上还有一个座位！”老人气喘吁吁地上车后，环顾了一下车上的乘客，自言自语道。

当他兴高采烈地坐在那个空座位上后，才发现这个空座位旁边坐着一位金发碧眼、漂亮的外国妙龄女郎。

见有人坐在自己身旁，外国女郎友好地向老人笑了笑，算是跟老人打过招呼。

老人也很礼貌地向外国女郎点了点头，且用英语向她问好。

通过寒暄，老人知道了这位金发碧眼芳龄二十多岁的外国女孩名叫汉尼卡（Hanneke），是一位来自荷兰的旅游者。

汉尼卡刚刚游玩了世界有名的峨眉山，此时乘车前往成都，打算再看一看成都的杜甫草堂，因为她自小就知道中国古代有一位著名的诗人名叫杜甫，她很喜欢杜甫的诗，也很崇拜杜甫。此次成都之旅是汉尼卡来中国旅游的最后一站，游完成都后就准备经缅甸回国。

汉尼卡在与老人的寒暄中，也了解到了老人的一些基本信息。

老人名叫王维明，是四川省文史馆的一位资深馆员，峨眉山市一所高校的教授。老人此次到成都是为了参加一个学术研讨会。

汉尼卡在与说着一口流利英语的老人聊天的过程中，被老人的人生故事所感动，表情时而凝重，时而开朗，时而珠泪频弹，时而笑声朗朗。

王维明20世纪初出生于山西省太原市，早年毕业于燕京大学，并攻读社会科学和宗教哲学两门研究生课程；1938年在延安加入中国共产党，随后进入鲁迅艺术学校（1940年更名为鲁迅艺术文学院，即今天的鲁迅艺术学院）学习，师从艾青、冼星海等大师，并成为该校第一届毕业生。

毕业不久，王维明又离开延安，潜入敌后方，为抗日战争及全中国的解放做了大量工作：他先后主编过《星火》《潮灯》《现代知识》《狂飙世界》《我们的世界》等刊物，担任过《前线日报》《新华日报》《中华时报》《青年生活》等报刊的记者或特约记者。

中华人民共和国成立前夕，他被迫到了台湾，但1949年他又偕妻离开台湾，返回大陆，投身社会主义建设大潮之中。

然而从此之后，王维明的磨难生活也开始了。他在白区工作过，而且曾是当时的国大代表，因而被戴上了“敌特分子”的帽子，受到了极不公正的待遇，先后被关过监、挨过批斗、扫过大街、打过石头、筛过河沙、挖过煤炭、修过马路、放过牛羊……

本来这些繁重的体力活对一个文弱的高级知识分子来说，已经力不从心，他更默默承受着莫须有的罪名，在劳动改造过程中还遭遇一些非人的待遇。

好在于1979年拨乱反正，他30年的冤屈生活才得以昭雪。

虽然此时他已65岁，但是他却仿佛进入人生的第二个春天，除了继续他的哲学和社会科学老本行的研究工作以外，还在西南民族学院、成都大学、四川大学等高校执教。

……

王维明这些坎坷的人生经历，紧紧地抓住了汉尼卡的心，她在对他深表同情的同时，也深深地产生敬佩之意，认为他是一位遭遇磨难而修养很高的绅士。

一路闲聊，汉尼卡与王维明的友情，也由冬天的萧瑟到春天的鹅黄再到夏日的幽绿——缘分让他俩从陌生到熟悉，并成了朋友。

车抵成都以后，王维明盛情邀请汉尼卡到家里做客，王维明的儿女也像对待亲人一般热情地招待汉尼卡，并以丰盛的家宴款待她，还为其联系宾馆住宿。

本来汉尼卡此次成都之行原计划只有两天时间，但因为有王维明一家热情的接待和盛情的挽留，她将自己的驻留时间改为四日。在这四天里，王维明陪她参观了杜甫草堂、望江楼、文殊院、武侯祠，还在基督教会做了一次礼拜。

有王维明当向导和悉心照顾，汉尼卡感动得不得了，常常旁若无人地拥抱住王维明，泪水涟涟。

短短的四天很快就过去了，面对离别，汉尼卡特别伤心。

他们的相识、相聚颇富戏剧性，非常不易，而到分手之时，只道一声“拜拜”，哽咽之际，从此就要海角天涯，风烟万里，其伤感程度可想而知。

2

汉尼卡回国后很快给王维明写来了一封感谢信，表白心迹说，她真愿意在美丽的成都永远生活下去，并真诚相邀王维明到荷兰旅游。

收到此信后，王维明及时回了信，在信中，他告诉汉尼卡好客是中国人的最大特点，请她不必心存感激，同时再次邀请汉尼卡到中国旅游，并许诺说，如果汉尼卡来中国旅游的话，愿意再次给她当好向导。

于是从此后，成都市青羊小区和荷兰阿纳姆（荷兰一座城市的名称）就成了绿色信鸽来回飞翔的两个站点。

随着通信次数的增多，他们之间的友谊也逐渐加深。王维明在书信中经常向汉尼卡介绍一些中国历史、民族、文化、旅游等方面的知识，从而激发了汉尼卡浓厚的兴趣，她给他的信也越写越长，有时候甚至长达十多页。

然而谁也没想到的是，他们这种纯真的友谊会慢慢发展到爱情这一步。虽然汉尼卡曾经在不止一封信中表示了对王维明的倾慕，但王维明却以为这是一个异国小姑娘对他的学识和神秘的东方文化的倾慕；她向他表露她曾遭遇一个不忠的男友，他也有一个不和谐的续弦，这是他们命运的相同之处，但王维明却以为这仅仅是他们友谊发展的一个原因。

她也向他不止一次地表白“I love you”，但精通六国文字的王维明却以为这句“我爱你”，只是西方人表达感情的一种常见语言。

就这样，在汉尼卡与王维明通信的日子里，他们一个是对对方情人般的爱慕，一个却是对对方晚辈般的爱怜。直到他们通信两年后，王维明的那位续弦去世，得知消息的汉尼卡才明白无误地告诉王维明：她爱他，并决定要嫁给他！

汉尼卡火热的求爱信对王维明来说无异于五雷轰顶：天哪，

这怎么可能？！要知道我比汉尼卡大了整整六十岁呀！

于是他毅然决然地予以了回绝，并晓之以理，动之以情，甚至搬出了中国人的传统观念来作为拒绝汉尼卡的爱情的理由。

就这样连续地给汉尼卡去了几封信后，才终于将汉尼卡炽烈的爱情之火扑灭了。

当然，在扑灭汉尼卡爱情之火的同时，也扑灭了他们之间的书信往来。

很长一段时间没有了汉尼卡的来信，王维明心里感到一种深深的失落。

他失落不是因为失去了汉尼卡的爱，而是因为他的不近人情的信，扼杀了他们之间深厚的友情，伤害了一颗荷兰小姑娘的心。

时间一天一天地过去，依然没有汉尼卡的消息。

在这种失落中，王维明动了去西欧旅游的念头。

经过申请，在王维明与汉尼卡相识两年后的秋天，他踏上了去欧洲的旅程。

王维明旅游的国家包括奥地利、卢森堡、比利时、英国、法国、德国、梵蒂冈，当然也包括荷兰，他希望在荷兰见见小友汉尼卡，重温忘年交。

然而，当王维明来到汉尼卡所在的荷兰那座城市后，多次给汉尼卡打住宅电话都没有人接，后来好不容易寻着门牌号找到了汉尼卡的住所，正准备向汉尼卡耐心解释时，却听汉尼卡的邻居讲，她已孤身一人到南非旅游去了。

寻小友不见，王维明只得悻悻而归。

在欧洲旅游 20 天后归来，成都已是黄叶满地的十月。打开报箱，王维明却惊奇地发现，就在他去欧洲旅游的时候，汉尼卡却给他写来了两封信。

原来汉尼卡在收到王维明的那封绝情信后非常伤心，很长一段时间都郁郁寡欢，甚至对他心生怨气。

好在经过时间的洗礼，她更加钦佩王维明的品行与人格。

她想，既然他不爱我，他又是那么孤单，这么优秀的人却遭遇如此多的磨难，我一定要想办法帮助他。

于是在九月下旬，她在荷兰一家发行量很大的报纸上给他登了一则征婚启事。

……中国一位饱受人间磨难却知识渊博、德高望重的独身绅士，痛苦的心灵迫切需要爱情的抚慰。

您愿意成为这样一位伴随知识与幸福生活，而又治疗心伤的女神吗……

征婚启事登报以后，汉尼卡收到了大量有心女郎写来的应征信，她从中精选了六位女性的应征材料寄给了王维明。

王维明看到这一切后，顿时傻眼了。

汉尼卡啊汉尼卡，叫我怎么说你才好？！你这不是跟我开“国际玩笑”吗？你这样做让我多尴尬？！

然而当他看了汉尼卡的解释信后，才释然了。

……亲爱的维，我知道你会认为我的所作所为太唐突，但是我不这样认为。

你知道吗，你有权拒绝我对你深深的爱情，但是你却无权拒绝我对你真心的帮助……

是的，汉尼卡的出发点是好的，感谢她的善良与爱心！

经过冷静的思考之后，王维明告诫自己，一定要认真对待这件事，不然就会辜负了汉尼卡的一片真心。

于是王维明仔细地阅读和审视起那六位女士的应征材料和照片来。

虽然自己已到迟暮之年，但心里有爱，便依然年轻。

看着这一个又一个女士的资料，王维明有一种乱花渐欲迷人眼的感觉。

通过阅读品评和分析比对，王维明发现其中一位名叫凯西娅（Geesje）的66岁女士写来的材料令他怦然心动。

因为凯西娅不仅在六位应征者中年龄与自己最为接近，而且她的身世也是非常惨的。

凯西娅的父亲在凯西娅尚未出世时就去世了。为了工作和生存，母亲又将凯西娅送到了儿童养育所。虽然长大成人后的凯西娅经过努力考上了医科大学，且毕业后在一家医院找到了工作，但每天工作十个小时，收入也低。后来凯西娅有了丈夫和孩子，本以为从此会过上甜蜜的家庭生活，可谁知丈夫在孩子三岁时又离开了她，一去不复返。为了自己的前途，凯西娅忍痛将孩子送到了儿童养育所，并刻苦攻读儿科学、心理学、神经学等方面的研究课程，所幸都取得了资格证书，不屈的奋斗终于使她成为医院收入最高、最出色且最受人尊敬的人。

王维明认为，凯西娅的生活经历与自己相似，彼此之间一定有共同语言。

于是他谨慎地给凯西娅写了回信，并寄去了照片。

3

信和照片寄出去以后，王维明的心情轻松了许多。这下总算没有辜负汉尼卡的一片真心。

当然他对凯西娅是否回信这件事却并没有放在心上，虽然这件事不是“国际玩笑”，但是成为“国际儿戏”却有可能。

然而，凯西娅收到王维明的信后，很快就给他复了信。

地域遥远的朋友维明：

凌晨，静寂，微风拂面，艳阳初升，我心溢喜悦。

这不是一般生活中的喜悦，不是取得工作成就时的喜悦，这是一种发自心底的关乎我人生命运和爱情的喜悦。

甚至，我肯定地说，我们的人生道路，我们的生命历程，并不受自己的意志所左右，而是受着一种超乎寻常的缘分所决定。

这既是偶然，也是必然。

今天，我收到了来自遥远东方神秘古国的你的来函和照片。

这就是我的喜悦所在。

你的确是一个有趣的男子。

我对你的征婚广告很感兴趣，因为它登在报纸专栏的顶端，很醒目——说中国一位饱受人间磨难却知识渊博、德高望重的绅士，痛苦的心灵迫切需要爱情的抚慰。

我的心被深深地打动，我愿意成为能治疗你心伤而又伴随知识与幸福生活的女人。

你在给我的复信中说，你要物色一位聪明的女伴，我不敢说自己够格，但是我是诚实的、单纯的高级知识分子。

同时，我还愿意学很多东西，争取与你要求的目标相般配。

为了达到更大程度的理解，如果你喜欢，我乐于向你展示我的生活，我是不同于一般的妇女，我因自己的曲折身世和不屈的奋斗历程而深感自豪。

我喜欢你的工作，你是那么热爱写作和绘画。

你平时喜欢哪种乐器？

有两位欧洲音乐家朋友来我家玩时说我有音乐天赋（根据我的听力），我指的是古典乐曲，我讨厌随处可闻的充满金属气息的流行音乐，它们在我的耳中无异于噪音。

我讲这些是为了说明，能使我整体形象完美的是我的内在素质。虽然它无形，也很难用语言来表达，但是我认为在这个风云变幻的时代，有内在修养的人委实太少。

你学了六种语言，哪六种？是否包括你国内的民族语言？

中国是个遥远而神秘的国家，幅员辽阔，民族众多，当然民族语言也多种多样。

我年轻时在阿姆斯特丹见过许多中国人，他们不同于其他国家的移民，有卖花生的，有卖小百货的，有开餐馆的，林林总总。

我们身边有不少人认为他们尴尬而贫穷。

但我不这样认为，我认为这是中国人勤劳朴实的表现。

我在接受新的挑战。

我要集中精神，新学一门外语——汉语，来适应你！

也许很难，但你们的方块文字的确很美！

和你一样，我孤居独处，看书习文，绘画弹琴。

太巧合了，这一定是上天给我们的安排。

我静候你更多的好消息。

最好的祝愿给你！

凯西娅

12 月 17 日

看过这封情真意切的信之后，王维明感动不已。

恰逢圣诞节来临，他又给凯西娅寄了一张精美的圣诞卡片，并在卡片上写满了对她真诚的祝福。

很快，凯西娅又给王维明写了回信。不仅如此，还寄来了有两颗紧紧相连的心形图案的新年卡。

信的内容是：

谢谢你寄来的圣诞卡。

上面写的词句深深地打动了我的心，从而也坚定了我最初选择的信念。

我一定要抓住上帝赋予我的厚爱！

我也坚信通过我的努力，我一定能够稳操胜券！

我将用我的行动来向你做最好的回答，我也将用我的行动来换取你对我整体形象的由衷的赞赏：

“凯西娅，你是一位难得的女士！”

12 月 29 日

随着彼此书信的频繁交往，王维明与凯西娅之间的爱意也在逐渐升温，这一点可以从凯西娅写给王维明的信中看出来。

……两天来我收到了你的两封信，我十分喜欢你带来的新信息，也感谢你寄的照片。

我于元月 2 日方从西班牙旅游归来。

你做好来欧洲旅游的计划了吗？

我想你已经知道春天是来南欧旅游的最好季节，不太热，自然风光美，且旅游者稀少。

荷兰呢，尤其阿姆斯特丹的夏天是最好的旅游季节。

现在我的注意力直接倾注到了中国方面，就好比关心我自己的祖国一样关心她。

我从报纸上捕捉大量有关中国的信息。

所以很明显，你对我来说是某种大事业和大灵感的源泉。

跟你一样，我热爱大自然，我喜欢旅游。

在没有出去旅游的日子里，我喜欢自己的花园，我每天的第一杯茶都是在我家的花园里喝的。

我的花园很美，花园里有大量的鸟儿，一年四季都盛开着鲜花，十分优美。

我喜欢这种娴静、雅致的生活……

2月3日

……你什么时候能来欧洲，什么时候能来荷兰？

你知道吗，在我的别墅里，我早已为你准备好了住宿的房间，早已为你在花园里准备了雅静而空气清新的写散文的楼亭……

2月19日

……亲爱的维明，你知道吗？

人们都说我对你的爱很幼稚，但我不以为然！

我知道自己是一个重感情的人，因而我对自己的选择并不后悔。

举个例子吧，似乎你的唯一弱点是你的年龄——老得不宜结婚。但是我却认为，在你经历了几十年挫折之后，想找一个西方的女性结婚，这完全是情理之中的事，也是可以理解的。

事实上，你看上去比我更年轻！

所以，请你相信，我一定要充实自己，抓住上天和你赋予我的机会。

只要你关心我，我绝不会胡思乱想，我太珍惜这份爱了！

但我并不强求生理方面的东西，我要的是一个好朋友和自由的结合。

伴随着你的形象、行为和知识，与你结婚将会是我最大的幸福……

3 月 4 日

我亲爱的维明：

你给我以幸福，从此使我昔日的忧愁荡然无存，最快乐的日子就在后头，就要到来。

昨天，我还在掐指计算你的信件到来的时日。今天，就收到了你的来信。

我的上帝！你的这封信只用了 11 天就寄到了，一定是上天在帮助我们！

你的信对我来说有什么作用呢？

它对我是一种无法拒绝的影响力！

让我着魔，并勾魂摄魄！

我肯定你在我心中越来越重要了，这种力量也将促使我们之间爱情的成长和成熟……

你说“如果我有足够的钱，我将去埃及、希腊、西班牙等国旅游”，你有朋友在那些国家吗？

我盼望你首先来到荷兰，我也准备下个月去看你。

这并非因为我是一个嫉妒型的女人。

我只想知道是怎么一回事，我本想开始一种新生活，而且很有可能将实现。

我不希望出现其他令我失望的小插曲。

亲爱的人，请你解释一下你为什么要去那些国家，并告诉我你在那些国家是否也有像我一样迷恋你的女人，好吗？

一直忠于你的凯西娅

4 月 2 日

……你说你喜欢旅游，这实际上是我们共同的爱好；你说在成都1000元人民币足够两个人每月的日常生活开销，我不知道12000荷兰盾能值多少人民币，这是国家给我的微薄福利的一部分。

但我相信，除此以外，我还有足够的能力可以支付我们的生活及出外旅游的费用。

我对未来的设想是，我们可以在成都住两三个月，然后到欧洲的哪一个地方去住上两三个月；在阿姆斯特丹住上两三个月，然后在世界上适合居住的美丽的地方去住上两三个月。

当然，你知道的，我所说的住，并不是固定地住下来，而是休闲旅游……

但是，我却对做家庭主妇极不感兴趣，因为这项工作太耽误时间了。

当然，为了爱情那又另当别论。

我甚至愿意将你培养成为一名卓越的美食家……

4月20日

……

从凯西娅的书信中可以看出，随着时间的推移和她与王维明书信往来交谈内容的深入，他们之间的爱情丝绒般地软滑，并渐渐走向成熟了。

4

西方一位名人曾经说过：爱能使女性变得勇敢。

这话不假！

就在凯西娅与王维明书信往来接近瓜熟蒂落的时候，她终于鼓起了勇气，向王维明拨通了国际电话。

“我不知道是什么原因促使自己给你打电话，表面上看，我好像有一些感兴趣的小问题想知道。但是，你知道的，”凯西娅在打过电话之后给他的信中这样写道，“我多么想听到你的声音，那才是最重要的理由。”

在此之后，他们又通过几次电话。

然而无论是王维明还是凯西娅都觉得，用电话交谈，心中纵有万语千言，却也不便直抒胸臆，还是书信交谈来得最为自然、直白。

对王维明来说，凯西娅的每一封回信都充满激情，令他兴奋、感到甜蜜。

因而他几乎都是一遍又一遍地看，然后急切地回信。

而在等待凯西娅新的一封信到来的时候，他又变得失魂落魄。

他们之间的爱情便在这种充满刺激、兴奋和甜蜜，以及失魂落魄的享受和折磨中越来越醇香了。

……亲爱的维明啊，我不知道此事能否成功，因为这是上帝的事。

但是你要相信，我是你的理想伴侣。

现在我就回答一个你不曾提及的问题：那就是我准备嫁给你，尽快！

因为这样做会使我们少掉许多麻烦，无论你来荷兰住，还是我来中国住，儿女们都会因为我们是合法夫妻而喜欢我们。

我多么渴望你能先来荷兰。

如果可能性不大，我也乐意到中国去，只要你高兴。

我现在就把这里的一些杂事安排好，然后去申请护照，护照下来后就即刻到中国去。

如今，无论我是在电车上、火车上，还是到商店买东西，见到像是中国人的男女，我都对他们表示出浓厚的兴趣。

我这么关注中国人，只因为想听一听他们讲的汉语，只因为中国是一个又大又美丽的地方，更何况中国还有我的亲爱的维明……

4 月 30 日

……我只写一句话，你就知道我是多么想念你了：

在每一天里，我不知道有多少次全神贯注地看你的照片，将你英俊的容貌铭记于心。

……你接纳我并欲娶我为妻，正合我的意愿。

我是多么盼望这一天早日到来，感谢你，最亲密的爱人！

我对你的感情早已超过负荷！

这是我人生的最后一次，也是最好的一次爱情经历……

5 月 4 日

让王维明最为激动的事是从凯西娅写给他的第 15 封信开始的。

最亲爱的维明：

时间过得很慢、很慢。

在我，思维像行星一样永不停歇地围绕你转。

当我去年向你写第一封信的时候，从未想到过，也没有设想过我会离开我的祖国。

因为在我的骨子里，我是非常爱我的国家的，但是现在一切都变了，我亲爱的，你是中国人，我那么想待在你的身边！

因而应该说，中国也算是我的国家了。

甚至，如果需要，我宁愿舍弃我在荷兰的房屋和资产，舍弃我所拥有的一切一切。

尽管所有的这一切都是通过我的奋斗得到的，但是为求幸福和爱情，我不会为抛弃它们而怅然落泪。

我要尽力实现我心中的愿望，将我的生命投向中国，住在你身边。这似乎不太像我的理想，但这一切都是现实的。

又收到你一张照片，你是那么英俊潇洒！

亲爱的，你看起来越来越年轻了，虽然你已经年过八旬，比我大近 20 岁，但我仍要献上我炽烈的爱给你。

对的，你以前告诉过我，你收入低微。

我虽然知道一个有层次的人是不屑于谈论金钱和权力的，但是我还是想说，这不会阻碍我们在一起幸福地生活。

我甚至可以说，我们可以无忧无虑地过上丰裕的生活！因为我们的爱情是我们两个人的事。

什么叫富有？我认识这儿的富人和穷人，看起来富而且仁的人太少了。

我呢，也许不算富，但我可以做到富而有善德。

相信我，我们的生活不会有问题。

其实，我应该早告诉你，我是我们当地几家大医院的董事会成员之一。

不过，不要叫我女神。

我曾经说过我是蝎子，那意思是说我出生在 10 月 21 日，属于天蝎座。

我们这里的人虽不迷信，但是却重视出生的时刻。

我看过一本有关天文的书上说，蝎子时刻出生的人会逢到大和谐、大福运，男人如果娶到这样星座的女人，会白头到老。

我不知道这其中是否有多少科学性，但是我知道娶到天蝎座女人的男人总是见人就喜气洋洋的样子。

用我所有的爱拥抱你，我最亲爱的维明，你认识我并爱上我，实际上你就找到了价值连城的财富……”

凯西娅不仅是一位写情书的高手，而且也是一位言行一致且用情专一的女性。在她做出到中国来的决定的时候，就即刻着手这一切的事前准备工作了。

当她跟朋友或邻居谈起她和王维明的爱情计划时，人们都很惊讶，他们无法想象一个老年妇女竟然不怕远渡重洋去一个遥远的国家，而她所爱的男子以前还不曾见过面。

从第一次给王维明写信到向往去中国生活，转眼五个月时间过去了。凯西娅与王维明那跨越欧亚大陆、跨越万水千山的爱情，也从寒风萧瑟、银装素裹的冬天，来到了春暖花开、芬芳绽放的第二年5月。因为爱得太深，凯西娅决定到中国去见见心上人。

于是5月10日，凯西娅去了中国驻荷兰大使馆，咨询了一个外国女人准备到中国去跟一个中国男人结婚的可能性、具备的条件、到中国驻留的时间，以及须办何种手续等一系列问题。

5月29日，凯西娅拿着王维明寄来的有关他的证件及材料和自己的相关材料再次来到中国大使馆，申办到中国去的相关证件。

6月3日，凯西娅第三次到中国驻荷兰大使馆，除了做必要的体检之外，还拿到了签证、护照及相关的证件。

6月10日，凯西娅高兴地给王维明打了电话，告知了她在荷兰办证的有关情况和动身去中国的准确日子及飞机航班的信息。

自从得知凯西娅就将到来的喜讯后，王维明一连几日几乎都激动得没睡一个好觉。他除了将这一特大喜讯迅速告诉自己的子女及亲朋外，还为迎接凯西娅的到来做了诸多准备。

6 月 16 日下午 3 点 17 分，一架银色的波音 757 飞机平稳地降落在成都双流国际机场。

十多分钟后，当凯西娅刚刚走出成都双流国际机场接机大厅时，西装革履的王维明便健步走上前去，献上了自己手中与他 84 岁同数的红色玫瑰花。

“亲爱的凯西娅，我终于盼到你来了……”

王维明一边忘情地拥抱凯西娅，一边口中喃喃地表达着思念与期盼。

话未说完，两位老人都已感动得老泪纵横。

“欢迎您，洋妈妈！”

“欢迎您，洋奶奶！”

这时，伴随着一声声热情的问候，一群迎接凯西娅的王维明的亲人热烈地鼓起掌来，并将他们簇拥在人群中间。

犹如众星捧月。

金色的爱，传奇的情，感染着人们。

5

然而，当王维明及其亲人簇拥着凯西娅来到王维明在成都市的住处时，却发生了一点小小的误会，因为这时邮递员刚巧又给王维明送了一封来自荷兰的信，从信封上娟秀的英文书法可以看出，此信出自一位女性之手，但遗憾的是它却不是凯西娅写给王维明的。

面对这封信，尽管凯西娅身处众多亲友簇拥的热烈气氛中，但细心的王维明还是发现了她脸上一闪即逝的尴尬。

看到凯西娅的尴尬，王维明心里也有几丝难堪。

因为他也不知道这封信是谁写来的，他暗自猜测可能是看到征婚启事的其他荷兰女士写来的，可是这封信怎么来得这么不是时候啊？因为纯洁的爱情是有排他性的。

虽然王维明自己的心里始终坦坦荡荡，但他怕不明真相的凯西娅会怨恨他这个时候还与其他应征者保持联系，如果凯西娅真有这些想法的话，那他以前在信中与电话中对她所说的一切甜言蜜语及山盟海誓，岂不全都是骗子的谎言？

想到这里时，王维明不由得出了一身冷汗。

尽管如此，他还是很绅士地当着凯西娅的面用颤抖的手拆开了此信。

这封信只有一页，纸的左半部分是一支鲜艳的红玫瑰图案，右半部分的文字内容却再清楚不过了。

亲爱的王先生及凯西娅女士：

得知你们即将结婚的消息，我非常高兴！

祝愿你们永远幸福！

最诚挚的敬意献给你们！

汉尼卡

原来此信是汉尼卡写来的！

当远在荷兰的汉尼卡得知王维明通过她为他在荷兰报纸上登

的征婚启事，已找到了如意伴侣凯西娅，且凯西娅已意欲远嫁中国之时，虽然在心里有一种淡淡的失落，却也兴奋不已，于是给他们写来了诚挚的祝愿。

看了这封信后，王维明风趣地对凯西娅说：“这朵美丽的玫瑰开得不早不晚，真是恰逢其时！”

听王维明如此说，凯西娅也羞涩地笑了。

这虽是个小插曲，却也从侧面反映出了凯西娅与王维明之间纯洁如水的爱情。

凯西娅到成都的第二天，听说四川省旅游局等单位将于新年的钟声敲响之际，在成都的公众场所举办2000对新人参加的“千年一回”大型婚礼庆典活动后，马上向王维明提出要报名参加，希望以异乡民族的情感去体验具有浓郁中国色彩的婚礼盛典。

凯西娅对中国传统文化的深情厚爱让王维明十分感动，他当即采纳了她的建议，并携手前往世纪婚典报名处。

凯西娅在给王维明的信中说过，她极不情愿当家庭主妇，然而因为爱，她到成都的第二天，便自觉地扮演起了一个家庭主妇的角色。

她不仅开始收拾他们的家，将书籍及家什伺弄得一尘不染、整整齐齐，将地板抹得干干净净，而且还将头一天从王维明那里学来的熬粥的方法运用自如。不仅如此，甚至她对水电的节约程度也丝毫不比中国精明的家庭主妇差。

凯西娅虽是一位女富翁，却不愧是一个修养很好的高级知识分子，同时也是一个慈祥和善的人。

而每有客人造访时，虽然凯西娅一句汉语都听不懂，但她却一直含笑坐在王维明的身边，且不时地添茶倒水。

托尔斯泰说过，放弃了个人财产和福利的爱，才是真正的爱。

凯西娅对王维明的爱纯朴又崇高，传奇又伟大！

王维明老人无疑是这个世界上少有的最幸福的人。

“天上碧桃和露种，日边红杏倚云栽。”

两位老人一尘不染的洁白的爱情，真是令人艳羡！

升腾的芬芳

一架飞往美国旧金山的飞机在上海虹桥机场腾空而起。

在童话世界中穿行，身轻如燕，还有随手可握的穿过炎热的凉爽。

叶薇的心情亦如云层中穿行的飞机，既舒畅，又激动，欢乐如透明阳光中绿色的生命，每一个细胞都在唱歌。

最多只需二十年

友谊是人与人之间精神的默契、心灵的相通、美德的结合。

友谊有时候也能改变一个人的命运。

一架飞往美国旧金山的飞机在上海虹桥机场腾空而起。

在童话世界中穿行，身轻如燕，还有随手可握的穿过炎热的凉爽。

叶薇的心情亦如云层中穿行的飞机，既舒畅，又激动，欢乐如透明阳光中绿色的生命，每一个细胞都在唱歌。

人们都说天上不会掉馅饼，但这句话对她来说，可得改改了，因为馅饼千真万确地掉在了她的面前。

想到突然之间有人愿意资助自己留学美国，她真如做梦一般，她的思绪又回到了与那位善良的美国老人相识的往事之中。

1

1996 年 9 月的一天傍晚，夕阳西下，华灯初上。

一辆桑塔纳轿车在成都锦江宾馆门前戛然而止，车上下来一位满面春风的老者和一位兴奋、羞涩的少女。

少女对老者说："莫校长，恐怕我不行，会令您失望的。"

老者对少女鼓励道："你一定能行的。"

老者一边说着，一边朝着锦江宾馆里面走去。少女虽然有些惴惴不安，但她还是礼节性地跟在老者的身后。

这位少女就是叶薇，她是成都磨石外语学校的学生，老者是她的校长莫若健老师。她跟着莫校长到锦江宾馆去是看望莫校长一位远道而来的美国朋友。

叶薇心里惴惴不安并不是怕见到莫校长的那位尊贵客人，她知道自己的英语会话能力还是能够与一位美国人交谈的。叶薇怕的是给那位美国客人当翻译，莫校长说他的那位美国朋友此次来成都的主要目的是考察成都的房地产市场，因为自己太忙了，他希望她能够担当此重任。

"叶薇，这位就是我给你介绍的那位远道而来的美国朋友吉姆·麦卡利先生……"

到了客人的房间后，当莫校长热情地向叶薇介绍那位高大的外国友人时，叶薇却一下子呆了，原来是他?

正在叶薇思考着这个问题的时候，那位外国客人却十分友好地走了过来，伸出了他热情而有力的手："哦……你好，再次见到你，我真荣幸！”

“您好……”

叶薇有些羞涩。

“您认识她？是真的吗？”莫校长诧异地望着远道而来的朋友。

“当然！她是一个很可爱的小姑娘，她的名字叫作‘一位普通得不能再普通的中国女中学生’。”

这事说来有点戏剧性。

叶薇是个书画迷，常常利用周末到锦江宾馆门前的书画夜市观摩一些字画作品。在此前的一天傍晚，她正在那里观摩一幅书画作品时，身边却传来一阵喧闹声：一位身材魁梧的外国老人为一幅画与一位字画商讨价还价，虽然他们争论了很久，却因为彼此语言不通一直未达成交易。

见此情景，叶薇壮着胆子用流利的美国式英语，为这位外国老人当起了翻译，并就自己所知道的书画知识给老人做了一些解释。

外国老人犹如找到救星，脸上的愁云顿时一扫而光，并很快与字画商达成了交易。

在购买了这幅画后，外国老人又盛情邀请叶薇继续给他当翻译，协助他购买了另两幅美术作品。之后，为了感谢叶薇的帮助，他阔绰地掏出一张百元面额的美钞给叶薇。

但是叶薇却说什么也不要外国老人所给的小费，她认为在给老人当翻译的过程中，也锻炼了自己的英语口语能力，这就跟到“英语角”中锻炼自己一样，怎么能收人家的钱呢？

“我们已经成了朋友，能够知道关于你的更多的情况是一件很有意义的事！你能赏脸告诉我你的名字吗？”

“我的名字就叫一个普通得不能再普通的中国女中学生。”

……

叶薇没想到莫校长带她去见的美国客人，竟然是与自己已有一面之缘的外国老人，她因此很激动。

叶薇更没想到，在她给吉姆·麦卡利当免费翻译之前，莫校长与吉姆·麦卡利之间也有着传奇故事。

1996 年 2 月的一天，美国亚拉巴马州房地产商人吉姆·麦卡利先生（Jim McCarley）很高兴，因为一位在美国国际教育论坛总部工作的朋友告诉他说，在这一天，将会有一位来自中国的珍贵客人到他家做客。

好客的他为此激动不已，为了迎接这位客人的到来，他甚至将自己忙碌的生意也放在了一边。

中午时分，客人在国际教育论坛相关人员的陪同下，准时来到了他家。这位客人便是来自中国成都磨石外国语学校的校长莫若健。

实际上，莫若健能够住在麦卡利的家里，从某种程度上来说也是一种缘分。

莫若健所供职的成都市磨石外语学校有一位学生的母亲在国际教育论坛中国总代理凯文·华生（Kevin Watson）先生手下任职，通过这位学生妈妈的介绍，莫若健结识了凯文·华生，并成了好朋友。

国际教育论坛是一个促进国与国之间教育学术交流的国际组织，莫若健的学校不仅通过这个组织达成互派学生异国求学的合作协议，互换了学生到国外求学，而且还有幸成为该论坛所组织的中美教育学术交流会赴美考察团的成员。

本来国际教育论坛组织原计划是将考察团成员的吃住行进行统一安排的，但为了使成员更加真实地了解美国人的生活，同时也为了增进中美两国人民之间的友谊，所以，将他们直接安排到了美国人的家里。

虽然莫若健经常到美国访问，不仅对美国人的生活习性有所了解，自己从事外语教学也有大半辈子了，彼此之间也没有语言障碍，但是直接住到美国人家中，这对他来说还是第一次。因而在他还未住进麦卡利家里时，心里不免担心是否能够与老外处得好，担心是否会产生背井离乡的孤独与惆怅。

“啊，我似乎认识你，对，我们肯定在什么地方见过面，是吗？”当莫若健跨进麦卡利的家门，且相互打过招呼之后，麦卡利热情地对他说道。

“中国人的相貌都大同小异，不过如果你真的觉得我们有似曾相识的感觉，那按我们中国人的话来说，也许是前世有缘吧。”

虽然莫若健在此之前根本就不认识麦卡利，但是他却对麦卡利的话一点也不奇怪，他想这也许是老外结识陌生人时消除彼此之间生疏感的一种幽默吧。

事实上，这也真的在一定程度上淡化了他先前的担忧。

住进麦卡利家后，莫若健发现麦卡利很有人情味，并非他想象中的那种斤斤计较的老外。

也许是他们之间年龄相仿、语言相通的缘故吧。随着时间的推移，他们渐渐成了好朋友，彼此间总有说不完的话题。他们谈人生，谈儿女，谈国际局势……

不知道是出于礼貌，还是其他什么原因，莫若健发现麦卡利似乎对涉及中国的一些话题十分感兴趣。特别是当他得知中国在改革开放以后发生了天翻地覆的变化时，更是惊奇不已。

尤其令莫若健感到温馨的是，他在麦卡利家中用餐时，餐桌上几乎顿顿都有几个中国菜。

开始时他还有些自豪，叹服中国菜在世界上的知名度，但是后来当他得知这是麦卡利的太太布琳瑟斯女士专门到附近的中国餐馆请厨师定做的时，便非常感动。

因为彼此的关系越来越融洽，莫若健对麦卡利的了解也越来越多：麦卡利是美国亚拉巴马州一位很有头面的房地产商人，在世界上不少地区和城市都有他的房地产业务；麦卡利有两个儿子，因为教育得法，先后长大成才，一个在做建材生意，一个成立了自己的乐队，各自的事业也都如日中天。

莫若健没想到，在此之后发生的一件事，使得他们之间的关系更递进了一层。

这天，麦卡利先生拿出一张已经泛黄的照片来，对他说道："你认识照片上与我一位朋友合影的这位先生吗？他跟你长得有多像啊。"

看着这张照片，莫若健惊呆了：照片上与一位老外站在一起的那个人不是年轻时的自己吗？自己何时跟那位老外合过影？

原来照片中与莫若健合影的那位老外名叫爱默生，是麦卡利的好朋友。

爱默生年轻时曾参加过朝鲜战争，在战争中打了败仗的他被中国志愿军俘获过，在中国志愿军朝鲜昌城俘虏营接受过改造。

但爱默生当俘虏的经历却并非是他的大不幸，相反他还因为有这次被俘的经历而倍感荣幸。

因为自从他成为俘虏进入志愿军俘虏营后，才真正认识到志愿军是一支不折不扣的威武之师、文明之师。而在此之前，美军诬蔑志愿军会对俘虏割鼻挖眼的谎言也都不攻自破。

当俘虏的亲身体验告诉他，俘虏营中的美好生活几乎可与在美国本土读大学相媲美，让人放松、让人惬意，同时也学到了不少知识，感受到了马克思主义的正确性和共产党的伟大。他甚至不止一次心悦诚服地要求加入共产党。

当然不只是爱默生，不少被俘人员在战争结束回到美国之后，都感恩志愿军俘虏营对他们的厚待。有的美兵在日后回忆那段往事时甚至留恋地将俘虏营叫作“志愿军大学”，其中不乏与原俘虏营中的军官结下深厚情谊者。

爱默生也跟其他一些被俘人员一样，将他的调教官当作恩师、挚友，对调教官非常尊敬，并发誓一定要报答恩师对他的关照。

即使后来回到美国，他也对此一直念念不忘，并寻找机会报答昔日俘虏营中的那位调教官。

可惜很长一段时间里中美之间由于政治对垒而没有建交，后来虽然中美建交了，可是偌大的中国，到哪里去找他的这位恩人呢？因而他的这个心愿也就一直没有得到实现，直到他抱憾离开人世。

从麦卡利口中了解到爱默生的情况之后，莫若健想起了当年的往事，也因此感动不已。

是的，他是参加过抗美援朝战争，当过前线翻译，也当过俘虏营的教官。但是，在他的记忆中，他对爱默生的印象却并不深刻，因为当年在改造美军俘虏时，他对每个美军俘虏都是仁爱备至的。虽然开始时他还有些不习惯，但是这是政策要求，他只得照章执行，没想到却因此给这些俘虏留下了如此深刻的印象。

在证实了照片中与爱默生合影的那位中国人就是眼前的莫若健时，麦卡利突然站起身，激动地向莫若健冲了过来，与他紧紧拥抱，口中喃喃有词："真的是你！真的是你！我终于替爱默生找到了他的恩人！"

从此之后，莫若健与麦卡利的关系更加递进了一层。

短暂的 20 天考察期转眼就过去了，令莫若健想不到的是，当他与麦卡利在机场依依不舍地告别时，麦卡利却拉着他的手庄重地对他说道："这些天来，有一件事一直堵在我的胸口，让我难受不已。"

"有什么事，你说吧！"莫若健鼓励道。

"非常惭愧，在 40 多年前，我曾是中国人民的敌人。"麦卡利说此话时神色有些尴尬。

"为什么？"莫若健警惕地盯着麦卡利，他不知道眼前这位"曾是中国人民的敌人"的麦卡利都干了些什么坏事。

"因为我也参加了朝鲜战争。"麦卡利显得局促不安。

"我当是什么事呢！"听了麦卡利的话，莫若健不禁笑了起来，"严格意义上说，40 多年前，我也应该算是美国人民的敌人呀！不是吗？"

"我是认真的！因为怕影响我们之间兄弟般的友谊，我一直没敢对你说。这些天来，这件事却像一块石头一样压在我的心上。我本想一直将此事隐瞒下去的，可是如果我不告诉你，我又怎么对得起你的真诚、善良、坦荡……”

没想到麦卡利是这么认真的一个人，莫若健也被他感动了，看到麦卡利尴尬的样子，莫若健连忙安慰他道：“其实这些都是过去的事了，过去的事就让它过去吧！我们没有必要将之放在心上！这不，我们不是成为好朋友了吗？”

美国之行虽然短暂，但却给莫若健留下了深刻的印象，尤其是他结识了麦卡利！

这位善良的美国人一言一行都表现出了对中国的友好，他真诚地关心着中国的过去与现在，关心着中国的发展与未来。

当然，让莫若健感动不已的还有麦卡利对他出访美国时的盛情接待。

因而回国之后，他就及时地给麦卡利去了一封信，感谢他，也问候他，并邀请他在恰当的时候来成都玩。

自从将信投进邮筒后，莫若健就决定将美国之行的美好印象封存在记忆里了。

原因是他一回到中国就恢复到了昔日繁忙的学生教育与校园管理的工作状态之中。同时，虽然麦卡利给他的印象很好，但却不知道美国人是否对待友情也像对待爱情一样“不在乎天长地久，只在乎曾经拥有”。

当然，他更知道麦卡利也是一个大忙人。

所以他并不期望麦卡利能够给他回信。

然而，麦卡利却十分及时地给他写了回信，这也再次勾起了他的美好回忆。

尊敬的朋友莫若健先生：

收到你从遥远的中国给我写来的信，我非常高兴。

尽管你走后的这些天来我的工作忙碌如初，但是我的脑海里却总是抹不去你的影子。

是的，如你所言，我们的相识、相知是一种缘分，而我们的相处又是那么令人愉快。我们之间无论思想还是处世哲学以及人生观都有那么多的相同之处。你与我相处时所流露出来的一言一行，再一次证明了你曾经留给我的朋友爱默生先生的美好印象的真实性。

与你相处虽然愉快，但我的内心之中也有沉重之事，犹如千斤巨石压着我。直到你临上飞机前向你倾吐之后，我才如释重负。

我不是一个自夸的人。我想告诉你，我一生最反感的人只有两种：一种是不诚实的人，另一种则为懒惰的人。

这一点或许在你与我短暂的相处中已经看出来了。我不能隐瞒我曾是中国人民的敌人的那段历史，尤其是对像你这样一位豁达、谦逊，为人处事以诚为本的中国绅士。

对了，说到我参加朝鲜战争一事，本来我对志愿军是颇有偏见的，因为我军当时对志愿军的宣传使我们到了恐怖的程度，说志愿军士兵作战时不讲战术，不怕死，每次作战之前，都会吸食上级发放的二两鸦片，从而变得勇猛善斗。

虽然我军宣传的情况我并没有亲眼看见，但是志愿军的勇猛我却是亲历过的。我所在的连队就曾被志愿军围困在鸭绿江东线的一座山上。我们几乎水尽粮绝，虽拥有先进的武器装备，但我们却不敢突围。

这是因为志愿军战斗时几乎连掩体也不找，机枪手甚至站着向我们扫射……当时的我在惊诧于志愿军的鲁莽的同时，也被他们的爱国激情深深打动，且佩服不已。

后来我才知道，原来的我在很多方面都对志愿军有所误解。其实志愿军并不是一支野蛮的部队，真正野蛮的部队是根本打不过武器装备精良的联合国部队的。

当然，我并不是单纯以胜败论英雄的人。事实上，我也从其他被俘虏的战友口中了解到了许多有关志愿军的真相。那些让被俘战友感动的一件件事，使得我对志愿军肃然起敬。

你是一位博学多才的人，与你相处除了感受到你如圣人般的处世哲学及人格魅力之外，我也在你滔滔不绝的言谈中仿佛游荡在知识的海洋中一般。

中国有一句格言，叫作“听君一席话，胜读十年书”。我真切地感受到了这一点……

读了麦卡利的这封信后，莫若健感慨万千。他没想到自己给麦卡利留下了如此深刻的印象，也没想到麦卡利是如此重情重义的人。

2

友谊是地位平等的人之间精神的默契、心灵的相通、志趣的结合，它是不同躯壳之间共同的灵魂。

古人云：“来而不往非礼也。”莫若健及时地给麦卡利写了回信。

于是从此以后，他们之间的书信往来就变得频繁起来。

从麦卡利的来信中，莫若健知道了麦卡利的童年生活非常苦，他所过的生活就跟旧中国的苦难人民所过的生活差不多，没有饭吃，打着赤脚。

所幸他是一个奋斗型的人，为了改变自己的命运，使自己过得更好，他靠自己的诚实劳动一步一个脚印地改变着自己的生存状况。

他于1971年开始做房地产生意，经过三十年来的努力，已将业务从最初的亚拉巴马州延伸到了加利福尼亚、旧金山、菲律宾、新加坡等地，虽然终日忙忙碌碌，但很充实，也最终从穷困潦倒的阶层进入了美国上层。

或许因为经历的磨难多，麦卡利对生活的滋味也就感受得更加深刻一些，对自己的追求相对于别人来说也就要更加执着一些。他不仅拥有令人羡慕的经济地位，也同时在政治地位上达到了一定的高度，就在莫若健住在他家的时候，他正在竞选亚拉巴马州雅典市的市长。

当然，最令莫若健感动的还是麦卡利的中国情谊：麦卡利曾经作为美国总统亚洲事务顾问，陪同尼克松总统和布什总统分别于1972年和1985年出访过中国，访问了中国一些主要的城市。因此他对中国有着特别深厚的感情，时时关注着中国的前进与发展，尤其对中国的教育更表现出极大的热情，总是积极促进美国国际教育论坛与中国的一些学校达成教育协作。

当然，麦卡利也在与莫若健的书信往来中了解到了莫若健的一些情况。

莫若健1930年出生于重庆，其父为中国共产党早期地下党员，为了完成党组织交给的任务，又要躲避国民党特务的鹰眼，他父亲总是乔装改扮且颠沛流离，于是幼时的他也跟着父亲四处奔波、居无定所。

1943 年，13 岁的他在成都浙蓉中学读书时有幸得到了著名语言大师、时任华西协和大学（四川大学华西医学中心）教授的吕叔湘先生的英语辅导教育，并被吕教授生动活泼的教学法深深感动，于是从此走火入魔般地爱上了英语，且一生为这个刻骨铭心的爱好而尝尽了人世间的酸甜苦辣。

亲历了旧中国的黑暗与腐朽，也看到了新中国的光明和伟大，莫若健心潮澎湃。为了报效祖国，使自己的英语专长学有所用，1950 年 1 月，就在新中国刚刚成立不久，他义无反顾地报名参了军。

同年 10 月，他又踊跃地参加了志愿军，并使自己的专长派上了用场，在志愿军里先后担任前线翻译及英美战俘营翻译等职。

因为表现突出，1955 年，他又被派到北京通县马驹桥总政治部敌工干部英语训练班研究班学习，毕业后再次返回朝鲜工作。

1958 年，他从部队复员后被分配到成都第十四中学任教，并担任十四中学外语教研组组长。虽然从部队回到地方后他所面对的是一份全新的工作，但他干一行爱一行，敬职敬业，所教的高 62、高 63 级 8 个班连续两年高考英语成绩列四川省第一名，因而 1963 年他成为成都市唯一荣获连升两级工资奖励的外语教师。

由于教学成绩卓著，1972 年他又被调到成都教育学院，负责成都市中学英语教师的培训工作，直到 1992 年退休。

退休后，为了给祖国改革开放及社会主义市场经济培育更多的英语人才，他又紧锣密鼓地创办了私立性质的成都磨石外语学校。

教学成果卓著的莫若健还有诸多社会兼职：四川省20所教育学院外语学会会长、四川省外语学会师资培训组组长、四川省92所成人高校高级职务评审组成员、四川省中学高级教师评审组成员，以及四川师范大学、四川教育学院、西南民族学院等高校的客座教授。

莫若健一生颇多磨难，曾在1956年及1966年两次遭遇冤案，备受迫害，精神遭受极大摧残，所幸都先后得到平反。

就这样频繁地书信往来，莫若健与麦卡利对彼此的了解越来越多，相互之间的友情也越来越深厚。由于知根知底、知心知性，他们已从昔日的生死仇人变成了好朋友。

之后，莫若健又多次邀请麦卡利前来中国旅游，考察成都的房地产市场，于是麦卡利欣然地踏上了中国的土地，然后便与叶薇之间发生了那段奇迹般的缘分。

几天之后，麦卡利愉快地完成了他的考察计划，他对叶薇感激地说："此次成都之行我非常高兴，你是世界上给我留下最美印象和最深记忆的翻译了！……"

从中国旅游结束回到美国之后，在莫若健与麦卡利的书信往来中，他们除了谈人生、谈儿女、谈事业、谈国际局势之外，谈论得最多的话题还是有关教育的。不仅仅因为莫若健是教育工作者，也因为麦卡利一直致力于帮助中国的教育事业，总是积极促成国际教育论坛与中国的一些基层教育机构达成协作。

亲爱的莫若健先生：

今天我非常高兴，是因为我真诚地向你提出的，我希望你能派出贵校的学生来美国学习的请求得到了你的支持。

我是一个喜欢孩子的人，尤其喜欢中国孩子。虽然我并不是一个教育工作者，所从事的也是一个在资本主义社会里唯利是图的商人的职业，但是我发现现在的我却越来越喜欢教育事业了，这或许是我越来越喜欢中国的缘故吧。

如今在美国，来自中国的留学生之多，表明了来美留学的兴趣在中国学生心中之浓厚和中国学生的能力之高超。

为什么如此呢？是因为美国的学位含金量高，美国的大学通常能提供一流的设备和教学手段，有着大而方便的图书馆、出色的实验室、多样且灵活的留学生课程。如果不计较在哪儿上学的话，那是很容易被录取的。

事实上，对于中国留学生来说，在美国没有一所大学在每个方面都比其他大学强，不是中国学生想象中的那种清一色的“最好”。

各大学以及其中各系的教育质量差别很大，某些大学声望高，比如哈佛大学，是因为其弱项学科相对于其他大学来说数量极少，所以姑且可以认为这类大学对各学科都能提供最高质量的教育，但这一假定只在某种程度上是对的。

实际上，中国学生可以在某所未具盛名的大学受到更好的教育。

当然，我知道，在中国出色的大学也不少，比如北京大学、清华大学、四川大学、浙江大学等。

而对多少看过中国学生教材和访问过中国学校的美国人来说，都认为中国的学校教育与美国的学校教育各有千秋，两国的教育方法也很类似，虽然中国的课本比美国的课本要小得多，所教的内容却要深得多。美国的教材内容范围更广，没有中国教材深。但中国学校教育中的很多方法是值得美国学校借鉴的。比如美国的教育界人士几乎公认，中国学校的数学教学方法是十分可取的。

我向尊敬的你们介绍一些有关美国学校的情况，是因为我非常乐意促进中美之间的教育交流。当然，也因为我对美国的学校要更熟悉一些，而绝没有夸耀美国学校教育之意。

我的两个孩子都已长大成人了，也都有了各自的职业，他们也都像蒲公英一般纷纷离开了我们。由于工作太忙，他们甚至连周末也无暇与我们做父母的聚一聚。

对了，我对你讲这些并不是我对孩子们有什么遗憾，孩子们长大了，自然会有离开父母的时候。我更不是在你面前炫耀什么。

我讲这些只是想对你说，我现在除了生意之外，还有足够的精力来关心一个正在上学的孩子。我希望这个正在上学的孩子是来自我亲爱的中国的孩子。

你知道吗？在今天的美国，像我这样热爱中国的人还真不少，具备监护学龄孩子条件的热爱中国的美国家庭也不少。他们知道我在国际教育论坛组织有不少朋友，也与包括尊敬的阁下在内的不少中国朋友来往亲密，因而他们都纷纷支持我与国际教育论坛联系，以促使达成互派学生异国求学的合作协议，同时也都纷纷向我表达了愿给中国留美学生提供包括食宿方便的真诚意愿。

于是，莫若健给麦卡利寄去了自己学校部分优秀学生的资料，收到这叠资料后，麦卡利高兴不已，并很快给他回了传真信件。

……

你给我寄来的部分学生的资料我已经看过，每个孩子都很棒，都适合在求学之时居住在我家里。

不过，在这些孩子中，如果一定要让我选择一个最喜欢的孩子的话，那么我更喜欢叶薇，我感谢她在我来成都观光和考察房地产市场时给我的无私帮助。

她真是一个可爱的小姑娘，她就跟天使一样美丽、热情而充满青春气息。有她相伴的日子真愉快，那短暂的几天仿佛使我又回到了花儿一般绚丽多彩的少年时代。

有她的帮助，我才更充分地感受到了成都的美丽和与众不同。

我真想请她来美国留学，不知道你意下如何？当然，其余的孩子我也会与国际教育论坛的先生们一道帮助他们找到适合于他们生活和学习的家庭。

对了，我如此热衷于中美民间教育机构之间的协作，你不会诧异吧？我想不会的，这是因为我们心有灵犀，事实上培养你的学生也是我们之间友谊的最好延续！你说是吗？

……

麦卡利在传真信中还说，他家的房子很大，可以给叶薇提供包括卫生间、书房在内的单独套房；去学校的方式也可以选择——坐校车或专车。

看了麦卡利的这封信之后，莫若健笑了，他叹服麦卡利的眼光。因为叶薇的确是一个不错的学生，是自己学校的重点培养对象。

他也为叶薇高兴，她真是个争气的孩子，不仅学习成绩好，还及时地抓住了命运赋予她的重要机遇。

原来，叶薇是成都磨石外语学校的尖子生，曾在中级英语测试中获全校第二名，因而麦卡利先生在到成都旅游及考察房地产市场的时候，莫若健特地让叶薇去给麦卡利当翻译，虽然麦卡利旅游结束时也向莫若健连连夸奖叶薇的英语口语能力，但他没想到叶薇居然给麦卡利留下了如此深刻的印象。

麦卡利对叶薇如此欣赏，且愿意为她提供留学美国的生活便利，莫若健为叶薇感到高兴。

有意思的是，在这之前的1996年初，成都磨石外语学校与美国国际教育论坛组织达成互派学生异国求学的合作协议，叶薇顺利地通过了该组织的考试。

之后，麦卡利在美国加州给叶薇联系了一所培育商业人才的高等学府——ICS经贸学院，并愿意为其提供留学美国时的食宿，真是太好了。

从这件事上，莫若健再一次看出麦卡利是一个诚实守信的人。

“妹妹，你是到美国读书吧？看你满脸书卷气，我想没错！”

这时候，邻座一位仪容俊秀、举止优雅的华人阿姨将叶薇从美好的回忆中拉回到了现实里。

于是她们聊起天来。那位阿姨给叶薇介绍了一些与美国有关的情况，说美国人才济济，生存竞争十分激烈，多少有着令人羡慕的高学历者也难免失业；多少新移民为了寻找一份普普通通的工作，不知走了多少路，走了多少单位，但得到的回答却往往是耸耸肩、撇撇嘴、摆摆手……即使成为一个洗碗工，那高兴劲儿也如拾到了宝；而且美国重利轻义，人情淡漠，并存在一定程度的民族歧视。

“总之，美国在多少人眼中既可能是人间天堂，又可能是人间地狱……”

虽然叶薇不知道这位阿姨所讲的是不是真实的美国社会，但她再也没有了先前的高兴劲儿，心情也变得复杂起来。

3

美国人的时间观念真强，叶薇到达美国旧金山时已是中午了，下飞机之前她还在想该怎么与麦卡利联系，谁知就在她刚走出机场时，麦卡利就及时进入了她的视线。

自从她踏上飞往美国的飞机，她内心深处就产生出了一种孤独感，到达旧金山时已是中午时分了，走出机舱，面对洋腔洋调以及异国他乡的一切，孤独感更强烈了。

因为这是她出生以来第一次出远门，也是第一次跨出国门。好在有麦卡利对她像亲人般的照顾，从而在很大程度上减轻了她的离乡背井之感。

虽然麦卡利的夫人布琳瑟斯没有来接叶薇，但她却一点儿也没闲着，她正在忙碌着给叶薇准备一顿丰盛的接风宴。

最让叶薇吃惊的是，在这些食品中间，居然还有三个中国菜。后来叶薇才知道，这些中国菜是布琳瑟斯特意到街上的中国餐馆请厨师定做的。

饭后，麦卡利和布琳瑟斯又将她迎进了专门为她准备的私人房间，并亲切地教她房间里一些设施的使用方法，将她的行李整理得井井有条。

令叶薇吃惊的是，麦卡利夫妇为她准备的小房间除了家具、桌凳及一应俱全的家电以外，屋子的墙上还挂有鲜艳的五星红旗及中国的国徽。

“请允许我在你的房间里挂上你伟大祖国的国旗和国徽，我希望你能常常想起自己的祖国！”

看着麦卡利夫妇无微不至地对她关心的身影，叶薇的双眼湿润了，她的内心深处那种与亲人相处的温暖感觉又慢慢回归了。

之后，麦卡利夫妇俩热情地陪着叶薇游玩了美国不少城市和著名风景区，让她了解美国、认识美国，学会适应美国式的生活。

虽然在中国时叶薇已对美国的国情有一些了解，但真到了美国之后，她才发现，其实自己当初对美国的了解仅仅只是一点皮毛，甚至连皮毛也算不上。

美国人的生活节奏非常快，工作也很投入。他们每天总是早早地就上班了，中午吃饭的时间只有半个小时，没有休息时间，因而饭吃得非常简单，甚至简单得吃一个汉堡包就算一顿饭。

为了让叶薇熟悉美国的各个层面，麦卡利夫妇特地把她介绍给他们的一些朋友，在与其他美国人接触的过程中，叶薇遭遇了不少尴尬，却也长了不少见识。

在纽约，有一位名叫罗伯特的食品商人是麦卡利的朋友，因为跟中国人常有业务联系，他对中国的印象也非常好。当他听说麦卡利家有一位远道而来的中国客人之后，便三番五次地对叶薇和麦卡利说，一定要请他们到他纽约的家里做客，他一定会盛情地接待他们。

然而，当麦卡利夫妇和叶薇三人开了十多个小时的车到罗伯特家后，却被他的接待的“盛情”弄得大跌眼镜：他们的到来，令罗伯特夫妇非常高兴，接待他们犹如贵宾一般。

但吃饭的时候，桌上只有一道汤和牛肉，也许是汤和菜的味道确实很好，也许是他们长途奔波，很饿，那点少得可怜的菜很快便被他们风卷残云了。本以为还有什么食物的，可是左等右等却一直没有等到主人端出别的什么菜上来。女主人见他们正期待着什么，才笑着说：“对不起，这顿饭就这些了，罗伯特正减肥呢。”

听了这句话之后，麦卡利夫妇微笑地点了点头。但叶薇却既尴尬又困惑——饭都不让客人吃饱，有这样“盛情接待”客人的吗？

不过，后来叶薇才明白，这并非罗伯特夫妇薄待他们，而是中美文化的一种差异：美国人做什么事都很教条，循规蹈矩，有时候甚至到了令人费解的程度。

就说吃饭吧，在中国，只要围桌而坐，你可以吃桌上各个盘子里的菜，想吃多少就吃多少，吃得越多越好，无论在餐馆还是在朋友家里，饭菜的量也都很大；但在美国却不是这样的，在美国吃饭时总是一个人一个盘子，一次只上一道菜，酒水或饮料也只有一点点。

美国人的吃更多的是讲营养，而不是味道。分给你的食物从营养上来说是够了的，那就行了，即使你没有吃饱也无所谓。吃东西时也绝不能说话，不能发出声响，甚至打嗝也不允许。

不过通过这次做客罗伯特家，叶薇却更加体会到了麦卡利夫妇对她的好：虽然麦卡利家也是分盘而食，但是他们却每次都要关心地问她是否吃好。

更重要的是，在麦卡利家，几乎每天都至少有一顿饭中会增加一道色香味俱佳的中国菜。这是麦卡利夫妇在他们家附近的一家中餐馆花月票订购的花样品种不断变化的中国菜。

这些细微的关心，让叶薇倍感温暖，犹如生活在亲人中间。

除了生活方面遭遇尴尬之外，美国人有时候也会十分友善地向叶薇提一些有关中国的问题。比如问“中国人现在还穿长袍马褂吗？”“中国男人是不是最爱留长发且梳一条大辫子？”

这些问题往往让叶薇无从回答，因为不止一个人这样问她，这也让她觉得很奇怪。

在美国生活的时间长一些后，她才知道其实有很多美国人并不了解中国，他们了解中国的渠道非常有限，要么是通过本国带有极其浓重政治偏见的新闻媒体，要么是通过中国某些导演拍摄的诸如《黄土地》《大红灯笼高高挂》或者《秋菊打官司》等电影。他们看叶薇的穿着并不像某些中国电影中的少女那般的装束，还以为她是到了美国之后才时髦起来的呢！

这些事看起来很小，但却对叶薇触动很深。

叶薇没想到，居然常有美国人把她当作日本人，比如喜欢与陌生人打招呼的美国人就常常这样向她问好：“漂亮的日本小姐，你好……”

这样的热情总会令她哭笑不得。

最令叶薇尴尬的是有一次，她在去图书馆的路上，突然看到一位美国老太太晕倒在路边，于是她连忙叫了一辆出租车将老太太送到了医院。经医生检查后发现，原来老太太是高血压病发了，幸亏抢救及时，才捡回了一条命。

当老太太的儿女们知道是叶薇救了他们的母亲之后，对她感激不尽。

“这些钱是我们对你表示感谢的心意，请一定收下。”老太太的女儿珍妮卡拿出几张百元美钞对叶薇说道，“我虽然没有到你们伟大的国家去过，但是我最敬佩你们伟大的民族了！”

“多谢你正确且高度地评价了我的祖国！”叶薇说，“但是这钱我却不能收，因为我救助老太太是自愿的，并不是为了金钱而劳动！”

“是的，你们的吃苦耐劳、勤俭节约的精神值得世界人民学习。”见叶薇执意不收钱，兄妹俩更加感动了，“你们国家的汽车工业、电子工业在世界上也是非常有名的。尤其是电子产品更是风靡世界，我家里也有好几件电器产品是你们国家生产的……”

听到珍妮卡这些夸奖，开始时叶薇还很兴奋，但渐渐地就觉得不是滋味了。

“……我有一位表弟就在你们国家服兵役，他常常给我寄来一些你们民族少女的照片，她们跟你一样温柔美丽。尤其是她们身上穿的和服，真是让我爱死了……”

“我是中国人，不是日本人！”

到了此时，叶薇什么都明白了。

听了叶薇的话，珍妮卡的话戛然而止，脸上的笑容也僵住了。

叶薇的助人行动最终以尴尬收场。

这件事深深地刺激了叶薇：自己伟大的祖国在美国人心中的形象为什么不如日本?

经过一段时间的观察与思考之后，她才明白，这其中的原因主要有两个：其一是中美之间曾经有过政治对垒，美国的媒体在对待中国的宣传上抱着敌视的态度，或者有着浓重的政治偏见；其二则是当时中国的经济相对于美国和日本的确要落后一些。

让叶薇无法接受的是，在美国，民族自信心不足的中国人也大有人在，他们不愿承认自己是从中国来的，或者不愿承认自己是从中国大陆来的。

对这种没有骨气的人，叶薇很痛心，她觉得这样的人太短见了，真丢中国人的脸！中国确实有落后于时代的地方，但真实的中国是很多面的，中国的主流与时代是同步的。

这就跟美国一样，由于发展不平衡，也同样存在着东西地区的经济差别。这有什么好奇怪和自卑的?

无论是感激、尴尬，还是难受和痛心，初到美国的经历令叶薇越来越明白，自己绝不能被花花世界所迷惑而虚度光阴，而应静下心来刻苦学习，学到真本事，为祖国建设做贡献。

因为仅仅靠别人怀着好奇心来咨询的过程宣传中国的形象是远远不够的，还必须以自己的实际行动来维护祖国的形象。虽然自己只是一个普通的中国人，但是当自己置身于美国人当中之时，自己就代表了祖国。只有自己的国家、自己的民族尽快富强起来了，才能重树中国的形象！

就在叶薇经历了一件件事情之后，她的民族自尊心越来越强的时候，麦卡利夫妇也对她越来越好了，百忙之中的他们甚至亲自操刀学做起了中国菜。

有一天，叶薇忍不住问麦卡利夫妇：“你们为什么对我越来越好了？”

麦卡利说：“我们之所以对你越来越好，是因为你的爱国精神深深地感染了我们！”

“可是，我是爱自己的祖国呀！”

“是的，我们也跟你一样地热爱你伟大的祖国！”

“是吗？”

“是的，麦卡利曾经在朝鲜战场上与中国军队交过手，听不少被俘的战友讲过中国人的好，经商以后也与中国人打过交道，因而这一些经历都让他感受到了中国是天底下最伟大的国家，中国人民是天底下最善良的人民！”布琳瑟斯抢着说道。

“真是太感动了！其实你们也是非常善良的人！”叶薇感叹地说。

“我们在你的房间里挂上你祖国的国旗和国徽的目的，就是让身处异国他乡的你能因为看到五星红旗和国徽而触景生情，时刻不忘自己伟大的祖国。如今我们见你已将中国的概念、将爱国激情深深地烙印在了脑海之中，这是我们最高兴的。这也是我们特意让你广泛接触美国社会，以认识美国和摆正自己位置的良苦用心！”麦卡利语重心长地说。

4

虽然美国的异域风情令叶薇大开了眼界，但聪明的她也敏锐地意识到，美国是一个竞争激烈的社会，自己要想在美国有一席之地，非得有立身之本不可！

为了尽早进入 ICS 经贸学院读书，叶薇谢绝了麦卡利夫妇给她安排的新一轮的旅游计划，终日将自己关在图书馆里刻苦攻读。

然而，就在她夙兴夜寐地学习的时候，麦卡利夫妇因为要到欧洲去考察房地产市场，留下了她一个人生活在偌大的一幢房子里。

叶薇没想到麦卡利夫妇走得那样急，他们离开家的时候甚至没顾得上向她交代些什么，虽然这是他们的一种洒脱，但却也苦惨了叶薇。

麦卡利夫妇走了之后，叶薇再没有了先前那么充裕的时间用来学习了，她每天得做家务，麦卡利夫妇的房子面积很大，这往往需要花费不少时间。

由于麦卡利夫妇也没关照她如何解决吃饭的问题，她不敢轻易动用冰箱或厨房里的食物，也不知道超市在什么地方，就算将东西买回来了，可她既做不来西餐，做中餐又没有相应的调料，因而一日三餐的问题将她折腾得够呛……

没有麦卡利夫妇的日子里，她被一种莫名的孤独所包围，她总是想起他们，想起他们对自己的关心，有时候她也忍不住拿出麦卡利以前写给她的信件来看。

虽然当初她与麦卡利接触的时间不多，但麦卡利的幽默、风趣以及善良却给她留下了深刻的印象，她更没想到麦卡利还会给她写信，当她平生第一次收到一位老外写来的信时，真是欣喜若狂。

……你就跟天使一样美丽、热情而又充满青春气息，因为只有天使才会无私地帮助别人！

虽然你说你只是“一个普通得不能再普通的中国女中学生”，但我却从你身上感受到了中国人的善良！以至于现在的我也在努力学习中国人的一些传统美德。

你相信吗？你的这种行为在美国是极少见的！

美国是金钱社会，有付出就该有索取，这似乎是一件天经地义的事……

当时看了这封信后，激动不已的叶薇及时地给麦卡利回了信，谈了自己的学习情况和生活情况，信发出后，很快又收到了麦卡利的来信。

从此以后，叶薇她与麦卡利之间的书信往来就更加频繁起来。

通过通信交往，她知道了麦卡利的一些人生经历。

麦卡利告诉她，他之所以将他的一些人生经历告诉给她，是因为他早已把她当成了知心朋友，甚至将她当成了自己的亲生女儿。特别令叶薇感动不已的是，自 1998 年始，麦卡利总是一次次地邀请她到美国旅游、读书。

……

认识你以后，我的心里一直都有一件事牵挂着，那就是我真诚地想帮助你！

原来我一直希望你到美国来旅游，以便我能为你尽地主之谊。但渐渐地，我却觉得这并非是帮助你的最好办法。比如你对英语特别感兴趣，曾经也与美国国际教育论坛取得联系，欲到美国求学，你在你的学校是一个学习用功而又十分优秀的学生，我敢肯定今后无论你在中国还是在美国，都是一个非常出色的人。于是，我产生了这样的想法：你现在还想到美国来读书吗？如果想，恰当的时候我愿意帮助你。

你如果到美国来读书，不必为你的食宿费用费心，因为我早已把你当作了我的女儿或是当成了我亲人中的一员，我自然会有这个义务。

事实上，你乐意接受我们的帮助，将会是我和我太太布琳瑟斯，以及我们全家人最大的荣幸。

当然，你到美国来读书只是过程，而不是结果，你学成以后照样可以回到中国去，建设你亲爱的祖国。

……

麦卡利还对她说，如果她到美国读书后愿意生活在加利福尼亚州的话，他也会考虑和夫人一道搬到加州居住，当然他们之所以会做出这个决定，不仅仅因为亚拉巴马州的冬天相对较冷，加州的气候要宜人得多，而且加州的条件更有利于他房地产生意的投资和买卖。当然也因为那里的华人多，有许多好吃的华人食品。

对麦卡利先生的好意，叶薇感激不已，她在考虑再三之后，终于在1998年8月同意了麦卡利夫妇对自己的盛情邀请，并于1998年9月登上了飞往美国的飞机……

重读这些令人感动的信件，叶薇感慨不已。

然而回忆是美好的，现实却是严酷的。当孤独再一次如毒蛇一样扑向她、噬咬她的时候，她也会对眼前麦卡利夫妇的不辞而别产生出一丝由内到外的寒冷和怨尤。

也许麦卡利夫妇是好人，但她却不了解他们，就跟自己不了解美国社会形态一样地不了解。单从这一件事上来看，他们对自己的漠然视之，让她觉得麦卡利夫妇有些不可理解。

最令叶薇尴尬的是，随着麦卡利夫妇离家到欧洲考察的日子的增加，她的境况也越来越糟糕，甚至连吃饭的钱也将消耗殆尽了。因为麦卡利夫妇曾经对她承诺过，她在美国读书期间的学费及食宿费用都不用她操心，会给她提供全额资助，她自己带来的钱并不多。出现这种境况是她始料不及的。

怎么办？她着急得哭了，她发现自己真是进退维谷：如果坚持在美国待下去，自己却无学历和一技之长，又该如何生存？如果自己放弃在美留学，却又没钱买飞机票。更何况就算回到祖国的怀抱，又有何颜面去见亲友同学……

在她拿不定主意的时候，她想到了远在中国的父母，她觉得父母的爱总是最真诚的，也是最无私的。她用颤抖的手拨下了家里的电话号码。

“妈妈……”

尽管她尽量克制自己，但当电话那端传来母亲熟悉的声音时，她的眼泪还是再次奔涌而出，以至于很久没有说出一句完整的话。

“女儿，你怎么啦？”听到她伤心的哭声后，叶薇的母亲也哭了起来，失魂落魄地询问她。

“妈妈，我、我好想你们……”

也许是母亲着急的哭声和询问声使她猛然意识到了什么，叶薇将孤独和痛苦全都含泪咽下了肚子。

是的，怎能将自己的困难轻易告诉父母呢？因为哭是没有用的！告诉父母也没用，自己面前的困难最终还得自己解决。

她痛苦地想了一个通宵后，决定用打工的方式来维持自己的生活和继续自己的学业。

第二天天一亮，她就为找工作的事而忙碌起来，她找来一大堆当地出版的报纸，在连篇累牍的广告中寻找招聘启事。

虽然自己的英语有一定基础，但她还是将寻找工作的范围圈定为华人社区。

然而，当一个个电话打过去后，对方对她的条件却并未表现出多大的热情。不仅如此，有不少用工单位甚至还一口就回绝了她，理由是满员了或者根本没有理由。

华人社区不好找工作，我何不跳出华人社区的圈子？

可是打电话的结果也令她失望。

两天时间转眼就过去了，两天之内她不停地拨电话，两天之后却一无所获。

叶薇失望极了。可是失望怎么能行呢？要生存呀！

她没有放弃求职计划，她也不敢放弃求职计划。

她决定上门求职。

她根据报纸上罗列的用工单位的线索，一家接一家地跑，非常诚恳。谁知几天跑下来却依然没有一家单位愿意聘用她，人也又饥又渴，累得不行，脚底还磨出了水泡。

为了节约钱，她只得买 0.5 美元一杯的饮料解渴，吃最便宜的食品。

最糟糕的是，在五天后，她连最便宜的价值 0.5 美元一杯的饮料也买不起了。因而在她口渴难耐之时，她常常躲过别人的眼睛，大口大口地喝路边的自来水。

自来水虽能解一时之渴，却不卫生。就在她寻找工作的第六天，她意料之中地得了肠炎，肚子拉得一塌糊涂，几近脱水，痛得捂着肚子蹲在路边。

“宝贝，请问需要我帮助你吗？”一位好心的白人老太太看到她痛苦不堪的样子，停下车来关心地问她。

“我很好，谢谢！”

叶薇在说此话时，脸上却有大滴大滴的汗珠滴落了下来。

“可是，你看上去真像是生病了呀！”

“不，我真的没什么！”叶薇强装笑脸地说。

于是白人老太太上车后，嗫嚅着走了。

看着老太太越来越远的汽车，叶薇伤心的泪水奔涌而出。

后来好不容易在一家药店里买了几粒治腹泻的药吃过之后，病情才有所好转，并有了精力再奔往下一家用工单位。

然而，她竭尽全力的奔波也是徒劳的，用工单位的人看她精神状态不好，以为她有传染病，唯恐她待的时间过长，客气地将她拒绝了。

"打道回府"的心情是复杂而痛苦的。

公共汽车欢快地行驶在车流如织、人流如织的大街上，华灯初上的旧金山的繁荣美丽尽收眼底，这时候和谐舒缓的萨克斯名曲《回家》也从公共汽车的音响中透过都市的喧嚣传了过来。

这是叶薇曾最爱听的曲子之一，这绝妙的音乐就如同幸福的家庭令她心动和倍感温馨。

可此时，当身处异地，有着异样心情的她听着这美入骨髓的音乐，心里却好似打翻了五味瓶：自己好不容易踏上了这块令人魂牵梦绕的土地，却又仅如一只飘零在异乡的孤雁，这座城市令人亲切的繁荣美丽都与自己无缘……想到这些时，她伤感的眼泪如断线的珠子般滚落下来。

晚上，当一无所获且筋疲力尽的她回到麦卡利的豪华别墅之后，她的骨头就跟散了架一样疼痛。想到自己连日来的辛劳，看到自己屋内墙上挂着的朝着自己微笑的全家合照，她的泪水再度控制不住地流了下来。

不知是天无绝人之路，还是叶薇"精诚所至，金石为开"，她终于在一位白人开的餐馆里找到了一份端盘子的工作。

说来很巧，那位名叫珍妮卡的女老板就是她那次在去图书馆的路上救下来的那位有高血压的老太太的女儿。

本来珍妮卡的饭店并不是很缺人手的，但当她无意间得知叶薇正在为求职而奔波劳顿，且疲惫不堪时，她坚决地将叶薇请进了她自己的餐馆。

当然，她也对那次误将叶薇当作日本人而表示了歉意。

5

虽然有了一份工作，但叶薇绷紧的心弦却没有松弛下来，她时刻都知道自己到美国来的目的是什么，因而她在打工的同时，总是通宵达旦地奔波在餐馆和图书馆之间。她知道自己来美国不容易，不管怎么说，也不能辜负麦卡利老人对自己的一片期望。

慢慢地，她哭鼻子的时候少了，她知道要使自己真正在美国立足，就得先学会吃苦，就必须抓紧一分一秒的时间来学习，就要忘掉在国内的幸福生活。因此即使是哭鼻子，即使是沉浸在过去的美好之中，那也是一种对时间的浪费。

不过，生活有时候也挺滑稽，就算你克制着不哭，你想尽量笑起来，可它却令你哭笑不得。

在叶薇尚未做满一个月的时候，她却很不情愿地放弃了那份来之不易的工作。

那天，她看到自己打工的那家餐馆里，有一位长着一副东方面孔的男子孤独地坐在一张面墙的桌子边，看上去黯然神伤，于是热情的她上前询问他是否需要点些什么。

她不问还好，一问心里却不由得吓了一跳，因为这个男子眼睛红红的，像是遇到了什么伤心事，而且还怨恨地盯着她。

“先生，请问您是对我的服务不满意吗？”

“是的！”

“请问我该怎么做，才能弥补我的过失？”

“你狠！你抢了我的工作！”

这个男子说到这里时，眼泪竟奔涌而出。

“是吗……”

看到这个男子的这副模样，叶薇一时乱了方寸，不知道说什么才好。

原来这个男子是日本人，叫山本太郎，毕业于东京某著名大学电力系，来美国前在东京一家专业研究机构工作，但不知是什么原因，他还是放弃了国内令人羡慕的工作和高薪，选择了到美国自费留学。

因为有持有绿卡的亲戚帮助，他并没有费多大的劲就到了美国。

然而，自从踏上美国的求学之路后，他却遇到了一个又一个困难，其中最大的困难莫过于英语水平问题。因为自己没钱，亲戚也无力帮助，他只得一边打工一边用打工所挣来的钱补习英语。

于是白天，山本太郎在餐馆里忙个不停，夜晚则去英语补习班学习。

转眼三年时间过去了，在那三年里，他原来的同学和朋友们不是业务水平上有了很大提高，就是经济上有了巨大的改观，有的甚至身居高位，成了金领，或是有了自己的公司。

而山本太郎呢？除了在油腻腻的环境中如一台机器般地劳作

以外，似乎再没有其他什么变化：他依然在为自己的英语水平和读大学所需的学费而忙得头昏脑涨。因为没有筹到足够的学费，他甚至对自己的未来也失去了信心，当初灿烂的远景规划此时也变得越来越模糊……

长久漂泊在外的人，都会想念家乡，想念亲人和朋友，因而出国三年后，他怀着一种复杂的心情回国了。

回国后，在经历了一件又一件激动的事之后，他觉得还是待在日本好，甚至动摇了再到美国留学的念头。但是，强烈的自尊心却又最终驱使他重返给他带来无限尴尬的美国——他觉得自己如果一事无成地打道回府，那真是无颜见江东父老。

然而，他万万没想到自己原来从内心深处很鄙弃的那个油腻腻的工作，居然也因为自己的回国而被叶薇“夺”去了。想到自己的种种不如意，他一时控制不住自己的情绪，伤心地哭了起来。

了解到事情的经过后，同时也看到了山本太郎的可怜相，叶薇毅然决定放弃这份工作，将之让给山本。

珍妮卡知道这事后，悄悄地将叶薇叫到一边：“薇，你难道不知道在美国要找到一份工作有多难吗？你难道不知道这份工作更适合你？”

“是的，谢谢，我知道自己不容易，我也知道山本太郎不容易，既然这份工作他已干了几年，那还是让他继续干吧！”

“不，我是这里的老板，我觉得这份工作更适合你干！的确，山本太郎也不错，可是我们这里并没有实行定岗终身制……”

虽然山本太郎最初也对叶薇抱有很大的成见，但当他看到叶薇如此海量地将工作机会让给他时，他惭愧了，也与叶薇谦让起来。

叶薇最终还是婉拒了珍妮卡的挽留和山本太郎不知真假的谦让，执意离开了这家餐馆。

其实叶薇知道要想在美国找一份舒适的工作非常难，不要说是外来人士，就是对土生土长、有着高学历的美国人来说，也是一件令人头痛的事情。因为美国的失业率一直在世界上居高不下。

她也亲眼看到，在华人社区很多有着博士、硕士文凭的人在餐馆里打着小工，在出租车行开着出租车，甚至保姆、清洁工等行业都有着令人羡慕的高学历。

因而，当她迈出那家餐馆的大门，漫无目的地走在大街上时，她瞬间便泪流满面。

所幸就在此时，麦卡利夫妇从欧洲考察回来了。

令叶薇大吃一惊的是，当麦卡利夫妇跨进家门时，竟像拥抱英雄一般地与她拥抱在一起，而且激动地对她说：“真了不起！中国人真了不起！你没有令我们失望，甚至比我们想象的还要坚强！还要优秀！”

麦卡利夫妇的话，令叶薇如堕五里雾中。

原来，麦卡利夫妇并没有到欧洲去考察，他们只是从加利福尼亚州到了亚拉巴马州，他们到亚拉巴马州去除了管理那里的房地产生意以外，更重要的原因是想给叶薇一个生存锻炼的机会。他们认为它对一个人的未来非常重要。他们怕叶薇轻易求助自己，因而对叶薇说他们要去欧洲并将使用新的手机号码，旧号码将暂时不用。

虽然他们在临别时故意大大咧咧未对叶薇交代什么，但是却给叶薇留了一张银行卡，并将取款密码写在了纸上。只要叶薇走投无路之时打他们“暂时不用”的电话，他们就会告诉叶薇那张银行卡放在家中的什么地方。

但是叶薇并没有在遇到困难时向他们求助。这既在他们的意料之中，也在他们的意料之外，这也同时是他们最为欣慰的事情。

当然，他们也随时从邻居的口中得知了叶薇的生存状态，如果叶薇真的过得山穷水尽了，他们也会主动告诉叶薇那张银行卡所在位置的。

但是叶薇拼搏了，并因此柳暗花明，因而他们也没有主动告诉叶薇关于银行卡的事情。

这么争气的女孩子，他们能不为之高兴吗？

当叶薇听了麦卡利夫妇对她娓娓道来的故事之后，激动的泪水流了出来。

多么善良的两位老人啊！

“孩子，这是你一个月的工资！”麦卡利拿出一沓钱对叶薇说。

“什么工资？”

“我们不在家的日子里，你为我们管理家政的报酬呀！当然还有清洁费、信件收转费、绿化费……”

“这我哪能收？”

“不！你一定要收！”

看到两位老人固执己见的样子，叶薇的眼泪流得更加猛烈了。

通过这次锻炼，叶薇又对美国以及美国社会有了新的认识：美国没有“养尊处优”这个词，人们也不会因为你有多大的权势而尊崇你，更不会因为你有多少财富而认为你了不起，人们只崇拜不停奋斗的人。

有了这段刻骨铭心的经历之后，叶薇学习更加刻苦了。

功夫不负有心人，从 1998 年 9 月来到麦卡利家，到 1998 年 12 月，她用不到三个月的时间，顺利地通过了学制为四年的企业管理本科课程的学分考试，并奇迹般地考入了 ICS 经贸学院企业管理研究生班。

对叶薇取得的成绩，麦卡利夫妇惊讶不已，为了祝贺她，他们全家甚至为她举行了隆重的庆祝会，他们那两个平时因工作忙而很少回家的儿子也特地赶了回来，还为这位远道而来的不简单的中国小妹妹赠送了礼物。

有了麦卡利先生全家不露声色的鼓励，叶薇的学习更刻苦了，不久后再次创下了奇迹：在攻读 ICS 经贸学院企业管理硕士学位的同时，她又在三个月内取得了学制为两年的“美国宾馆饭店管理证书”。

于是麦卡利全家再次为她举行了庆祝会。

其实那段时间，麦卡利一直与莫若健保持着通信，话题有关于叶薇的，也有关于中美民间文化交流的。

亲爱的莫若健先生：

您好！

你们的假日过得快乐吗？希望如此！我和叶薇身体非常健康，叶薇的学习情况非常顺利，我现在忙于进行中美友好交往的一些事情，以及自己的房产经营。

我现在越来越觉得叶薇像我的子女一样可爱了。你相信吗？那次承蒙你邀请到成都旅游的时候，虽然她仅是我请的翻译，但是在我的感情世界里，我已经将她当作我女儿了。

她真的像小天使一样，现在我尤其发现，我与她之间有一种天然的亲情，至少我对她有一种天然的亲情。

此时回想起那段与她在一起的日子里的点点滴滴，我仿佛跟亲人在一起一般温暖，因为她待我也如同她的亲人一般。真的，这太让我感动了！

叶薇真是个勤劳、聪明而又善解人意的好女孩，她的动手能力是那么的强，又肯奋斗不怕吃苦，她的这些特点与小时候的我有许多相同之处，这让我好生感动，这或许是一个可能成才的人的基本素质吧！

对了，关于今年夏天各选派15名中美学生互访的问题，我已经给加州两个学区的教育区长（每个学区有很多所学校）取得了联系，区长要求你们提供带学校校名的信笺向他们介绍相关的情况，以便发出邀请，同时也向他们发出邀请。

如果这样的话，各派15名学生互访的事就会比较容易，美国方面的15名学生也会由一个在教师或学生家长中选出的成年人带队，访问成都、访问贵校。

加州退休教师协会对于派遣教师到贵校及中国其他一些学校工作的事很感兴趣。

近日，我将和协会负责人见一次面，商谈一些具体细节。这里的大学和中学对于我和有关人士组织的中美民间大使俱乐部，及今后不久派遣学生到中国旅游的事很感兴趣……

在国际上，美国号称是自由民主的国家，然而叶薇却真切地感受到，像麦卡利全家那种具有真正绅士风度的开明人士却并不多。

事实上，美国人的种族歧视无处不在，特别是当她看到许多同胞遭受不法侵害后忍气吞声的情景时，她的感触尤为深刻。于是痛心疾首之余，她发誓日后要用美国的法律为蒙受不白之冤的同胞撑起一片青天。于是她在攻读ICS经贸学院企业管理研究生课程的同时，又刻苦地攻读法律专业，顺利地考入了ICS经贸学院法学硕士班，成为该学院少有的几个同时攻读两个不同门类学科硕士课程的学生……

为了报答麦卡利与布琳瑟斯对自己的厚爱，叶薇一直想帮助他们做点什么，但却一直没有找到最恰当的方式，她苦苦地思索着。

有一天，她豁然开朗了：我可以考美国不动产经纪人，这样就可以在业余时间里为麦卡利的房地产业务助一臂之力了。

拿定主意之后，她马上行动了起来。

麦卡利知道她的计划后，也给予了她积极的鼓励和大力的支持。

然而，要考得美国不动产经纪人证书是何其困难，因为这基本上是进入美国上流社会的“特别通行证”。有的人为了考得这个证书穷其多年的精力，到头来也徒劳无获。叶薇并没有被困难吓倒，她始终坚信自己的人生格言：目标只有靠奋斗才可能实现!

考试之前报名的时候，工作人员不信任地看着叶薇，接连问了她几遍，是不是真的要参加美国不动产经纪人证书考试。

叶薇因觉得被人瞧不起而有些恼火。

其实工作人员的不信任是有原因的，因为在历年的不动产经纪人证书考试中，几乎没有华人报考，更不要说一个中国小姑娘参加考试了。

“我确定我的选择没有错！”

“可是你的年龄并不大呀！”

“这与年龄有关系吗？”

见叶薇胸有成竹，工作人员被感动了。虽然他们眼神中仍然流露出不信任，但还是为她报了名："真诚地祝福你能顺利通关！"

走进考场时，叶薇成了众人眼中的焦点：参加考试的人大多在四五十岁，叶薇是其中年龄最小的一个。在所有考生中，叶薇又是唯一的华人……

看到叶薇稚气未脱的样子，考生们投来惊诧目光的同时，也书写着满脸的怀疑，甚至窃窃私语：她也想考取不动产经纪人吗？真是太好笑了！

"也许很好笑，但是，谁能笑到最后谁才是胜利者。"

对人们的怀疑，初生牛犊不怕虎的叶薇也给予了恰如其分的反击。

"瞧瞧，小姑娘还挺嘴硬的，可是不动产经纪人证书并不是靠嘴巴考试呀！"

"是的，你说得没错，可也不是靠嘲笑和怀疑别人来赢得证书的呀！"

对于叶薇的有力反驳，人们不但没有生气，反而对她刮目相看了，因为就凭她的嘴上功夫已能窥见她一定有两下子了。

果然，考试结果令工作人员及所有参加考试的人员折服了：在200多名考生中，叶薇不但顺利通过了考试，而且还考了第一名！

当然，叶薇能够取得不动产经纪人的合法资格证书也是相当不容易的，为了考试过关，在四个月的时间内，她仅厚厚的专业词典就翻烂了两本！

……

从叶薇身上，麦卡利也看出了中国的希望，因而他对中国孩子更加喜爱了，甚至不止一次地在给莫若健的信中阐明中美关系的观点：美国千万不能和中国打仗，不能对抗，而要交流。中国最多只需二十年，其经济实力必将与美国抗衡，而其经济发展速度则会大大地超过美国，在世界上也会真正傲视群雄。

不得不说，麦卡利有先见之明！

（文中“叶薇”为化名）

光明的力量

光明是什么？光明就是德，就是中华民族传统文化中最闪亮的品质。

凡·高说，爱之花开放的地方，生命便能欣欣向荣。

这是一个电视画面一般的场景：在成都市黄忠路一家盲人按摩中心的门前，一位大胡子的老外与一位盲人小伙子旁若无人地拥抱在一起，亲热得如同父子，令站在一旁围观的人们唏嘘不已，并纷纷打听缘由。

于是，一个关于美国教授和中国盲孩子的传奇故事就此向人们打开了……

1

天气阴郁，寒风瑟瑟。

在成都市红照壁一家四星级饭店门前的大街上，有一位衣衫褴褛、打着寒战的盲人青年盘腿坐在地上，在刀子般的寒风中向路人乞讨。

他，名叫李进友。

时过中午，人们施舍的钱仍只有几枚硬币，尚不够买一顿廉价的午餐，他只得继续忍受饥寒交迫的折磨，希望路过的好心人能够给他凑足一顿饭钱。

机会终于来了，有一个人在他身旁无声无息地观察了他很久，然后递给他 10 元钱，对他说了几句他一句也听不懂的外国话，拍了拍他的肩膀，走了。

“谢谢！”

李进友非常感激，他没想到这位好心人还是位老外。

那位老外走后，他又等了几分钟。

虽然没谁再给他哪怕一分钱，但他还是很高兴，因为午餐钱和晚餐钱都有了，他可以去吃一顿饱饭了。

然而就在这时，有两个人从他身边走过，边走边说着话。

“那儿有一位大胡子老外，我们这幅画可以在他那儿卖一份好价钱。”

“我们说这幅画是张大千的大作，卖他 10000 元吧，反正老外没几个懂中国书画，我们说是哪位名人的作品，他们都会相信。”

那两个人边说就边走过去了。随后李进友身后不远处传来他们与一位老外讨价还价的声音。

这两个男子的声音怎么这么耳熟？李进友想了想，忽然明白了什么。

“你们也太缺德了吧，虽然老外不懂中国画，可你们也不能这么骗人呀！”李进友如此这般地戳穿他们。

“死瞎子，你怎么知道我们骗人了？”

那两个男子开始时还没搭理他，但后来颇心虚，便对他的搅局愤怒了。

“这幅画不是你昨天晚上在锦江宾馆门前的书画夜市上花60元钱买下来的吗？我当时正在那个画摊前不远处！你们买画的过程我听得清清楚楚。”

也许那位老外听出了什么端倪，或者因其他什么原因，他最终没有买那两个男子的画。

“臭要饭的，就算我们骗人，这又关你啥事！”

那两个人恼羞成怒地冲过来对着李进友拳打脚踢。

“No（不）！No（不）！”

老外及时地制止了发生在他眼前的暴行，并对李进友叽里咕噜地说了一些什么，见李进友没有反应，又嘟囔着离开了。

由于身上被打得青一块紫一块的，李进友痛得直不起腰来，只得坐在原地喘气。

又过了10多分钟，李进友感觉那两人又朝着他走了过来。“你们不是已经打过我了吗，还想将我怎么样？”

“不，我是文森特的朋友兼翻译张前，文森特是刚才帮助过你的那位外国人，我们不是来打你的，而是来帮助你的。”一位成都本地口音的男子说，“这是2000元钱，是文森特先生给你的。”

“他刚才已经给过我10元钱了，怎么又给我钱呢？”听了这位名叫张前的人的话之后，李进友吃惊不已，“2000元，这么多钱！他为什么要给我这么多钱？”

“他说你非常善良，能帮助善良的你是他的荣幸。好人总该会有好报的。”

“我没想到刚才差点被蒙的那位外国人就是他，要真是这样，那我就更不能要这笔钱了。”

“当然还不只是这件事，两年前，你就给文森特留下深刻印象了，他还不止一次地对我谈起过那件事呢……”

张前说着，娓娓地叙述起了那件往事。

那是两年前一个冬日的下午，到成都市考察合作项目的美国南加州文佳迪大学（Vanguard University）医药学教授文森特在回到所住的那家宾馆时，在宾馆门口看到了令他感动不已的一幕：一位可怜的矮个子盲人青年在宾馆门前寒风肆虐的广场上讨钱，也许他面前的破碗里的少许小钞尚不能买一顿最简单的饭食，因而他执着地在寒风中等待着希望。

谁知此时，从16路公共汽车上下来一位农村老太太，却突然孩子般地痛哭失声：原来她的钱包在公共汽车上被扒手给偷走了，她下车后才发现衣服被划了条大口子，而这笔钱是她卖掉家里的粮食为专程到华西医科大学附属医院来医治类风湿病准备的。

听到老太婆的哭诉，盲青年同情地抹起了眼泪，他毫不犹豫地端起那只装有钱的破碗，将里面的钱全都给了那位悲痛欲绝的农村老太太。

虽然听不懂中文的文森特并不知道眼前的情景是怎么一回事，但当他从宾馆门卫和总台小姐处了解到事情的经过后，还是被深深地感动了。

他感慨地说：“那位盲孩子太善良了，我一定要帮助他！”

然而，当他转过身来寻找那位善良的盲人青年时，盲人青年却已经离开了。他在广场上无奈地转了一圈后，悻悻地回到了宾馆。

回到房间后，文森特觉得自己刚才寻找那位盲人青年的方式太草率了，他推断盲人青年一定还没走远，因而放下手提包后，再一次冲出宾馆，遍寻了附近的大街小巷。

然而遗憾的是，他再没看见那位盲人青年的身影。

虽然文森特遭遇盲人青年只是短暂的二三十分钟，但盲人青年的长相和人格魅力却在他的脑海中留下了深深的烙印，以至于一年后他再次到成都时，又将寻找盲人青年的事作为他工作之余的头等大事。

他不仅自己四处寻找，还托朋友寻找。

然而依然一无所获……

听了张前讲述文森特的故事之后，李进友激动得涨红了脸，他依稀记起了两年前的那件往事。但这只不过是一件小事，怎会给这位老外留下如此深刻的印象？

“可是，这也不是我应该收下他给我 2000 元钱的理由呀！”

“感谢上帝，让我寻找到了我久违的朋友，如果你不介意的话，请你到我所在宾馆的房间里去叙叙旧。”文森特通过翻译对李进友说。

文森特似乎对李进友是否收他的钱的结果成竹在胸，跟 2000 元钱相比，他更关心眼前正在寒风中打着寒战的李进友。

“我这个样子，怎敢跟他一道进宾馆？这不丢他的人吗？再说，保安会让我进去吗？”

“你是文森特的朋友，保安会让你进去的。”

果不出李进友所料，在他跟文森特进宾馆时，真被保安给拦住了，保安的理由很简单：四星级宾馆岂能随便让一个叫花子进去？

后来经过文森特和张前的好说歹说，甚至惹得文森特生气后，保安才请示了宾馆的领导，对李进友放了行。

这是李进友打娘胎里出来第一次进入四星级宾馆，这也是这家四星级宾馆第一次允许一位叫花子进入“大雅之堂”。

2

在宾馆里，李进友痛痛快快地洗了一回澡，并换上从宾馆服装商场买的衣服，在豪华餐厅里对美味食物进行了一番“风卷残云”。

通过与李进友促膝而谈，文森特了解到了李进友的凄惨身世。

李进友是四川省丹棱县人，尚在襁褓中时，他就被亲生父母过继给了一户姓李的没有生育能力的人家。

刚到李家时，养父母很疼爱他，但自从养父母有了自己的亲骨肉后，就对他区别对待了，不仅让他一整天地干活，总是给他吃剩饭，生病了也不给他医治。

最令他痛苦的是，11 岁那年，他患上眼疾，终日疼痛难忍，流血流脓，但继父母却不闻不问，就这样，两个月后他的眼睛因溃烂而失明了。

眼睛好时养父母对他尚且不好，他双目失明后，对他就更刻薄了：活儿得照干，干完活后往往连剩饭也没得吃；常常遭到养父母的毒打，家里的鸡、鸭死了，猪得瘟疫了，或者养父母心情不好，都成了他被毒打的理由……

李进友一天一天地在自己的泪水中度日如年，时常感觉生不如死。

后来他觉得与其在家等死，不如出去要饭。于是在一个温暖的春天，他含泪告别了“家”，踏上了外出讨饭之路。

在外讨饭虽然也是饱一顿饥一顿，晚上还得露宿街头，但却比在家里所过的日子好多了……

听了李进友的故事后，文森特唏嘘不已。

通过交谈，李进友也了解到了文森特的一些情况。

文森特是美国南加州文佳迪大学的医药学教授。文森特的叔父也是医生，曾在二战期间为中国的抗日战争做了不少贡献。受叔父影响，文森特对中国和中国人颇有好感。

虽然一个是教授，一个是乞丐，而且语言不通，他们交谈得却十分融洽，就好像老朋友一般。最终李进友仍然婉拒了文森特给他的那2000元钱。

“文森特教授说这钱你一定得收下，因为这是他拿给你医治眼睛的，他希望善良的你能够过上一个正常人的生活。”张前解释说，“当然这笔钱也许不够，但是，这是他医治你眼睛的第一笔资金。”

听说一位素不相识的外国人要给自己医治眼睛，李进友的心情非常复杂，真是百感交集。

从第二天开始，文森特就带着李进友到成都市内的几家大医院眼科看医生，对李进友的眼睛进行了诊断和检查。然而遗憾的是，几家医院的医生在检查之后，都得出了相同的结论：李进友眼睛致盲的原因是眼球虹膜感染坏死，要想复明回天乏术。

成都的医院治不好李进友，文森特又陪着李进友到北京医治眼睛。

这是李进友第一次坐火车，这件事就跟几天前他第一次住进四星级酒店一样，恍若梦中。

到北京以后，文森特带着李进友先后在北京协和医院、天坛医院检查，检查结果跟在成都医院的检查结果如出一辙。

按文森特的原计划，如果北京的医院也无法医治李进友的眼睛的话，他将带李进友到上海的医院去继续寻医问药。

然而，在北京待上 10 天之后，文森特在中国的签证日期却到了，迫不得已，他只得回到美国去，在回美国之前，他特地再次给了李进友 2000 元钱。

令李进友感激不尽的是，文森特不仅给钱让他继续医治眼睛，还给了他一份他始料不及的礼物。

“李进友，虽然我不得不回国了，但我会时时牵挂着你，这是十二个国际信封，你需要我帮助时可以给我写信。”临分别时，文森特依依不舍地对李进友说。

“我是盲人，我不会写字，更不会写洋文……”

“没关系，这十二个信封我已经全都写上了我在美国的通信地址，也贴上了足额的邮票，你若需要我帮助，只需请人代笔给我写信，粘上封口投到邮筒里就行了。对了，我可时时都盼望着你的来信哦！”

文森特的话让李进友热泪盈眶，他来到人世这么多年，文森特是第一个对他如此关心的人，虽然在此之前他总认为文森特对他好应该有什么原因。事实证明，文森特对自己所做的一切都是无私的。

文森特走后，李进友一个人到了上海，去看了一些医生。看医生的结果依然令他大失所望。

从上海回到成都后，文森特给李进友的那些钱很快就用完了，他又过起了过去那种在街头巷尾乞讨的生活。

跟文森特相遇的那十多天日子的先后生活对照，对李进友来说就好比从地狱到天堂，再从天堂到地狱，这段生活经历在很长一段时间里也成了他向朋友们津津乐道的传奇故事。

他的一些穷朋友也总是对他的这段奇特的经历百听不厌，羡慕他遇到贵人，甚至因此而对他肃然起敬。

虽然再次成了乞丐，但李进友却并没有请人代笔给文森特写信，将自己的近况告诉文森特，他不想给文森特添麻烦，他认为文森特带着自己到成都及北京的一些大医院求医的目的，是希望自己的眼睛能够治好，过一个正常人自食其力的生活。可自己从北京和上海回到成都后仍然沿街乞讨，这种生活能算正常吗?

时间一天天过去，李进友依然如昨地在寒风中等候人们的施舍，可这个时候的他脑子里却不再像过去那般什么也不想地得过且过了，而是开始思考着什么了。

3

转眼过去了大半年，李进友终于鼓起勇气请人代笔给文森特写了第一封信，因为在文森特走后的那半年时间里，他对自己的人生和未来已经思考出一些什么来了。

他认为天下的盲人很多，其实并非所有盲人都是靠乞讨为生的，他们有的成了琴手，有的成了针灸师，有的成了按摩师……这些人都能够自食其力，生活过得甚至比正常人还要好，自己为什么不追求一种积极向上的人生？

他将自己的想法告诉了文森特，并说明了这些日子以来自己为什么没有给他写信的原因。同时他还给文森特寄了 2000 元钱。

他在信中说，这些钱是他这几个月来在街上乞讨得来的，这虽然也是人们施舍给他的，但他能够在除去生活费之后将之积攒下来，用来还给文森特，这起码说明自己已经开始转变人生观了：谁帮助了自己，自己一定要想办法回报谁！他请文森特一定支持自己人生的这个重大转折，一定要收下这笔钱。

因为自己没有住址，李进友只得将自己的收信地址写成火车南站邮电局。他相信文森特会给他回信的，因而那封信寄出后他差不多天天都要到火车南站邮电局去询问有没有自己的信。

二十多天后，李进友果然收到了文森特的信，文森特在信中对他的想法给予了高度的评价，但并未收下他寄出的钱。

文森特说，他对李进友的帮助是不求回报的，完全是朋友之间的支持与关照，请李进友不必牵挂着要还他的钱。否则，就亵读了他的感情。因而他又将这 2000 元钱退给李进友，算是对李进友实现自己人生转折的一点支持。

同时，文森特还建议李进友学习盲人按摩，因为在美国盲人按摩师很吃香。

收到文森特的这封信后，李进友非常感动，这也更加坚定了他告别乞讨生活的决心。

鉴于文森特的鼓励，并结合自己的实际，他决定学习盲人按摩。

然而，当李进友兴冲冲地赶到盲人按摩学校时才了解到，在按摩学校学习，要花 10000 多元钱，自己现有的钱远远不够上学。没办法，他只得将文森特寄给他的那 2000 元钱存起来，自己再次走上大街去乞讨。

这段时间，他也时不时地与文森特保持着联系，他的通信地址依然留的是成都火车南站邮电局。为了不让文森特对自己太过牵挂，在信中他只讲自己正在联系盲人按摩学校，却没有讲自己钱不够这件事。他相信凭自己的努力一定能够实现理想。但是在这期间文森特仍然给他寄过两次钱。

时光飞逝，转眼又过了一年，李进友终于凑够了上盲人按摩学校的 10000 多元学费，他终于幸福地跨进了成都一所中医学校的大门，成了该校的一名学生。

自从李进友开始学习盲人按摩以后，文森特对他更加关心了，不仅跟他通信的频率大大提高了，还时不时地给他寄来一些钱。

“好好干，我坚信你一定能成为一名出色的按摩师！”这是文森特经常对李进友说的话。

在中医学校，李进友是最引人注目的人，不仅仅因为他学习起来特别努力、特别刻苦，也因为他是唯一没有父母、没有亲人的人——上学前是叫花子，放假后仍然沿街乞讨，更因为他常有来自美国的信函或汇款。

但是老师和同学们都非常喜欢他，因为他不怕苦、不怕累，非常善良。

就这样，两年的学校生涯转瞬间就过去了，李进友拿到了毕业证书，成为一名盲人按摩师。

拿到按摩师资格证书以后，李进友彻底结束了自己先前的乞讨生涯。

由于成都的盲人按摩中心很多，有学历且有资格证书的人总是供不应求，他很快就找到了一份工作。

要成为一名合格的盲人按摩师并非易事，不仅对技术有严格的要求，而且工作也特别辛苦，但李进友却从未叫过一声苦，喊过一声累。

相反，他还陶醉于这份工作之中。

人们的疲惫在他的按摩中得到了释放，他在替客人按摩的过程中却变得很疲惫。

这个过程就是他提高技术和积累经验的过程。

4

在打工的过程中，李进友不仅有了从业经验，也有了一定的积蓄。

虽然他的收入并不高，每个月只有700多元钱，但是除去非常节俭的生活开销后，他仍有很大一笔积余，渐渐地，他在一年时间里，积攒下了3000元钱。

李进友兴奋不已，因为这笔钱是他凭劳动挣来的，是血汗钱，他因此可以理直气壮地实现自己心中的夙愿了：将这笔钱还给文森特，感谢他对自己的帮助，向他证明自己已经能够回报社会了！

尊敬的文森特教授：

……这些年来有您的支持与鼓励，我的人生发生了天翻地覆的变化，是您将我从沿街乞讨的叫花子改变成了今天受人尊重的按摩师。您对我的大恩我终生不忘。

曾经，我拿通过乞讨的方式积攒下来的钱还给您，您却没有收下，虽然我知道这是您善心的又一次体现，但却让我心里很难受，也很自卑。因为那笔钱并非我的劳动所得。

但是今天却不一样了，这3000元钱是我凭双手挣来的，而我这双会挣钱的手又是您给我的。

中国有一句俗话："滴水之恩当涌泉相报。"更何况这些钱都是您借给我的，因此请您一定收下……

自从李进友开始自己的打工生涯，有了收入之后，文森特对他的关心程度也有了一些细微的变化：不再给他寄钱，却时不时地给他寄上一些衣服、鞋袜什么的，且更多的是给他精神上的鼓励。

然而当文森特收到李进友寄给他的那3000元钱后，不仅没有欣然接受，还重新加上了2000元钱给李进友寄了过来。

……你能够自食其力，成为一名受人尊敬的按摩师，这是一件最令我高兴的事情，这也是你对我的最佳回报，难道还有比这更珍贵的礼物吗？

其实，你的进步是我想象之中的事情，因为你的人生经历、奋斗精神、善良的本质以及好学上进，都是一个可能走向成功的人士所具备的最重要的素质。你能够接受我的支持和关心，这对我来说是一种百分之百的荣幸。

你能得到我的支持，是因为你有高尚的道德和无须显要地位也能做成事情的才能。

这不是我对你的夸奖，而是对你的正确评价。我过去相信你能够凭自己的力量改变你的人生，事实已经充分证明了这一点！

现在，我也相信你在未来的日子里一定能够取得更大的成功！

2000元钱对如今的你来说也许不算多，但这是我对你事业成功的一个小小的嘉奖，也希望你的事业能够更上一层楼！

当然我也坚信，你一定能够开创出更加成功的事业天地来！

收到文森特这封信之后，李进友真不知道说什么才好，这封信不长，却有着相当重的分量，它寄托了文森特对他人生旅程新的期盼。因为这封信，李进友也对自己的未来有了更高层次的追求：他想有朝一日自己当老板。

有了这个新的理想之后，李进友工作起来更卖力了。他打工的那家盲人按摩中心的老板也对他更加器重，不仅对他尊敬有加，还给他增加了工资。

转眼间又是一年多时间过去了，李进友有了两万多元积蓄，他觉得自己创业的时候到了，便辞掉了那家盲人按摩中心的工作，利用这笔钱，在朋友的帮助下，去管理部门办了营业执照，在成都市黄忠路开办了属于自己的盲人按摩康复中心。

李进友的按摩康复中心开张后，由于他按摩技术高，生意很快便打开了局面。后来，他又在社会上招聘了 5 名按摩服务人员。

自从有了员工之后，李进友就成了一位名副其实的老板了。

虽然李进友平时忙于生意，但他却没忘记将自己的每一个工作进步及时地请人代笔写信告诉远在美国的忘年交朋友文森特教授，让文森特与自己一起分享快乐。文森特教授在收到信后也总是及时地给他以支持与鼓励，并指点迷津。

最令李进友激动的是，就在他当上老板后不久，文森特还特地从美国南加州赶来成都看他和他的按摩康复中心。这是文森特与他一别 7 年后的再次相逢。

“文……”

虽然文森特要来成都的消息李进友事先知道，但是当文森特突然出现在他的面前时，他还是激动不已，竟一时不知道该将文森特叫“文先生”好还是“文教授”或者“文大叔”好。

“李进友！”文森特也很激动，他用生硬的汉语颤抖着呼唤着李进友的大名，且快步地走过来，微躬着腰，忘情地拥抱李进友。就在他那张大胡子的脸与李进友的脸亲密接触的时候，李进友的眼泪再也控制不住，唰唰唰地顺着脸颊往下流。

此情此景令在场的人感动不已。

从一个盲人乞丐到成为一位老板，这是一件令人不可思议的事情，李进友却凭自己的努力使之变成了现实，这应该算是一个奇迹。

这个奇迹的创造者既是李进友自己，更是文森特。没有文森特的支持与鼓励，也许他今天仍在街头乞讨，是文森特改变了他的一生。因而他非常感激文森特。

“不应该感谢我，而应该感谢光明的力量。”文森特却笑着对李进友说，“光明是什么？光明就是德，就是中华民族传统文化最闪亮的品质。那么我应该感谢谁呢？李进友，你知道吗？我每次的中国之行都是一次美好的成长！”

绚烂的心空

她是大山深处一个小姑娘，却与一个法国老奶奶结缘，且情同祖孙。

相隔万里，语言不通，还有年龄的鸿沟，她们是如何走到一起的？

是善良！善良如一根无形的线，将她们维系成了亲人……

马兰花开了

善良就是太阳！善良的行为使人的灵魂变得高尚。

善良不一定在言语之中，但却一定在行动之中。

她是大山深处一个小姑娘，却与一个法国老奶奶结缘，且情同祖孙。相隔万里，语言不通，还有年龄的鸿沟，她们是如何走到一起的？

是善良！善良如一根无形的线，将她们维系成了亲人……

1

在这个世界上，有一种善良最令人感动：你我非亲非故，你却全心相助，不计回报，且无怨无悔。

四月的大山，繁花依旧。

在四川省彭州市白鹿中心小学，一位手提着生日蛋糕的外国老太太和一个四川小女孩幸福地拥抱在了一起，两人对彼此的牵挂，都在这一刻化作了开心、温馨和泪眼婆娑。

外国老太太对小女孩说："宝贝，我说过每年都要争取给你过生日，这不我又来了。你想我吗？"

"我很想您，奶奶！得知您要来，我也给您准备了礼物……"

小女孩说着，从教室里拎出一个塑料袋来，里面装满了花生、核桃，还有煮熟的鸡蛋。口袋里还有一张成绩单，成绩单上语文、数学、英语全都是优。

"宝贝，你真了不起！"外国老太太说着，在小女孩脸上亲了起来，"奶奶现在也留在成都工作了，什么时候想你了，什么时候便能来看你！"

"真的啊？那可太好了！"小女孩顿时泪眼蒙眬……

天高云淡，草木葱茏。

六岁的余兰茜背着一个大竹背篼，出没在青山绿水间。

煦风吹拂，争奇斗艳的野花衬托得她就如同小公主一般。芳洁如洗的空气更是温柔地包裹着她，沁人心脾。

其实，身边的美景对余兰茜来说聊胜于无。

不是她不爱美，而是没心情。

要不是背篼里已装满了喂兔子吃的草，她的注意力便应该全在鲜嫩的野草上，更不会停下来跟父亲说话。

"爸爸，你要茜娃儿乖，听话。我最听话了，外婆和妈妈叫我干啥我就干啥。你看嘛，外婆让我打兔子草，我这背篼里都装满了我家兔子最爱吃的草呢！"

她在一个长满杂草的土堆旁孤寂地坐下，心事重重地嘟囔着，眼神写满迷蒙。

一只色彩斑斓的蝴蝶飞了过来，停在一朵鲜艳的木春菊上，美丽而和谐，继而又飞到一朵马兰上，又飞到一朵红山茶上。

余兰茜曾见过到这里旅游的城里女孩，采摘五颜六色的野花编成花环戴在头上，她不知道是城里女孩的衣服好看呢，还是花环好看，反正觉得戴上花环的城里女孩好好看啊。她没有漂亮的衣服，不知道自己要是也戴一个花环会不会漂亮。她很想试一试，便从土堆旁站了起来，也采了一些野花，编起花环来。

将花环戴在头上后，余兰茜又来到土堆前，乖乖地说："爸爸，你看我戴了花环漂亮吗？你曾经说过，我是最漂亮的女娃了！"

她说着，心里有些难受，但脸上却努力挂着笑容。

"我头上的花环中有木春菊、马兰花，还有红山茶……你曾对我说过，木春菊代表长寿，我祝愿外婆和妈妈长寿。马兰花代表勇敢，我一定要勇敢！我还记得你曾教我唱过'马兰花呀，马兰花，风吹雨打都不怕'那首歌……"

继而，她轻轻地唱了起来："马兰花呀，马兰花，风吹雨打都不怕。勤劳的人儿在说话，请你马上就开花……"

但她的声音却越唱越小。

余兰茜的爸爸曾给她讲过一个与马兰花有关的童话故事，要她一定要勤劳勇敢，她也一直勤劳勇敢着，可这一刻，她还是哭了。

"爸爸，我按你说的做了，要勤劳，要勇敢。因为只有勤劳、勇敢我才能有好生活。我不知道啥叫好生活，是不是能够读书便是好生活？我好想读书啊！可外婆却说家里没钱供我读书……爸爸你说过，马兰花是神奇的花，能够实现任何愿望，可马兰花为什么不保佑我呀？你是不是骗我呀？你说你要疼我一辈子，要看着我慢慢长大，可你却死了，你为啥撒谎呀……”

余兰茜是四川省彭州市白鹿镇的一个乡下女孩，四月的阳光既温暖又灿烂，然而出生于 4 月 1 日的她自出生始，苦命便与她如影随形。

余兰茜的母亲身有残疾，还有严重的肺结核，不能参加重体力劳动。家里虽不富裕，但余兰茜的父亲有门砌砖的手艺，日子还算过得去。不幸的是，余兰茜 5 岁那年 5 月的一天，父亲却不幸出车祸去世了。

顶梁柱没了，这个家也塌了。

爸爸去世后，悲伤如雾霭瞬间笼罩了年仅 5 岁的余兰茜，她哭得很伤心。

这个噩耗对余兰茜的母亲打击更大，失去伟岸的依靠，她的残疾之躯更添痛苦，肺结核也愈发加重，成了不折不扣的药罐子。

自此，一家人的生活只能靠年迈的外婆里外操劳，余兰茜的苦日子开始了……

正在余兰茜满脸是泪地嘟囔之时，突然远处传来惊叫：“有人被蛇咬了！来人呀！该咋办？”

循声望去，余兰茜看见一个城里阿姨正无助地搀扶着一个外国老奶奶，放眼四望寻求着帮助。

“被蛇咬了？”

余兰茜一激灵，马上站起身来，丢下背篼便朝她们跑去。

余兰茜看到外国老奶奶被蛇咬处已经肿胀了起来时，连忙弯腰含住外国老奶奶的创口一阵猛吸，并将吸出之血吐在地上；紧接着又去草丛里扯了几株酸浆草和马兰，放在口中一阵猛嚼，并将嚼碎的草浆敷在了外国老奶奶的伤口之上。

看着余兰茜的举动，外国老奶奶很吃惊，继而又充满感激。

很快，沾着余兰茜唾液的草汁在老人身上产生了巫术般的效果，一股清凉犹如电流沿着小腿上行，疼痛感奇迹般地减轻了，肿起来的腿也开始消肿。

为了表达感激，外国老奶奶蹲下身来拥抱余兰茜，并贴脸相亲，又拿出一个薰衣草做的项链，以及一盒巧克力送给余兰茜。

余兰茜不是第一次看到外国人，但有外国人对她这么好，这还是第一次，她备感温暖。

自爸爸去世后，余兰茜已经很少再被人这样亲热地抱过了，妈妈身体残疾，时常卧床，不方便拥抱她；外婆忙得如陀螺，应接不暇也没时间拥抱她。

这个外国老奶奶是谁啊？她怎么这么好啊？

2

这个外国老奶奶名叫米歇尔，1949 年 10 月 1 日出生于法国蒙彼利埃市。

米歇尔虽然是法国人，身上却有一堆中国故事。

米歇尔四岁那年，父亲给她的生日礼物是一本叫《大闹天宫》的小人书，书里有玉皇大帝，有宫女，还有神通广大的石猴子，她非常喜欢。

就是这本小人书，让米歇尔对遥远的中国充满无限向往。此后，她便常去图书馆找与中国有关的书读。

米歇尔很有语言天赋，除了母语法语之外，她的英语、德语也学得很好。

她也想学中文，可当时蒙彼利埃没地方可以学中文，她觉得好遗憾。

岁月荏苒，米歇尔的中国情怀愈加强烈，尤其是退休后。

米歇尔得知蒙彼利埃有一个名叫欧亚文化交流协会的组织开设了汉语课，为偿夙愿，她便重新坐进教室，学起汉语来。

继而，如饥似渴的米歇尔觉得在法国学汉语速度太慢，便又远渡重洋，前来中国，在四川大学求学汉语。

中国之美，让米歇尔变得欢快恣意、如鱼得水。

听说彭州市白鹿镇有一个法国天主教书院很漂亮，她便想前去旅游，并邀请她的汉语老师刘维佳一同前往，给她当向导和翻译。

白鹿书院坐落于群山丛中，由一个法国传教士所修，虽历百年风雨，主楼外已是杂草丛生、断壁残垣，但曾经的辉煌与壮美依稀可见。

伫立在白鹿书院前，面对葳蕤的荒草、翩跹的蝴蝶、斑驳可见的法文、典型的法式雕塑……米歇尔感慨良多，情愫翻飞：在中国四川，在荒村僻野的群山丛中，居然有自己家乡风格的建筑，有一段令人嗟叹的中法友谊，这难道不是又一种缘分吗？

谁知，正在米歇尔遐思之时，她顿觉左脚腿肚子被什么狠狠地叮了一下，低头搜寻，触目惊心，一条花花绿绿的小蛇正从她脚边溜走，且快速地向草丛中蹿去。

“我被蛇咬了！”米歇尔惊呼。

她被蛇咬处很快痛如火灼，并肿胀起来。在这前不着村，后不着店的地方，米歇尔不知所措，颓唐至极。刘维佳见状，便大声替米歇尔呼救……于是，听到痛苦尖叫的余兰茜便冲了过来，用民间方法救起米歇尔来……

由于身上被蛇咬伤处的症状大有减轻，米歇尔向余兰茜表达谢意后便欲离开，但余兰茜却说，要治好蛇毒，还得到她家去上点蛇创药酒才行！

出于好奇，米歇尔便在刘维佳的搀扶下，一瘸一拐地去了余兰茜的家。

这就是小姑娘的家吗？

可是，这是怎样的一个家啊！

破破烂烂，四壁透风，随时都有坍塌的危险……

米歇尔震惊了。

这时，余兰茜的外婆从屋里走了出来，得知米歇尔被蛇咬后，又返回屋里拿出一小瓶药液，在米歇尔被蛇咬过的地方涂抹起来。

说也奇怪，涂过老人的药液后，米歇尔的脚再也不痛了，先前的水肿也渐渐消退了。

之后，见她们口渴，余兰茜的外婆便说去给她们烧点开水喝。

不一会儿，老人端出两碗汤来给米歇尔和刘维佳喝，汤里飘着荷包蛋。

米歇尔以为这也是一种药，没想到却美味无比。

她后来才知道，这种汤在四川名叫醪糟，是一种传统美饮。

蛇伤就这样被治好了，米歇尔掏出200元人民币以示感激，但余兰茜和外婆婉言谢绝了："治你的蛇毒是多小的事呀，咋能收钱呢？如果我们收了这钱，别人会笑话我们的！"

3

那天遇到米歇尔后，余兰茜开心了好一阵子。

但随着开学日期的临近，她的心事却越来越重，外婆说了，如果没钱交学费，她便不能上学。

所幸她卖兔子的钱，加上外婆东挪西借，终于凑够了学费，她像一只快乐的小鸟一样进入了学校。

余兰茜一边读书，一边利用放学时间打兔子草，努力养兔子，但终因家里收入太低，她读到二年级下学期时，家里再也交不上学费了。

看到离开学校，如一只落单的小鸟般凄惶的余兰茜，她的母亲抱着她呜呜地哭泣："茜娃儿，都怪妈妈不能挣钱，还要吃药花钱，将你的学费花掉了。"

余兰茜一边给妈妈擦拭泪水，一般安慰妈妈："妈妈别哭，在我读书和妈妈两者之间，我宁愿要妈妈！"

然而，余兰茜安慰妈妈别哭，她自己却忍不住落泪。

没钱交学费，余兰茜想去求求老师开恩。

来到学校，余兰茜鼓了半天勇气才说出了心中的请求，但老师却无奈地拒绝了。

她哭着跑出了教室，跑出了学校。

余兰茜的心情亦如当时的天气，阴雨霏霏。

踩着一路细碎的感伤回家，她的内心是那么缥缈，细细的雨点打在她落满泪水的脸上，凉冰冰的，她觉得自己就像寒风中一片无人关注的落叶，孤独地飘零……

回到家，母亲和外婆从余兰茜那红红的眼睛里猜出了什么。外婆安慰她："宝贝，你是女孩子，读不读书都一样。别再去想那件事了，不然越想越难受。"

母亲也安慰说："茜娃儿，你现在还小，等挣了钱还可以继续上学的啊！快别想这事了！"

外婆和妈妈不安慰自己还好，这一安慰，余兰茜脑海中又出现了自己上学时坐在教室里听课时的幸福场景，她仿佛看到了贴在斑驳的墙壁上的记录着自己学习成绩的一张张奖状，泪水再次汹涌了出来。

此时天气放晴，怕糟糕的心情影响妈妈和外婆，余兰茜便找出背篼来，说她要出去打兔子草了。

走出家门后，不再担心自己的情绪会加重妈妈的哮喘，被伤心簇拥的余兰茜完全成了泪人。

她漫无目的地走着，伤心和绝望亦步亦趋，不知不觉间她又来到了父亲的坟前。

"爸爸，家里没钱给我交学费，我停学了。"她啜泣着说，"要是你还活着就好了！"

想起以前父亲在时自己有多幸福啊，她的泪流得更凶了。

就在余兰茜哭的时候，她突然看到前面一棵小松树上，一只蜘蛛正在编织先前被风雨损坏的网。由于松针不停地滴水，它总是爬到一定高度，就会被松针上滴下来的水砸中而掉下来，而一次次掉下来的它，却又一次次坚强地向上爬……

看到这幕情景时，余兰茜忽然觉得自己就好比这只蜘蛛：蜘蛛的网被风雨撕破，自己的家被灾祸摧残，自己的命运不就跟这只蜘蛛一样吗？

蜘蛛面对那一大滴一大滴不时砸在自己身上的水珠，却毫不放弃，自己面对一点挫折怎么能这么伤心和绝望呢？

余兰茜的注意力渐渐转移到了这只蜘蛛身上，她想看看这只蜘蛛到底能不能爬上去，能不能重新修好已经破坏了的网。

事实上，没过多久，这只蜘蛛不仅爬了上去，还织了一张漂亮的蛛网。

看到这只蜘蛛不放弃努力并有光明未来的结局时，余兰茜对自己复学的事也重新充满了信心，她想，只要自己努力养兔子、养猪，一定有机会重新上学的。

而恰在此时，有一只蜻蜓和一只甲壳虫分别闯到了新织的蛛网上。

开始时，被蛛网粘着的蜻蜓和甲壳虫都拼命挣扎。但后来只有蜻蜓不停挣扎，并挣脱蛛网，得到新生；而甲壳虫挣扎一阵后便泄了气，成了蜘蛛的盘中餐。

本来，蜻蜓被蛛网粘着的面积更大，更难逃脱蛛网的束缚，也更易被蜘蛛的毒液侵扰，但蜘蛛见蜻蜓挣扎得剧烈，竟然不敢上前，并眼睁睁地看着蜻蜓逃脱了。

而甲壳虫被蛛网粘着的面积小，身体又重，很容易逃脱，且身披硬壳，蜘蛛难以对其蜇刺，却最终死路一条。

这两只昆虫又更进一步地给了余兰茜启示。

看到蜘蛛织网和扑食猎物的过程之后，余兰茜的心情好了许多。

她自此坚信，只要自己好好养兔子、养猪，就一定会有积攒够学费，并重新跨进校门那一天。

令余兰茜开心的是，就在此后不久，一个馅饼从天而降，砸在了她的头上！

在她八岁这年的 4 月 9 日，雨过天晴，正在家里洗衣服的余兰茜看到几个人朝她家姗姗走来，为首者是她的班主任。

这几人中还有一位手里提着一个生日蛋糕的外国老婆婆，这位外国老婆婆愿意资助她重新读书。

见到那个外国老婆婆时，余兰茜先是一愣，觉得好面熟呀！她努力搜寻记忆，终于想起来了。

同样，外国老婆婆见到余兰茜时也觉得很眼熟，良久，也恍然大悟：“哦，宝贝，是你呀……”

对，这个外国老婆婆便是米歇尔！

4

那天被余兰茜祖孙救治后，虽然痛感消失且创口结痂，但担心蛇毒未清的米歇尔回成都后，还是去看了医生。

检查结果显示她身上已毫无蛇毒，且不会有任何后遗症。

这真是奇迹啊！

米歇尔曾有一个梦，长大后要当现代版的马可·波罗，去欣赏中国山水。由于特别喜欢大熊猫，她便在退休后将到中国旅游的第一站定在了四川。

也因此，她感受到了四川的美食、美景和民俗文化，感受到了余兰茜祖孙这样的好人。

善良的心就是太阳，善良的行为使人的灵魂变得高尚。

善良不一定在言语之中，但却一定在行动之中。

旅游与学习结束，重回法国以后，米歇尔尽管被纷繁和忙碌所包围，但她内心深处却会时时泛起对余兰茜祖孙感激的回忆。

自己生于 1949 年 10 月 1 日，与新中国同岁，这是与中国冥冥之中的缘分。

热爱中国与中国文化的她时常以此为傲。

而中国之行后，她更觉得自己跟中国和中国人的感情进了一步。于是看到欧亚文化交流协会有人捐助中国贫困山区的孩子读书，她也想捐助一个中国小孩，便向欧亚文化交流协会提出了自己的想法。

欧亚文化交流协会请成都市教育局教育基金会帮忙，让她与成都青白江区一个名叫何林的小孩“结对子”，每年给何林资助 150 欧元的学费。

在资助何林 3 年之后，米歇尔爱心泛滥，想再资助一些穷困小孩上学。于是成都教育局又给她提供了一些贫困孩子的名单。

在选择资助人选时，米歇尔被一篇翻译成法语的作文吸引住了，字字句句，都浸润着懂事的酸楚。

这篇作文标题叫《写给爸爸的一封信》。

亲爱的爸爸：

今天语文老师布置了一道作文题，叫《写给爸爸的一封信》，同学们都稍一思考，便埋下头唰唰地写，但我却除了眼里有泪以外，一点灵感也没有。

人家有爸爸，我却没爸爸。人家能天天看见爸爸，我却只有在梦中才能见到爸爸。

因为我的爸爸，您已经不在人世了……

爸爸，我学习很努力，也很乖，老师经常表扬我。在家里我也很乖，总是帮外婆和妈妈做事。

但是爸爸，我现在最痛苦的事，是怕哪天不能上学了。

自从您去世后，家里便没人挣钱了，我天天养兔子，所挣的钱也不够交学费，还要靠外婆到处去借钱。

我恨不得自己是孙悟空，能把自己变成兔子，拿去卖成钱，拿到钱后再变成一道烟溜回家，并用这笔钱交学费读书。

爸爸，我真的想您，我也羡慕别人有爸爸。

虽然一提到爸爸，我就非常想您，就非常难受，但是我还是要完成这篇作文。因为这是我学习的重要内容之一。

我想，您要是有在天之灵，也一定能够看到这篇作文的。

……

爸爸，欢迎您到我的梦中来看我，但是您不要挂念我，我很好！我已经长大了！

爸爸，我祝您在天堂里快乐！

你的女儿：茜娃儿

这篇作文还有老师的简短评语："感情真挚，感人至深。作为范文在班上读时，很多同学都听哭了。"

实际上，米歇尔看这封信时也很感动。

她注意到，这个小女孩是彭州人，叫余兰茜，父亲出车祸去世，母亲身患残疾不能参加重体力劳动，全家的生活来源全靠年迈的外婆种庄稼……

米歇尔决定资助其读书。

在去彭州之前，心细的米歇尔从余兰茜的资料里得知其生日是4月1日，虽然4月9日去看余兰茜时，已经过了生日，但米歇尔还是在成都一家蛋糕店给余兰茜定做了生日蛋糕。

4月9日中午，米歇尔见到余兰茜时先是吃了一惊，既而喜出望外。她没想到，这个叫余兰茜的小女孩竟然是自己的“老朋友”……

这天中午，面对自己人生中的第一个生日蛋糕时，余兰茜突然抽泣起来。

她好感动!

见状，米歇尔连忙安慰：“宝贝，你别哭，今后我会争取每年都来看你，给你过生日！”

余兰茜面对生日蛋糕粲然带泪的样子，是那么令人心动，就如一朵马兰花，虽平凡得不引人注目，却又是那么清新和美丽。

转眼一年过去了，为了兑现承诺，米歇尔再越重洋，飞来成都。

米歇尔原计划在4月1日余兰茜生日这天去看余兰茜的，但思念如虫豸啮咬着她，她3月20日刚到成都，便决定第二天去彭州市白鹿镇看余兰茜。

得知法国奶奶要来看自己后，余兰茜很激动，那天晚上，她在完成了作业后，将缕缕情丝写进了给法国奶奶的信中。

亲爱的法国奶奶：

您好！

我非常感谢您对我的关心和帮助，我要努力学习，争取考出优异成绩来回报您！

自从“5·12”大地震发生以后，我得到了您以及许多好心人的帮助与关心，这些温暖和关爱给我增添了无限的勇气去面对困难。

我以后要像您一样帮助有困难的人。

今年我也把零花钱节约下来给了灾区的小朋友……

3月21日中午，米歇尔见到余兰茜时，一路小跑过去便拥抱着余兰茜亲了起来。

在百芳竞发的春天，在风轻云淡的天空下，这一幕最触动人们感动的神经。

那天，米歇尔还去看了余兰茜的外婆，并给了余兰茜外婆1000元钱。

临别时，余兰茜的外婆给米歇尔送了一大堆土特产，折耳根、香椿芽、油菜薹、蒜薹……用这些山珍野蔌来书写感恩。

虽然米歇尔不认识这些展示着最自然、最无染的真正的“绿色”蔬菜，更不知道如何烹调，但盛情难却，她还是开心地收下了。

回成都后，她特地找到一个小菜市场，当起了菜贩子，想将这些菜卖成钱后，回馈给余兰茜，资助她的学习。

穿着高档时装、富贵十足的洋老太太，竟然当起了菜贩子，这真是一道另类的风景，一时好奇者云集。

但由于不懂市场上同类蔬菜的行情，米歇尔价标得太高，高处不胜寒，这些菜很久都没卖出去。

后来，从她蹩脚的汉语中明白了一个爱心故事后，人们将这些爱心蔬菜变成美味佳肴的欲望才强烈起来。

于是，米歇尔的蔬菜很快被抢光，一小堆蔬菜竟然卖了100多块钱。

为了兑现给余兰茜过生日的承诺，3月28日这天上午，米歇尔兴高采烈地去商场为余兰茜挑选生日礼物，不料脚下一滑，摔致左腿髌骨骨折……

米歇尔摔伤后，医生建议她必须在床上躺三周才能下地活动，但为了给余兰茜带去欢乐，她却坚持要去彭州白鹿镇为余兰茜过生日。

然而，4月1日，余兰茜9岁生日这天，当米歇尔带着生日蛋糕，坐了3个小时的车赶到彭州市白鹿镇中心小学后，却从余兰茜的班主任处获悉，余兰茜去成都了。

"去成都了？"米歇尔失望地张大了嘴，"去成都干吗？"

原来，余兰茜得知米歇尔摔骨折的情况后，着急得哭了，当即便向班主任借钱，并带上外婆为她准备的醪糟、红枣、土鸡蛋等土特产，于4月1日早上赶去了成都。

就在这时，米歇尔的手机响了起来，里面传来了余兰茜的声音："米歇尔奶奶，您在哪儿啊？我在成都，听说您摔伤了膝盖，来看您……"

余兰茜稚嫩的声音如一股暖流充盈着米歇尔的心：这是一个多么懂事的小姑娘啊！她虽然贫困，却有一颗金子般的心！

当米歇尔与余兰茜这对异国祖孙再次相见时，已经是当天晚上了。

一种相思，两处牵挂，相见那一刻顿时变得开心和泪眼蒙眬：“宝贝，我说过的，在我离开中国之前，还要来看你一次，可是没想到，你却去成都看我了。”

“是啊，奶奶，我得知您膝盖骨摔骨折以后，非常着急，便请假去看您了……”

“我的好宝贝，你对奶奶真好！”

米歇尔说着，在余兰茜脸上亲了起来……

得知余兰茜正在学习一些简单的法语后，米歇尔很高兴，当即表示，她不仅现在要资助余兰茜读书，将来还要资助她到法国留学，使其学成之后能报效伟大的祖国！

那之后，为了离余兰茜近些，给余兰茜提供力所能及的帮助，米歇尔决定留在成都找工作。

她先在成都一所中学找了一份教英语的工作。

之后，得知成都市和法国蒙彼利埃市刚签署了一份教育合作协议，将在成都 9 所中小学校开设法语课后，她便前往自荐、竞聘，并最终胜出，成了成都市中小学生法语课堂教学总监。

又是一年的 4 月 1 日。米歇尔再一次拎着蛋糕来到彭州市白鹿中心小学，为余兰茜过生日。祖孙相见时的场景一如既往，温馨、激动、感人……

得知洋奶奶为了她而特地留在成都工作时，余兰茜开心得眼泪都流了出来。她的样子恰如一朵清晨带露、鲜艳如翡翠的马兰，在阳光中美丽地绽放。

（文中“余兰茜”为化名）

朝着温暖行走

慈悲不是出于勉强，它像甘露一样从天上降下尘世；它不但给予受施的人以幸福，也同样给予施与的人以幸福。

很多年前，一个中国弃婴吮吸了尚是姑娘的她的乳房，从此后她就将收留中国弃儿当成了自己终生不渝的追求，即使为此遭受白眼、失去工作、流落街头也无怨无悔……

1

寒风呼啸，雪花飞舞。

一个洋美女流着鼻涕，鼻子红红地穿行在西安一月的风雪里，来到西京医院治感冒。

在熙熙攘攘的人丛中，她发现一位抱着初生婴儿的大娘神色异常，好像心有急事。洋美女便主动搭讪，欲行帮助。

如遇救星的大娘说，她想上厕所，可抱着个孩子却又很不方便，正愁得不知所以。

洋美女莞尔一笑："那我帮你看着孩子吧！"

然而，一个小时过去了，又一个小时过去了，大娘再没出现。等得心烦意乱的洋美女打开裹着孩子的小花被时，突见一纸条。

孩子 1 月 10 日生，母有难言之隐，无力供养。
好心人，你就是她的母亲，谢谢！

那一刻，尚待字闺中的洋美女一下子傻眼了……

这位被送子观音无奈青睐的洋美女，名叫卡洛琳·克拉克（Caroline Clark），是美国北卡罗来纳州人。

卡洛琳虽是美国人，但是她的灵魂里却住着牢牢的中国情结，这个情结萌芽于她上小学二年级那年。一天，卡洛琳很偶然地接触到了几个汉字，"中""国""人""民"……

这些方方正正的文字，跟如一堆零乱堆放的木棍般的英文字母相比，既形象也生动，令她耳目一新。

好奇心驱使着卡洛琳内心的探求，也开启了命运中的一种与爱有关的低吟浅唱。

为了进一步地了解中国，也为了看到更多形象生动的汉字，卡洛琳常常在放学以后，心里弹奏着期盼的旋律，快步如飞般地到北卡罗来纳州图书馆去看有关中国的书籍。

遗憾的是，此时的卡洛琳自己所认识的英文单词也不多，图书馆里适合阅读的中英文对照书籍很少，特别是看图识字等启蒙课本，根本没有。图书馆里有着琳琅满目的如同排兵布阵般排列得整整齐齐的图书，但卡洛琳眼中却看到的是一望无际的荒芜和干枯，她失望极了。

看到孙女眼中写满了渴求与不开心，爷爷马丁·克拉克（Martin Clark）很是纳闷，一问才知其中缘由。爷爷笑着对卡洛琳说："这下好了，爷爷对中国的感情后继有人了。"

"爷爷对中国也有感情吗？你怎么不早告诉我呢？"

"可是你并没有问过爷爷呀！"

爷爷慈祥的话语，把自己拉到了积满岁月尘垢，虽已遥远，却鲜活依旧的记忆之中。

原来，在中国人民抗日战争激战犹酣的1940年，痛苦呜咽的中国政府为振兴国力，曾派留学人员到美国田纳西州一家水电站学习水电技术，卡洛琳的爷爷马丁正好是该电站的工程师。

古道热肠的他热情地接待了那几位远道而来的年轻的中国人，浑圆饱满的情感是真挚友谊的增稠剂，他们相处得十分融洽。那几位中国小伙子的温和、善良、谦虚、勤劳、大度，也给马丁留下了醇美甘洌的深刻印象。

马丁的记忆里不仅有这些关于中国人厚重情感的画面，还有时常惦念、一生难忘且涌动着他心潮的感动。

有一次马丁患了传染性极强的甲型肝炎，在医药科技很不发达的当时，马丁的美国同事都避之不及，唯恐恶疾缠身。可是同样知道此病严重性的那几个中国人非但不躲避马丁，还尽心尽力地照顾他，甚至在西药紧缺的情况下，用貌不起眼却功效神奇的中国传统中草药，治愈了他身上那令他痛苦不堪的甲肝，救活了奄奄一息的他，使他重获新生。

马丁与那几位中国人的友谊，如潺潺流水，淙淙有声，蜿蜒地一直流淌到他们回国后的好长一段时间，那几位中国人从遥远的中国写来的信也成了他最为珍贵的收藏品。

然而这份经历生死的友谊终究未能源远流长，最终被时局的沙漠湮灭了。

如果不是日本侵略者的飞机无情地炸毁了那几个中国人回国后一手兴建和工作的那座水电站的话，也许他们之间的联系还会更久长一些。

因为日本鬼子在将他们的心血顷刻间化为乌有的同时，也将他们的生命和与马丁的友谊化为乌有了——他们不幸全部罹难。

虽然马丁与这几个中国人交往的时间并不是很长，但这份友谊却如烟花绽放，绚烂无比。马丁也从他们身上看到了中国人闪亮的骨气，从他们口中了解到了不少有关中国的知识……

有的时候，一份友谊也能改变一个人的命运：自从开始与那几个中国人交往且成为朋友之后，马丁对中国的一切都充满了兴趣，也开始有意识地收集一些铭刻着神秘和悠久文明的中国工艺品。

“其实不只是爷爷，你父亲也曾有过一些中国朋友，而且交情甚好，只是由于当时中国与美国关系交恶，他便与这些中国朋友也失去了联系。”

“爷爷，我真羡慕你和爸爸有那么好的中国朋友，可是你也不能为我解决没有英汉对照的看图识字课本的问题呀！”

“是的，虽然爷爷没有你需要的书，但要学汉语，或许我可以做你一段时间的老师。”

于是通过向爷爷马丁学习，卡洛琳学到了一些简单的汉字，比如“水电”“工程师”“日”“月”等。同时，她也从爷爷那里得到了不少珍贵的中国工艺品。

通过向爷爷学习汉字和从爷爷口中了解到有关中国的一些事情之后，卡洛琳内心的渴望愈发强烈，对神秘的中国更感兴趣了，她发誓自己长大后一定要到中国去看看，当然最好是在这个神秘而伟大的国家生活。

可惜马丁认识的汉字十分有限，一段时间之后，卡洛琳又处于苦恼之中了。

山海阻隔，难以逾越中美关系的天堑，卡洛琳的中国情结变得缈远和虚拟。

无法满足的对汉语汉字的求知欲，让她变得多愁善感、郁郁寡欢。

父亲威廉（William）看在眼里，痛在心里，后来通过千方百计的努力在新泽西州为其找到了几个来自台湾的小朋友，让卡洛琳与他们之间保持书信往来，同时也委托朋友为其购买有关的汉语教材。

父亲的爱，清晰而专注，两年之后，在卡洛琳读四年级时，威廉一位加拿大的朋友终于找到了一本成人学汉字的教材。

斑驳发黄的书，虽然早已没有了油墨的芳香，但这在卡洛琳的心中，却如暮冬的一束鲜花，既美丽又夺目，把她高兴坏了。

然而，这本书毕竟是成人教材，而且又无教师指导，因而在某种程度上对卡洛琳来说，也仅仅只是一件来自加拿大的有关中国的礼物。即使她在兴之所至时死记硬背了一些汉字的框架结构及英语标注的发音，却对提高汉字的认知水平来说，几乎是毫无意义的。有时候她在与中国小朋友通信时，间或自豪地在英文信中用进去一两个汉字，但这在中国小朋友眼中，却如同天书。也不知道是不是这个弄巧成拙的原因，不久后，她就与那几位中国小朋友失去了联系。

后来，卡洛琳的父亲威廉的公司迁到了新泽西州，正在读高中的她也随之转学。

尽管新到一个地方后人地生疏，没有朋友，卡洛琳却更愿意到这里读书。因为她的新校友中有一男一女两位在美国出生祖籍却是中国台湾的学生。

随着卡洛琳与这两位学生的交往，她的中文水平大大地提高了，甚至能够讲一些简单的问候语。

掬水月在手，弄花香满衣。卡洛琳到中国去的愿望再次强烈地涌上心头。

那年暑假，在班上其他同学纷纷去西欧旅游的情况下，卡洛琳固执地选择了去中国旅游。由于曾与祖籍中国台湾的小朋友有过交往的原因，她先去了中国台湾旅游，对她向往已久的中国大陆的印象却仅仅停留在通过金门岛所看到的厦门市若隐若现的楼宇和山川的片面认识上，她心中对中国所渴望的更多的了解被茫茫的海水阻隔了。

当然，卡洛琳到台湾旅游之后，也更深刻地认识到了她自己的汉语运用水平是十分有限的，还需更加努力地提高。

高中毕业升入大学后，卡洛琳学习汉语的机会更多了，此时她学习也更用功了，她要力争达到能与中国人交流汉语的水平。

大学三年级那年，卡洛琳终于踏上了中国大陆的土地，去了西安、杭州、成都等有名的中国城市旅游。

2

到了梦寐以求的中国，卡洛琳曾经的缕缕相思，都转换成了激动，转换成了新奇世界视觉的盛宴，在眼睛纵情饱览和内心尽情享受的同时，她觉得自己似乎在进行着一场心灵的蝶变。

在愉悦的时间里畅游，卡洛琳除了感受到中国随处可见的欣欣向荣的景象外，也感受到了中国人异乎寻常的热情：无论她走到哪里，都会有许多人前后左右地跟着她，如众星捧月。

纵然貌美如花，千娇百媚，成为目光聚焦的中心，但开始时卡洛琳依然觉得很奇怪，很不理解，当她用不太流利的汉语询问这些围观她的人时，她才明白了其中的原因。

“你们中国人为什么总是这样奇怪地看着我？难道我是丑八怪，或者是电影明星？”

卡洛琳用蹩脚的汉语问话时有着中国式的俏皮和美国式的好奇。

“你之所以走到哪里都会有很多追随者，那是因为我们中国人十分好客，都想和你做朋友。”

中国人的回话质朴简单，却又流淌着一脉千年如甘霖般的中国悠久的文明。日出日落，春去秋来，岁月荒芜了多少世事，但是传统礼仪却依然年轻，且愈发锃亮。

听了这句话，卡洛琳心里非常温暖，一种爱，更如夏天植被般繁盛。

怀揣着幸福，日子如白驹过隙。这次中国之行，虽然有不算短的三周时间，但对卡洛琳来说，三周太短，倏忽即逝。辽远开阔的中国土地，深邃广博的中国文化，自己对其岁月深如海的缠绵与缱绻，哪是区区三周时间走马观花所能完全解读得了的?

心中的追随近在眼前，爱的源泉却是那么壮美高妙。

如此零距离地亲密接触的结果，也不过如一只小蚂蚁站在喜马拉雅山的山脚，对于高耸入云的渴求和近如咫尺的亲昵，她觉得自己非得在时间铺就的曲折山路中，一步一步直至凌云才行。

蹀躞的脚步在中国的土地上游移的时候，卡洛琳心中便有了一种强烈的感觉，对这样一份爱的强烈的感觉，这份感觉便是自己一定要从今天，到永远，矢志不渝地爱。

由于中国有太多令人留恋的东西让卡洛琳应接不暇，她在不得不离开中国时，为了让自己心中自小到大成长的过程中所堆砌的许多年的爱绽放出来，恋恋不舍的她还暗下决心，今后一定要创造机会到中国工作和生活!

怀揣着这个朝夕相伴的美丽梦想，之后，通过有关国际组织，卡洛琳申请到了在西安交通大学附属小学教书的机会。

虽然她一个人在一学年里教了900多个学生的英语课，平时的生活十分紧张，也十分疲惫，但是她觉得非常充实、幸福。因为她教的学生英语口语及实际运用能力很高，后来，西安另两所高校又特地聘请她到外语系任教。

终于如愿以偿地在中国工作和生活了。曾经强烈的期冀和实现期冀孱弱的现实，此时都成了记忆里温馨满满的照片。

然而，自从踏上中国的土地，内心便装满天籁的卡洛琳在西安工作和生活之后，她一生的命运也就从此改变，并且与中国、与中国人息息相关，割舍不下，水乳交融了！

叩击灵魂方能如此铭心刻骨，这是个卡洛琳永远也无法忘记的日子。

在这个一月冰寒、人气萧条的日子里，有些感冒的她穿过飘摇的风雪去西京医院看病，在稀稀拉拉的人丛中，她发现一位抱着初生婴儿的大娘心神不宁，左顾右盼，似是需人帮助。

“子曰：君子成人之美，不成人之恶。小人反是。”

卡洛琳刚学过《论语·颜渊》中那句话，所以她便走过去关切地问：“大娘，你在等人还是遇到了什么麻烦事？需要我帮助你吗？”

那位大娘告诉卡洛琳，她想上厕所，可是抱着个孩子却又很不方便，她说她正为此事发愁呢。

于是卡洛琳爽快地提出替大娘照看孩子。

看着襁褓中的孩子那红扑扑的小脸蛋，卡洛琳觉得可爱极了，她甚至索性在孩子脸上亲了亲。不知是她的脸被寒风吹得太冷，还是其他什么原因，孩子一下子哭了。

看着孩子伤心的样子，手足无措的卡洛琳急了，她连忙到附近厕所去找那位大娘，可是哪里有大娘的影子啊！

找寻不到大娘，卡洛琳惶窘不安，心里更急了：难道大娘迷路了，走失了吗？不可能！或许她去给孩子拿药去了吧……

卡洛琳这样安慰自己。

等待的时间如同老龟爬行，一点一点爬向未知的另一端。

一个小时过去了，两个小时过去了，直到孩子哭累了，睡着了，却仍然不见大娘的影子。

卡洛琳一下子慌了神，于是打开裹着孩子的小花被……出现了本文开头那一幕……

“天下竟有这么狠心的母亲！”

纸条上无情的内容字字带泪。

卡洛琳忽然明白了什么，寒冷从她自言自语的嘴巴，直入她先前温暖而热烈的心里。

眼前寒凉却又狠心的事实，让她一时间脑海浑浊，不知所措。

她真想将这可怜的孩子，将这莫名其妙捧在怀里的尴尬和拖累放在凳子上，然后一走了之。

然而，她的内心却又在这个念头产生之时猛烈抽痛且自我彷徨。

更揪心的是，当她将这个被遗弃在寒风中的孩子刚刚放在凳子上的时候，小家伙却突然意识到失去依靠恍然惊梦般醒来，且凄惶地放声悲哭。

孩子的哭声好似有魔力且凄婉的天籁，令卡洛琳弃之不能；又如幽静弯曲无形的线，缠绕抓扯着卡洛琳善良恻隐的心。她觉得心里莫名地涌起一股此前从未有过的强烈奔涌的母爱。

看着这个失去了娘的可怜的小生命，她心若蒲苇，柔软而又包容。

虽然在这座城市里，自己纵然暂时拥有工作，在人生之旅中也不过是一个匆匆的过客，但驻留长短的身影，又岂能是抛弃爱的理由？

时间如被刀削，峭壁林立。

卡洛琳可以如别人那般事不关己地绕过横亘在眼前的高山。面对寒风肆虐的眼前世界，她也真的这样想过。

可是，这个冷漠的想法终究没有战胜她内心如春的温暖，产生的一瞬便被鄙弃了。

鄙弃的原因很简单，她不愿意违背良知轻松地绕过去，而宁愿背负着沉重的爱，艰难地翻过这一段陡峭的路途。

因而，她又毅然决然且颤抖地重新将孩子抱在怀里，再次亲了亲，流着不知是迷茫还是恻隐抑或悲凉的泪，暂时将孩子抱回了学校宿舍。

回到宿舍以后，卡洛琳忙着先给孩子洗了个澡。

由于长这么大从来没有干过类似的活儿，手忙脚乱的她好一阵才将孩子洗好。

可是将孩子洗好之后，她却更加茫然了：这孩子该怎么处置呢？是继续寻找她的亲人，还是将她再次送回西京医院？

如果要寻找她的亲人的话，茫茫人海，谈何容易？更何况她的亲人早已不愿养育她了！

要是再次送回医院，自己又于心何忍？

思来想去，她不知如何是好！

当然最要紧的还不止这些，因为孩子在洗干净之后仍哭声不止，这让卡洛琳听得心里发慌。

孩子怎么了？

直到看到孩子咂动的嘴唇，她才忽然间明白，孩子一定是饿了。

卡洛琳连忙将自己平时吃的奶粉给孩子冲了一杯，因为没有奶瓶，她只好用汤勺一点一点地喂。可是出生刚三天的孩子，又怎么会吃呢？

也许是与生俱来的本能，也许孩子出生以后与自己的亲娘有过亲密接触，在卡洛琳怀里的小家伙的手有意无意地触碰到了卡洛琳少女的胸脯。

看到这个无娘孩子的渴求，卡洛琳的脸红了，心中也更加酸楚。她虽然知道自己的身体无法满足孩子的需求，但她还是解开衣服，将自己丰满而盛满母爱的乳房塞进孩子的嘴里。

饥饿的孩子狠命地吮吸起来，将母爱盈盈的卡洛琳的乳房吸得又痒又痛。

然而，孩子纵然狠命地吮吸，却依然徒劳无获，因为尚是少女的卡洛琳的乳房不可能有奶水。

没有获得甘甜的营养，失望的孩子哭得更伤心了。

孩子没有吸出卡洛琳的奶水来，却将她身体里潜在的母爱全给吸出来了。她暗下决心：苦命的小姑娘，就让我做你的亲娘吧！我一定要将你抚养成人！

卡洛琳重新穿好衣服，将孩子抱在怀里，冒着飘飞的大雪，走向了西安一家小负盛名的婴幼用品商店。

得知女儿在中国收养了一个弃儿，卡洛琳的父母非常高兴，这两位对中国及中国人民素有好感的老人在越洋电话中对女儿说：“母爱是每一个人理所应当得到的东西，如果一个人一出生就失去了母爱，那这个人就是一个值得同情和不幸的人。而对一个女人来说，能够给人以母爱，这本身就是一件幸福的事。这也是女人作为女人最根本也是最人性的体现。孩子，你给那个可怜的小生命以母爱吧，父母支持你！如果你遇到什么困难，我们也一定会帮助你！”

父母还给卡洛琳捡来的这个孩子取了一个非常有中国味的名字，叫“安诺”。

自从有了安诺以后，卡洛琳的生活就从此变得零乱而忙碌，小小的寝室里晾满了婴儿尿布。因为又要上课又要照顾婴儿，她总是疲惫不堪。但是她的内心深处却从此有了一种崇高的责任感，有了一种圣洁的母爱。安诺一颦一笑的生命旋律如春日艳阳般弥漫在卡洛琳的脸上，对安诺美好未来的希望也如园丁对花朵般的美梦翩飞。

3

卡洛琳收养弃儿的消息很快在她任教的大学校内外传开了。一个洋姑娘收养一个中国弃儿，这件事本身就有新闻性，更何况卡洛琳还是未婚少女。所以人们对她的行为给予了高度评价，甚至将她的形象与当时电视台正在播放的《渴望》中的刘慧芳联系在一起。

于是，时不时就有一两个好心人来看望她和孩子，同时也送来一点小礼品，或是在卡洛琳去上课时帮忙照顾小安诺。

在这些好心人中，有一个青年引起了卡洛琳的注意。他是第一个来探望她们母子的，也是坚持到最后的一个，时至今日，卡洛琳都还记得他第一次来的情景。

那天上午卡洛琳有课，她正为没人帮她带孩子而犯难呢。正巧这时，瘦瘦高高的他来了，很羞涩地说明来意之后，就照顾起小安诺来。

卡洛琳虽然将孩子交给了他，却一直都是提心吊胆的，她担心他是否能够将孩子照顾好。因而下课铃声一响，她就飞也似的跑回寝室。

然而，当她打开门时却一下子惊呆了：此时小安诺正安详地熟睡着，而那位小伙子却忙得一塌糊涂地在洗孩子的尿布。

看到一个大男人如此下苦功，卡洛琳感动不已，眼睛也变得潮湿了。

从此以后，让卡洛琳感动的事就经常发生了，因为在好长一段时间内，那位实在的青年都定时地来帮她照顾小安诺，而且来得很有规律：他总是在卡洛琳有课的时候到来，帮她看护小安诺，不仅把小家伙侍弄得像模像样，也总是把安诺的尿布洗得干干净净。

后来卡洛琳了解到，这位名叫赵建安的青年，是珠海某公司的一名工程技术人员，因为家在西安，他在回西安探亲时被卡洛琳的故事所感动，因而抽出空闲时间来帮帮她。

相处的时间久了，他们发现彼此的人生观、世界观竟那么相同，志趣爱好也是那么接近，于是他们成了好朋友。

转眼 4 个月过去了，有一天，卡洛琳在公共汽车上听到一位老大娘说，在某医科大学附属医院的一条长凳上有一个被遗弃的孩子，已经放了一上午了，却一直没有人前去认领，非常可怜。

说者无心，听者有意，那个可怜的小生命再次引发了卡洛琳的恻隐之心。

当卡洛琳匆匆赶到那家医院时，那个可怜的孩子还在，也是裹在襁褓之中。从人们议论纷纷的谈话中她得知，这个孩子也是一个女孩子，她之所以被父母遗弃，是因为长有脊椎瘤，正因为这个原因，有不少充满同情心、原打算将她抱回家去喂养的人也打消了当初的念头。

当卡洛琳了解到这个情况后，她没像当初遇到安诺时那样思前想后，而是毫不犹豫地将孩子抱回了自己的宿舍。

这个孩子也是刚出生不久，因为卡洛琳发现她与一位大嫂怀中所抱的 3 月 18 日出生的孩子大小相近，因而她将 3 月 17 日作为孩子的生日，并且给她取名为天诺。

赵建安在得知卡洛琳又收养了一个遗弃儿的消息后，也急急地赶了来，他们一起给孩子洗澡、换衣。看得出来，他非常支持卡洛琳的这一义举。

对于赵建安长期的无私帮助，起初卡洛琳还有几分迷惑，有些难以理解，但是渐渐地，她才了解到，原来赵建安真有一颗善良的心。因为他在珠海工作时，也曾收养了一个遗弃儿，只是后来遗弃儿的父母良心发现，又将孩子要回去了。

了解到这一情况后，他们之间的关系更近了一层。

自从收养了第二个孩子天诺以后，前来关心卡洛琳的人明显少了，或许是关于她的故事的新闻性已经过了吧。但是卡洛琳也听到了这样的声音：“养一个孩子已经成问题了，怎么又去弄一个回来呢？真是匪夷所思。”

她知道，人们不理解她了。

然而，不知是上天的安排，还是什么原因，卡洛琳与中国遗弃儿的缘分却并未到此为止。

这年七月的一天，卡洛琳带上同时患上感冒的安诺与天诺到儿童医院去看病时，又在儿童医院里发现了一个被遗弃的刚满月的兔唇孩子。听医院里的人说，这个小男孩被遗弃差不多已有一天了，卡洛琳发现他时，他已饿得奄奄一息。

站在这个可怜的孩子面前，卡洛琳焦急不已，她真想把他抱回家，却又怕引起人们的误会，因为自从她收养了安诺与天诺之后，人们对她已议论纷纷。幸好站在一旁的赵建安了解她的心思，默默地抱起了孩子。

从此以后，卡洛琳有了她的第三个孩子“以诺”。

自从有了三个孩子后，卡洛琳变得更加忙碌了，因为这三个孩子的年龄十分接近，而且都是婴儿，所以她与一般情况下有三个孩子的母亲相比更是繁忙，几乎是白天黑夜地忙，人也因此变得更加憔悴。

这时候，部分知道卡洛琳事迹的人对她收养孩子的义举已经由过去的钦佩、赞赏到不理解、不支持的方向转变了，甚至有人认为她出风头。

听到这些传闻以后，卡洛琳心里有几许酸楚。人们无论赞赏也好，支持也好，不理解也好，反对也好，这对她来说都不重要，自从收养安诺开始，她就没在乎过人们对自己的评价。

但是，有一点卡洛琳却不得不在乎，那就是自从有了三个孩子后，她的生活就开始变得艰难起来，因为三个婴儿的消费并不比成人的生活消费少多少。她的工资本来就不高，更何况捡到以诺的时候，正好学校放假，她没有了教学任务，也就没有了收入。

更为雪上加霜的是，不久后，卡洛琳那份视若生命的工作也因此失去了：她所任教的那所高校拒绝与她续签新学期的授课合同，理由是她在照顾孩子的时候，一定程度上影响了教学质量。

还不只是这所高校拒绝了她。为了找到一份类似的工作，卡洛琳也去了其他学校应聘，但她总是失望而归：那些学校非常现实，他们不愿出钱请一位教学质量不能得到保证的外教，他们都提了一个相同的条件，那就是让她将她收养的孩子们送到儿童福利院。

卡洛琳无论怎样都无法接受这个条件，她宁愿失去工作也不愿失去孩子。因为她认为，能够无私地爱这些孩子们，是她一生最大的幸福。

没有了工作，卡洛琳只好从学校搬出来，带着孩子们住进最便宜的招待所。

然而，招待所也不是她与孩子们的安居之所，因为招待所并不乐意接待他们母子仨。

招待所拒绝他们母子的理由很多，不是没有涉外的权力，就是服务员认为她的孩子们平时太吵，影响了其他旅客的休息，影响了客源与效益，或者认为她所住的房间里外到处晾晒的尿布有碍观瞻……

那段时间她与孩子们住招待所成了打游击。

甚至，就在这个时候，公安局也开始着手调查她了，认为她收养遗弃儿的行为虽合乎情理，却不合法。这是因为按民政部门当时的有关规定，没有生育的夫妇必须在 35 岁以上才能收养孩子，同时收养的孩子也得从福利院认领。

所幸在这段令卡洛琳备感艰难的日子里，也有让她欣慰的事，那就是赵建安已经不再是定期地来照顾她和孩子们了，而是长期地、天天地与他们在一起，也与她和孩子们的欢乐、忧愁同喜同悲。

看着同样是越来越消瘦的赵建安在孩子与尿布之间忙碌的身影，她常常感激万分，她庆幸世界上有这样一位与她惺惺相惜的善良而实在的人。某一天，她甚至突然发现自己爱上赵建安了。

也许是心有灵犀，那之后的一天，赵建安大胆地向她求婚了，求婚的理由十分简单：他非常爱她，爱她的人品、善良及她的事业！

听了赵建安的表白，卡洛琳感动得哭了。她拥住赵建安泣不成声，泪流满面。

孤独而飘零的苦人儿，从此有了相扶相携的拐杖。

4

为了生存，同时也为了节约钱及时地给天诺做脊椎瘤切除手术和给以诺做兔唇缝合手术，卡洛琳只好和孩子们租了西安郊外一间农舍居住。

事实上，无论卡洛琳怎样节约，怎样掐指细算，她的经济总额也不会增多，反而会减少，因为她根本没有收入，而每天的消费却是必不可少的。她为此操碎了心，终日愁眉不展。好在赵建安及时拿出了他多年的积蓄，才使两个孩子有望做手术。

然而，当她满怀希望地到西安部分医院咨询之后，却大失所望：院方认为婴儿不能做太大的手术，尤其是与神经系统有关的手术，其原因主要是麻醉量不好掌握。据他们说，按惯例，这类手术应让婴儿满五岁后才能进行，而天诺和以诺将做的手术都与神经系统有关。但卡洛琳却固执地认为孩子的手术宜早不宜迟，她怕这些生理缺陷影响孩子的正常发育。

“在美国好像没有这种说法。”卡洛琳与医生据理力争。争论的结果很显然。但是她不相信偌大中国的所有医院都是如此没有把握。

果然，她通过上海的朋友了解到，上海某医院能够在婴儿身上做此类手术。于是卡洛琳与赵建安带着孩子们去了上海。

到上海后，为了更方便地照顾孩子，卡洛琳与赵建安在上海举行了十分简朴的婚礼。婚后，夫妻俩顾不上度蜜月，就紧锣密鼓地在上海郊区杨思乡花园村租住了一处十分简陋的价格极低的农舍，将孩子们安顿下来，同时着手将孩子送往医院做手术。

两个孩子的手术取得了预期的成功，而且孩子们恢复得很快，这让小夫妻俩非常高兴。但是高兴归高兴，忧郁的阴云却并未远离他们，相反还愈来愈近，那就是他们的经济更加拮据了——赵建安的积蓄也几乎全都用在孩子们的手术上了。

此时，他们所过的日子已与贫困的农民生活无异：睡的是摇摇欲坠的木架床，床上垫的是稻草，盖的是难以抵御冬日严寒的薄被；孩子们穿的是好心人给的破旧衣服；平日的粗茶淡饭得掐指细算……

不仅如此，甚至很多时候，夫妻俩咀嚼一根冰冷的胡萝卜就算吃了一顿饭。

他们认为，大人挨一挨也许就过去了，但是孩子们没有奶粉怎么行?

为了改变贫困的状况，他们也轮换着四处去找工作。

然而上海虽大，要寻找到适合他们干的工作还真难，因为他们要找的是相对固定，且能兼顾照顾孩子的工作！找来找去，他们均以失望告终。唯一找到的挣钱方式也仅仅是打打短工。

就这样，他们在上海住了一年，没有找到称心如意的工作，他们的生活水平也一直处在最底线。夫妇俩的午餐常常冬天是生胡萝卜，夏天是生黄瓜，由于长期营养不良，他们甚至落下了病根。

但是在这段时间里，他们也充分感受到了中国人的人情与温暖，比如附近农民常常接济他们一些吃的、用的；租屋附近那家洗衣机厂的职工常常前来帮忙洗尿布、洗衣服、照料孩子；遇到过节，有的好心人甚至请他们到家中去做客。

由于在上海找不到合适的工作，也办不到对三个孩子的合法收养手续，迫不得已，在上海待了一年多后，卡洛琳与丈夫带着孩子们去了美国。

如今，三个孩子已经加入了美国国籍，且能讲一口流利的英语，但卡洛琳并没有忘记告诉他们，他们是中国人，他们的祖国是伟大的中国。他们夫妇俩每天都要对孩子们提到中国，提到中国的风景名胜及他们以前在中国的生活，每天也要和孩子们合唱一遍《义勇军进行曲》。

不仅如此，卡洛琳每年都要将孩子们带到中国生活半年，让孩子们在中国的学校接受教育，学会中国人的处世哲学和生活方式，学习中国人的优良传统和伦理道德。

最伟大的是，为了将自己的爱无私地奉献给中国弃儿，卡洛琳决定此生不生育自己的孩子。受她的影响，丈夫赵建安也坚决支持她的决定。事实上，卡洛琳的母爱还不仅仅表现在安诺、天诺和以诺身上，而是博大的、广义的，因为她在每次中国之行时都会帮助一些无助的孤儿。

又一年的九月，卡洛琳带着孩子们刚到成都时，偶然发现她租屋附近的四川省体育馆广场上有十来个衣服褴褛的孩子每晚都会蜷缩在一处路灯下过夜，而且相互之间交谈的口音是天南海北的。他们所吃的饭也大多是人们所丢弃了的盒饭，但天一亮他们又四散而去了。

通过一段时间的观察，卡洛琳发现这是一群流浪儿，于是她又动了恻隐之心。她与赵建安合计，索性专门为孩子们租了一套月租金数千元的房子，并请了一名保姆来给他们煮饭及料理生活，而她与先生则在买来的小黑板上给这群孩子上课。

目前，卡洛琳最大的愿望就是想尽早加入中国国籍，那样的话她就可以在中国创办一所孤儿学校，或是一家慈善机构。

“能够名正言顺地成为一名中国人，是我一生矢志不渝的追求。”这是她时常对朋友们说的话。

坚定而又光明，她如同一枝莲，开在生活的风霜之中，却矢志不渝地朝着美好与温暖行走。

灵魂的原乡

繁荣，祥和！

除了天气颇为闷热以外，一切都是那么井然有序。

然而一场天大的灾难，却兀地发生了。

我上辈子是中国人

爱，不一定在其身体出生的地方，但一定在其灵魂驻留的地方！

我为什么会讲中国话
我为什么那么喜欢吃苦瓜
我的朋友们都说我像鸡蛋
外面白里面黄
That's what I am!（我确定，我真就是这样的一个人！）
我小笼包和饺子吃不烦
《红楼梦》放不下，我看了又看
……

老天让我知道我是什么人
我有个中国灵魂
锁在老外的身体里面
我上辈子一定是中国人
或许你想我奇怪

连我都不能否认
你们都叫我老外
我却叫你们同胞们
因为我上辈子一定是中国人

“19 世纪是英国人的世纪；20 世纪是美国人的世纪；而 21 世纪则是中国人的世纪。”

这是 20 世纪 70 年代，世界知名学者，英国历史学家、哲学家汤恩比博士在自己的论述中说的一句话。

汤恩比的预言正在得到证实。

如今，中国文化正受到世界热捧。

孔子学院大行其道、世界各国掀起汉语热的现象已不必赘言，这里要说的是外国人那种发自肺腑的对中国的热爱，对中国文化的热爱！要说的是中国音乐在世界百花园中绽放的馥郁。

有两个在美国出生、美国成长的土生土长的白人，狂热地爱着中国，并组成乐队，自办电视台，出了一张又一张自编自唱的纯中文歌曲专辑，时时处处宣称自己上辈子是中国人，宣传中国文化，其创作的名叫《我上辈子是中国人》的主打歌曲，风行世界；他们的乐队也因此成为世界首支也是唯一一支创作、演唱、表演中文歌曲的西方乐队；他们优美的歌声给广大歌迷带来了享受，也让正处于世界经济低迷状态中的歌迷看到了逆势成长，并傲然屹立的中国的伟岸，从中国的强势崛起中更看到了希望！

这支乐队的名字就叫赛日（SIRIS），是由来自美国费城的麦克·马雷和帕特里克·马雷兄弟俩组成的双人乐队。他们因为热爱中国及中国文化，也因此吃尽了苦头，受尽了嘲笑，甚至，嘲笑和讽刺他们者，还有不少中国人。但是他们却矢志不渝，始终高唱："你们都叫我老外，我却叫你们同胞们，因为我上辈子一定是中国人……"

美国乐队何以要高调地创作并演唱中国歌曲？他们有着怎样的人生故事和艺术经历？他们是标新立异地作秀，还是深入骨髓地热爱中国文化？

一串问号后面是一个个感人的故事！

1

美丽的蜻蜓在芭茅、蒿草、覆盆子、紫云英、刺槐等草木间轻飞。

红的、绿的、蓝的、黑的、黄的，有斑点的、没斑点的……薄如蝉翼的四片翅膀，灵巧，敏捷，承载着飞翔的梦想，在童年的世界里绚烂。

一只只，一对对，独自闲逛，成群嬉戏。

这是春天的信使，是花儿的精灵，是童趣的影迹。

在鳞次栉比的楼房间，依然有如此五彩、如此盎然的大自然，如此酣畅淋漓的原生态，麦克·马雷每每忆起，都会情不自禁地留下对过去岁月的凝眸。

这是麦克·马雷 10 岁时的记忆。

美丽、感慨且时常会念起的留在斯库尔基尔河畔的记忆。

斯库尔基尔河，是流经费城的一条美丽的河，被誉为费城的壁纸。

那是个仲春的下午，麦克·马雷童真的视线被蜻蜓牵引，在翠绿和童话般的世界里穿行。

美国是一个注重环保的国家，唯生态和谐、环境优雅至上，一草一木都得到严格有效的保护，即便是在城市。美国东部尤其如此。费城便在美国东部。

费城是出了名的公园城。费尔蒙特公园沿斯库尔基尔河延伸，占地 1600 公顷，是世界上最大的城市公园。

绿树掩映，姹紫嫣红，葱茏滴翠，蓝天白云，净洁清风，是这座城市的特点。

美丽的费城，如同天然氧吧。

在绿色植被组成的世界中，富丽豪华、风格各异的别墅点缀其间，显得和谐妙绝。

这不，陪伴鸟语花香的，还有蝴蝶与蜻蜓在自由飞翔，还有一些其他与人类生活在一起的野生动物无拘无束，往来自如。

麦克·马雷是来河边看鱼的。他想写一篇作文，一篇关于斯库尔基尔河鱼的作文。却不曾想，河里的鱼没有打动他，身边翩跹的蜻蜓却吸引住了他的视线，留住了他的脚步。

有一只红蜻蜓飞了过来，停在了麦克·马雷眼前的一丛覆盆子翠绿的枝尖上。它有四五厘米长，像一架直升机停在那里一动不动，尾部却一张一弛。

这只红蜻蜓是警惕的，虽然飞累了，找了一处自己喜欢的所在小憩，它的身体没动，可它的头却不时转转，复眼扫视着身边的环境。

毕竟天敌太多了：鸟儿、螳螂、蜘蛛、青蛙、蜥蜴……它得小心自己成为天敌的点心。

朝左望望，朝右望望，朝上望望，朝下望望，朝后望望，朝前望望。

左边是翠绿色的芭茅，右边是灰绿色的蒿草；上边云淡风轻，下边蒙络摇缀；后边是芳香盛开的刺槐，前边则是一动不动正静静地与它对望的麦克·马雷。

斯库尔基尔河淡烟缥缈。近处，有两对野鸳鸯在嬉戏游弋，亮丽的羽毛以及亲昵的举动惹得水波欢笑。稍远处还有一小群野鸭，在表面平静的河面上拨动着涟漪……

麦克·马雷只瞥了一眼野鸳鸯和野鸭，便调整视线，全神贯注地盯着眼前这只漂亮的红蜻蜓。他要看看这个美丽的春天的精灵为什么生长得如此轻盈，他也想将之捉住寻找其与恐龙同行，历沧海桑田繁衍至今的奥秘。

要逮住它，得小心翼翼出其不意。

他偷偷地伸出右手，在觉得一只手恐难捉住它时，又伸出左手，想左右手合力，趁其不备快速出击捧住它。

麦克·马雷或许处于这只蜻蜓的警戒距离之外，或许它在嘲讽或者挑战麦克·马雷的反应速度。

这个距离对想捉住蜻蜓的麦克·马雷来说，确实有些尴尬：假如用一只手去接近它的话，还能勉强接触得到，因为可以侧身；但如果用双手去捧蜻蜓的话，则手臂短了那么一点儿。

手臂短点儿没关系，我可以身体往前倾。

然而，就在麦克·马雷身体猛然前倾之后双手几乎就要触到蜻蜓的时候，他却脚下一滑，顿时跌进了河里。

这下麻烦大了，他不会游泳啊！

掉进水里的麦克·马雷不停地扑打，浮浮沉沉。

他大声呼救，可是呼救之时却有河水猛地往他口鼻里钻，呛得他五脏六腑都痛，并猛烈地咳嗽起来，且越咳嗽越呛水。

拼命扑腾，四肢乱抓。可是除了水草，别无他物。因而对于不会游泳的人来说，怎么扑腾都是瞎折腾。麦克·马雷的意识因为窒息而渐渐模糊。

此刻，岸边虽然也有人，但人们只顾着跑到公话亭去打求救电话，却没一个人跳下水去救他。

好在，当麦克·马雷被淹得奄奄一息之时，他突然感到自己被一只手从水底托举了起来，游向岸边。

得救了！但他也一下子昏了过去。

昏过去的他不知道救他的人在救上他之后没有上岸。

幸好救生人员这时赶到了，且从河水中救起了那个救他的人——一个与他年龄相差无几的黄皮肤孩子。

令麦克·马雷感激的是，这个孩子虽会游泳，但游泳技术并不好，要不是救生人员及时施救，铁定会溺亡。

这个黄皮肤的孩子是谁呢？

他叫托马斯·钟。那天托马斯·钟在河边写生，见麦克·马雷落水了，便顾不得多想，跳下河去救起麦克·马雷来。

托马斯·钟是一位美籍华裔，中文名字叫钟川，来自中国北京。

托马斯·钟自己也不怎么会游泳，却在关键时刻跳下河去救人，这太让人感动了。当媒体就此采访托马斯·钟，问他怎么可以置生死于度外时，他解释说，他那时除了想救人以外，完全没有想别的事。因为太紧急了，他顾不得多想。

滴水之恩，当涌泉相报。钟川救了麦克·马雷，这让麦克·马雷很感激。

然而，当麦克·马雷的父母带着他来到钟川家，要以一笔丰厚的酬金感谢钟川时，钟川及其父母却婉言谢绝了："钟川当然不是为了钱而跳下河去救人的，因为这种挣钱方式风险太大，简直就是玩命，何况他的游泳技术不行。但见死不救，那便是缺德。老子说'上德不德，是以有德；下德不失德，是以无德'。"

麦克·马雷听得似懂非懂："老子？老子是谁？我认识吗？"

"老子是中国一位思想家，如果活着的话，有2500多岁了，你当然不认识。"

钟川的父亲笑着说："老子刚才那句话的意思是说，真正的有德行者，其德行是出于自然、淳朴、简单、内在、主动，所以表面上看是没有"德"的痕迹，实际上是德的随时运行，这样的德才是真正的上德。而普通的人所追求的德的操守，其表现都是受金钱、财富或者其他因素左右的，这种德是表面的、外在的、形式的、被动的，所以虽然有'德'的种种表现，其实与真正'德'的自然性质相差甚远。这样的'德'则是下德。"

怕麦克·马雷听不太懂，钟川的父亲又说："比如说，费城天普大学那个无名小女孩57美分的创建故事为什么感动了费城人民呢？就因为她艰难存钱，希望扩建学校，其爱既是救自己，也是救别人。"

钟川父亲的话依然让麦克·马雷听得云里雾里，但他却很感动，他觉得钟川救了自己还不要自己感恩，钟川真好，中国人真好。

麦克·马雷（Micheal Maley），1974年5月23日出生于美国费城。麦克·马雷的父亲是一位很有名的建筑工程师，母亲是银行职员，他还有一个比他小两岁的弟弟，名叫帕特里克·马雷（Patrick Maley）。

被钟川救了之后，麦克·马雷觉得自己真幸运，也很幸福。自此，他就如蜻蜓的飞行速度一样，在轻快与欢乐的中国情结中成长。

2

因为在斯库尔基尔河落水且被救这事，麦克·马雷与这个名叫托马斯·钟的人成了朋友。

麦克·马雷第一次到钟川家去玩时，听到钟川与其父母说着一种非常好听的语言，他觉得太有趣了。这种语言是汉语。

再看到钟川母亲手中捧读的书上印着的方方正正的汉字，他感到耳目一新，比如“日”字就像太阳，“月”就像月亮，“山”字就像一座山，“人”字就像人，“门”就像一扇门……多形象啊！原来文字也可以像画画一样，生动有趣！

因为对中国人的印象非常好，爱屋及乌，麦克·马雷便时常到钟川家玩，并请钟川教他学说汉语，学认汉字，偶尔还跟着钟川学习汉字书法。

美国著名的物理学家理查德·费曼（Richard Feynman）是

1965年诺贝尔物理学奖得主，他所提出的费曼图、费曼规则和重正化的计算方法，是研究量子电动力学和粒子物理学不可缺少的工具。麦克·马雷看过关于理查德·费曼一本由他本人口述，他的好友、晚年时和他一块儿打鼓的L.莱顿整理的，名叫《你干吗在乎别人怎么想》的书，里面有一段文字让他对中文字和中文书法感受尤为深刻。

艾莲除了琢磨游戏之外，还买了一本叫作《中文字的音与形》的书。那是一本很可爱的书，我一直保存到现在。书里有五十来个字，都以极漂亮的书法写出，旁边注着什么“三女成灾”之类的东西。艾莲买了专用的宣纸、毛笔和墨，开始练习书法。她还买了本中文字典，以便知道更多的汉字。

有一次我去看艾莲时，她正在练书法，她自言自语地说：“不对，写错了。”

我这个“伟大的科学家”说：“你什么意思啊？这字怎么写只不过是人为的惯例罢了，并没有自然法则来规定它非要怎样，你爱怎么写就怎么写。”

“我是说，从美的角度来看不对头，问题的关键在于平衡，在于感受。”

“这样、那样，我看没什么区别。”我争辩道。

“来，”她递过毛笔，“你自己试试。”

我写了一个，然后说：“等等，让我再写一个——刚才那个太散了。”（我还是不松口说写错了。）

她问：“你怎么来定义那个字应该多散才对呢？”

我明白了她的用意。那些笔画都有一定的方法才能写得悦目。美学的规律是一种特殊的东西，我不能定义它。因为我不能定义它，我就不承认它的存在。可事实上，从刚才的经历中我领悟到它是存在的。从那以后，我对艺术有了一种惊奇的神往。

在那一阵，我在奥伯林上大学的妹妹乔安寄来了一张明信片，用铅笔写着些中文字。

乔安比我小九岁，也在学物理。有我这样一个哥哥对她着实不容易。她总是试图找一些我不能做的事。这回，她悄悄地在学中文。

我不懂中文，可有一件事是我平生兴趣所在，就是花无穷的时间去解谜。那个周末我带着明信片去见艾莲。她教我怎么以偏旁部首和笔画来查字典。有趣的是，每个字都有几个意思，你必须把几个字连起来才能弄懂它们说的是什么。

我极其耐心，终于解开了字谜。乔安写的是诸如“我今天很愉快”之类的话。可有一句我不太明白：“我们庆祝了这里的造山节。”原本以为是我弄错了，后来才知道在奥伯林还真有个神经兮兮的“造山节”，我还真翻译对了。

……

同是美国人，同样感受中国字，也同样被中国文化折服。理查德·费曼是非常自我的诺贝尔物理学奖得主，他都能被中国字和中国文化折服，这不能不说中国文化真是有极大的魅力啊！

从此，麦克·马雷对中国字和中国书法也有了更深层次的理解及崇拜。

在钟川家，麦克·马雷还听了不少中国歌曲，其中最令他感慨的便是《我爱你，中国》：

……

我爱你春天蓬勃的秧苗

我爱你秋日金黄的硕果
我爱你青松气质
我爱你红梅品格
……

音乐似水，潺潺或澎湃，都如丝绢曼舞。麦克·马雷听得很陶醉。

从小就喜欢音乐的麦克·马雷，那时与弟弟帕特里克·马雷正在学习流行音乐的欣赏。

美国小学通常有六个年级，除了常规的一年级到五年级，还设有学前班。

美国小学共设有八门课程，分别是语言艺术、数学、科学、社会研究、健康卫生、艺术、音乐、体育。美国小学生在艺术课上学画画，在语言艺术课上学英文，在音乐课上学音乐常识和乐器……

美国很重视孩子的音乐教育，小学生到了三年级都要选学一门乐器，并参加学校的乐队，在节日或者学年结束时，还要上台做汇报演出。

麦克·马雷和弟弟除了在学校学习音乐课程以外，极爱音乐的他俩还利用周末或假期去参加了流行音乐演唱和欣赏培训班的学习，因而对音乐的欣赏水平比同龄人要强许多。

麦克·马雷觉得《我爱你，中国》这首歌不仅曲调动听，而且歌词也很优美。整首歌节奏自由，气息宽广，旋律起伏跌宕，仿佛把人们引入了百灵鸟凌空俯瞰中国大地而激昂高歌的艺术境界。

被歌声包围，他感觉音乐轻盈空旷，气势磅礴，人随旋律而翱翔，心随百灵鸟的美妙叫声而起舞，给人以清新炫美之感。

在钟川家，麦克·马雷不时听到钟川的父亲提到“老子”，提到《道德经》，他对此也越来越充满好奇。

老子的《道德经》到底讲了什么呢？都有什么样的运用呢？

麦克·马雷没想到，老子《道德经》的思想其实离他并不遥远。

从1790年到1800年，在华盛顿市建市前，费城曾是美国的首都。而费城到处都有美国第一任总统华盛顿的雕像或者画像，费城人对华盛顿的尊崇可以说到了极致。

在费城，关于华盛顿的故事很多，而这样一个故事更是别具一格。

1754年，美国独立以前，弗吉尼亚殖民地议会选举在亚历山大里亚举行。后来成为美国总统的乔治·华盛顿上校作为这里的驻军长官也参加了选举活动。

选举最后集中于两个候选人。大多数人都支持华盛顿推举的候选人，但有一名叫威廉·宾的人则坚决反对。为此，他同华盛顿发生了激烈的争吵。争吵中，华盛顿失言说了一句冒犯对方的话，这无异于火上浇油。脾气暴躁的威廉·宾怒不可遏，一拳把华盛顿打倒在地。

华盛顿的朋友们围了上来，高声叫喊要揍威廉·宾。驻守在亚历山大里亚的华盛顿的部下听说自己的司令官被辱，马上带枪赶了过来，气氛十分紧张。

在这种情况下，只要华盛顿一声令下，威廉·宾就会被打成肉泥。然而，华盛顿是一个头脑冷静的人，他只说了一句：“这不关你们的事。”就这样，事态才没有扩大。

第二天，威廉·宾收到了华盛顿派人送来的一张便条，要他立即到当地的一家小酒店去。威廉·宾马上意识到，这一定是华盛顿约他决斗。于是，富有骑士精神的威廉·宾毫不畏惧地拿了一把手枪，只身前往。

一路上，威廉·宾都在想如何对付身为上校的华盛顿。但当他到达那家小酒店时却大出所料：他见到了华盛顿的一张真诚的笑脸和一桌丰盛的酒菜。

“威廉·宾先生，”华盛顿热诚地说，“犯错误乃是人之常情，纠正错误则是件光荣的事。我相信我昨天是不对的，你在某种程度上也得到了满足。如果你认为到此可以和解的话，那么请握住我的手，让我们交个朋友吧。”

威廉·宾被华盛顿的宽容感动了，把手伸给华盛顿：“华盛顿先生，请原谅我的鲁莽与无礼。”

从此以后，威廉·宾成为华盛顿坚定的拥护者。

当华盛顿被打倒在地时，是很容易失去理智，做出一些悔恨终生的事的。可贵的是，华盛顿能保持冷静，以一种宽厚仁义的姿态去面对自己的竞争对手，最终赢得了竞争对手的心。

华盛顿的这个故事在费城家喻户晓。当钟川的父亲告诉麦克·马雷，华盛顿最爱看老子的《道德经》，而他对待威廉·宾这件事的处世方式便来自老子《道德经》中“夫慈，以战则胜，以守则固。天将救之，以慈卫之”这句话所包含的哲理时，麦克·马雷简直惊得呆住了，他万万没想到华盛顿的处世方式竟然跟遥远而古老的中国有关，跟这位名叫“老子”的中国老人有关。但他再一想，不论是哪个国家，人们对奉行仁义的人都充满了敬仰和爱戴，这是通理，因而他对中国的好感更增了一层，也对学好汉字有了更高的激情。

小学时，麦克·马雷最爱看的一部动画片，名叫《大闹天宫》，简直百看不厌。

精致、考究的角色造型，和谐且独具中国水彩画特色的色彩运用，一丝不苟、精细生动、丰富细腻的角色神情动作，场面气势磅礴且精益求精，背景配乐恰到好处，张弛有度、抑扬顿挫的角色配音，简洁精彩的人物对话，鲜明的民族特色，给麦克·马雷留下了深刻的印象。

那时，他时常与弟弟帕特里克·马雷学着《大闹天宫》里孙悟空或者太白金星的一些腔调说话，拿着一根棒子照着孙悟空的动作蹦上蹦下，挥来舞去地操练。

那段时间，麦克·马雷还喜欢看一部中国电影，也是百看不厌，那部电影便是李小龙主演的《猛龙过江》。

《猛龙过江》讲述了这样一个故事：新年前夕，香港青年唐龙（李小龙 饰）受远在罗马经营餐厅的陈清华（苗可秀 饰）之叔父所托，远赴罗马助陈清华一臂之力。因为陈清华从父亲手中接管餐厅不久，当地的商业集团看中了餐厅所在的地皮，而陈清华想守住家业不愿出售，商业集团便使出下三烂手段，日日派流氓骚扰，令餐厅生意难以为继。唐龙刚到罗马，因语言不通闹出不少笑话，陈清华则以为唐龙是律师，岂料是一莽撞的乡下青年，不免失望。餐厅众服务员为了抵御流氓，自发学习空手道，但仍然被对方欺侮，危急时刻唐龙出手，将一众流氓痛打。不甘失败的商业集团欲置唐龙于死地，陈清华担心唐龙安危劝其离开，面对将陈清华绑架的下流对手，唐龙忍无可忍，与商业集团聘请的众多高手展开连番搏杀……

麦克·马雷喜欢《猛龙过江》的原因有两个：一是武打动作十分精彩；二是有很深的人生哲理。

“在这个有刀有枪的世界，无论唐龙走到任何地方，都需要福星高照。”《猛龙过江》里的最后一句台词，给麦克·马雷留下了深刻的印象。然后镜头一切，便是唐龙孤身上路的背影，固定的镜头，背影由大到小，变成一点，直至消失，然后电影结束。

这个镜头，表达出人相对于这个世界的渺小——人是流逝的，景是而人非，人生争强好胜最后能留下什么？功夫在刀枪的世界面前作用有几何？人生能够每天都福星高照，好运临头吗？这便是李小龙的哲学思想。电影结尾时，片中主人公唐龙已经历一场大劫难，虽然他取得了胜利，但朋友对他未来的担心，却展露无遗。

在热兵器时代，功夫在枪炮面前，确实是微不足道的，就算你功夫再厉害，性能一般的热兵器也能远距离就把你解决了，你哪还有接近对手的机会，用上你的拳脚功夫？

那么在《猛龙过江》里，为什么会功夫的唐龙仍可以赤手空拳地做英雄？其实这部电影最大的看点还不仅仅在于表面上的功夫动作和精彩的打斗，而在于宣传武学哲理和弘扬正义。

看过《猛龙过江》之后，麦克·马雷狂热地喜欢上了李小龙，成了李小龙的忠实粉丝。

不仅如此，电影中强烈的中国文化也深深地吸引了他。比如在《猛龙过江》最后一场对战里，中国元素就十分明显：圆形的古罗马竞技场，东西方的两位高手，衣着一黑一白，加之竞技环境是圆形的，如果从上向下俯瞰，一黑一白处在圆形的竞技场里，这与中国的太极图非常相似。太极，讲究的是阴阳调和，互为表里，它是中国哲学的代表，也是东方哲学的代表。

除了《猛龙过江》，麦克·马雷还喜欢《龙争虎斗》《唐山大兄》《精武门》等李小龙的电影。

因为受正义偶像《大闹天宫》中孙悟空和李小龙舞枪弄棍的影响，麦克·马雷还从此爱上了武术，并断断续续地学习了跆拳道、柔道、拳击等。

3

因为费城有不少华人华侨，所以中餐是费城最受欢迎的美食之一。相比于西餐，中餐甚至要贵很多，且能常吃中餐是本地人有身份的象征。

跟钟川成朋友后，麦克·马雷真是享口福了，他时常以玩的借口去蹭饭，享用美味且免费的地道中餐。宫保鸡丁、回锅肉、鱼香茄子、京酱肉丝……不少中餐名菜，他都在钟川家品尝到了，而且不止一两回地品尝，俨然成了家常便饭。

在钟川家，麦克·马雷还吃了一种碧绿如翡翠，且切成片状和肉炒熟的食物，这种食物初入口时味苦难咽，但咽下之后却又回甜，且满口清香，这种呈青色片状的食物是苦瓜，钟川父母在自己花园里种的。

其实吃苦瓜时，除了感觉到怪怪的苦之外，麦克·马雷倒也并没有觉得苦瓜菜有什么十恶不赦的毛病。只是相比较而言，苦瓜菜远不能比宫保鸡丁这样的菜给人留下的印象好。

管它呢，它不就是一盘菜吗？何况再美味的菜，其好印象也是渐次形成的。

第二天，麦克·马雷又到钟川家去玩，时逢吃饭时，钟川家的餐桌上又有苦瓜这道菜。桌上，当钟川父母叫麦克·马雷多吃这道菜时，不喜欢吃苦味菜的他脸上顿时露出难色："这道菜很好吃吗？我见你家接连两天都保留这道菜品，想必是你们家很喜欢吃这道菜了？"

"我们家是比较喜欢这道菜，而且不只我们家里人喜欢这道菜，很多中国人都喜欢这道菜。"没想到这时钟川说话了，"因为这道菜的功用是清火。当然，我们也并非天天吃这道菜，你来时餐桌上保留这个菜肴的原因，正是因为你。"

麦克·马雷有些吃惊："因为我？"

这时钟川的父亲微笑着看着麦克·马雷，问："你没觉得你脸上的感觉好多了？"

麦克·马雷更加迷惑："我脸上？我脸上能有什么感觉？"

钟川问："是不是没以前痛了？眼睛的感觉也比之前好多了？"

"你是说皮肤上那些小包包？还有有些红肿的眼睛？"

"对呀！"

"这跟苦瓜有什么关系？"

"当然有关系了。"钟川的父亲说，"苦瓜不仅是菜，还是中药，能够清热解毒，消除面部皮肤上的丹毒之类的脓疱，或者痘痘，还能明目解毒。"

麦克·马雷顿时恍然大悟。因为在此之前他也觉得奇怪，自从在钟川家吃了饭之后的第二天，他脸上已经存在了一段时间，且吃了不少西药也没治好的小痘痘奇迹般地减轻了。他原以为是自己一直吃着的西药起的作用呢，却没想到这原来与苦瓜有关啊。

钟川解释说：“我爸就是见你身上火重，所以当你来我家玩且留你吃饭时，他特地炒了这么一盘苦瓜，希望你多吃些。”

麦克·马雷的表情写满感激：“那为啥不先给我讲讲呢？”

钟川笑着反问：“如果先给你说苦瓜能治病，你能信吗？”

麦克·马雷也笑了：“也是，美国人不太相信中药，现在看来，自己没有试过中药的功效就不相信中药的神奇作用，这种做法有失偏颇。”

这时钟川的父亲拿出一本杂志来，给他看一篇文章。这篇文章说，因为苦瓜所含的营养成分中大量的维生素 C，能提高机体的免疫功能，使免疫细胞具有杀灭癌细胞的作用；类似奎宁的蛋白成分，能加强巨噬细胞的吞噬能力，临床上显示其对淋巴肉瘤和白血病有效；苦瓜籽中提炼出的胰蛋白酶抑制剂，可以抑制癌细胞所分泌出来的蛋白酶，阻止恶性肿瘤生长；苦瓜苷和类似胰岛素的物质，具有良好的降血糖作用，是糖尿病患者的理想食品。

文章最后说，苦瓜是一种很好的食品，多吃苦瓜能够起到杀菌解毒、利尿凉血的作用，可治疗热病烦渴、中暑丹毒、目赤痈肿、痢疾、少尿等病症。

渐渐地，对中国文化充满好奇的麦克·马雷学习起中文来。他到书店去买了一些中文课本，在墙上贴上自己写的汉字。当朋友们为此赞扬他时，他备感自豪。

那之后，麦克·马雷逐渐了解，中国是一个历史悠久的文明古国，中国对世界科学文化的发展做出了卓越的贡献，特别是对西方世界文明进程的推动作用更是无与伦比。他还看到了英国著名学者弗朗西斯·培根对中国古代文明的称颂："中国古代最著名的几大发明已经在世界范围内把事物的全部面貌和状况都改变了，即在学术方面、战争方面、航海方面，并由此引发难以数计的变化来，竟至没有任何帝国、任何教派、任何星球能比这些机械性的发明对人类事业产生更大的力量和影响。"

了解到一些与中国有关的情况后，麦克·马雷的内心受到了强烈震撼，因为追根溯源，西方世界的发达富有在某种程度上是受中国人的智慧所推动，自己和所有西方人一样享受着中国智慧的恩泽，自己今天的幸福生活也来自中国。从那时起，他心里强烈地产生出了一种念头：此生一定要踏上中国的土地，去亲身感受中国悠久的文明，饱览中国的自然风光，学习中国文化。

在美国，很多人其实对中国并不了解，他们印象中的中国古老、贫穷、落后、拥挤、肮脏，以及有大片大片的农村；甚至还有一些美国人认为中国人还是长辫子的，中国人愚昧和不尊重女性，传统的婚俗是像买牲口一样买妻子。

妻子是花钱买来的，美国人对这种行为鄙视至极，认为简直无法想象，更无法接受。

而且，很多美国人也认为中国人都是骑自行车的高手，因为中国没有汽车，只有自行车。

如果说硬要找一点美国人对中国比较好一些的印象，那便是中国菜，他们认为中国菜可口。当然，认为可口的同时，也认为中国菜油太大了，烹调的时候还会产生呛人的油烟。

大多数美国人从来没有详细地研究过中国，他们受媒体宣传的影响，心中的中国是一座神秘的堡垒、是一个不能擅自进入的世界。不少美国人盲目自大，认为美国是世界最强大的国家，因而习惯把自己的意志强加给别的国家，甚至蔑视中国这样的发展中国家。

由于心中对中国充满着强烈的好奇，麦克·马雷高中毕业以后，决定到中国学习中国文化，看看真实的中国到底是怎么样的，是否如大多数美国人心中的中国那样落后和愚昧，是否如自己心中想象的中国那么美好。

由于受麦克·马雷中国情结的影响，麦克·马雷的父母也对关于中国的一切充满着浓厚兴趣，尤其弟弟帕特里克·马雷更是如此。

然而当听说麦克·马雷要到中国求学时，他们却犹豫了，都不确定麦克·马雷这样做是否正确，同时舍不得他离开家、离开美国。

好在帕特里克·马雷始终是哥哥的忠实跟班，当麦克·马雷的想法遭到父母置疑时，帕特里克·马雷站在了哥哥的一边，帮他劝说父母，最终让父母同意了麦克·马雷的决定。

虽然同意了麦克·马雷到中国求学，但麦克·马雷的父母悬着的心依然放不下，提醒他不要被中国人洗脑。

麦克·马雷觉得父母的提醒有些可笑。当然，从未到过中国的他其实心里也没底——中国真如自己想象中的那般美好吗？

由于心中对《大闹天宫》的美好印象，以及想探究其诞生地的神秘，麦克·马雷把自己中国行的第一站选在了上海，报考了复旦大学，并最终被录取。

1993 年 8 月，麦克·马雷飞越重洋，来到了上海。那天早上，从飞机开始下降那一刻起，他便觉得父母朋友，甚至自己当初的担心是多么可笑。中国哪里贫穷落后了？

上海，这座可谓特大的城市丝毫没有乡村的慵懒，而是节奏明快地在晨曦到来之前便醒了过来，人们匆匆忙忙地穿行在奋斗的路上，清晨的薄雾如素纱般罩在部分楼宇之间，与路灯昏黄的灯光一起点染着城市的美丽。

大街上，揣着崭新一天的沾满露水的鲜嫩的盼望，上班族们在街边等待公交车，白衬衣、T 恤衫、连衣裙、短裤、短裙……姹紫嫣红的男男女女妆容精致却又充满朝气；轿车一辆又一辆呼啸着过去，载着阳光和小康一路向前；还有牵着脖戴红领巾的脸上写满惬意的孩子的母亲，一路说笑一路叮嘱地带着孩子走向八九点钟的校园，走向琅琅的读书声；一路狂奔害怕迟到的公司职员，风风火火，让人看得出性格与脚步一样勤劳；路边的早餐店人气蒸腾，包子、馒头、稀饭、油条正被人们大快朵颐，其美味不亚于汉堡包所带来的享受，这一点可以从顾客与服务员之间热情且此起彼伏的呼喊声中看出来……

高楼鳞次栉比，街上车水马龙，到处霓虹闪烁，华美恍惚又刺眼，给人的感觉亦幻亦真，上海的繁华一点也不比费城差。

4

踏上中国的土地，麦克·马雷心中充满着兴奋。

复旦的诞生，是由于反抗宗教的强迫，追求学术独立与思想自由。复旦命名的初衷，是为了振兴中华，实现中华民族的伟大复兴。“复旦”二字高尚优美，意旨宏远，足以感发复旦人的爱国情怀。校名有典，又不失时代意义，其内涵和外延为复旦精神做了最好的注脚。

麦克·马雷和弟弟帕特里克·马雷从小就喜欢音乐。兄弟俩自少年时代，便和朋友组织过学生乐队，在整个费城地区进行表演。

麦克·马雷到中国学习之后，喜欢英国摇滚歌手斯汀、爱尔兰 U2 乐队和中国歌手张学友的帕特里克·马雷也进了一所音乐学院深造。

正因为人生得失无常，祸福互倚，或者说人生如坐列车，那么有音乐的人生旅途才有情致。

明媚的人生亦同一杯热咖啡，光有咖啡豆还不行，还要有牛奶和方糖相伴，方能香气馥郁，味道浓厚。而音乐便是人生中的牛奶和方糖。纵然尝遍人生百态，品啜千般滋味，快意的人生岂能少了音乐？

热爱音乐的人往往也热爱生活，音乐人的才能在于能将生活里的点点滴滴、所见所知所想融入由音符组成的旋律里。其音乐作品往往都是自身的真实体现，音乐人通过音乐传递自己的感情、陶冶听众的情操。于是音乐便成了媒介，将人们的心紧紧相连，产生共鸣。

音乐如美酒，有音乐的生活才滋润，有音乐的生活才陶醉。

麦克·马雷早晨醒来的第一件事，几乎都是播放一些或婉转或热情的音乐、歌曲，随着旋律的蜿蜒、飘逸，半梦半醒的心灵也会渐渐跃动起来，拉开窗帘，让清新的空气扑面而来，激发新的一天生命的活力，那种感受如朝阳破晓，韵律与晨光共舞，心情也共朝霞温暖、恬淡。

音乐无国界，音乐本身所表达的喜怒哀乐的意境能够打动不同语种的人，如果说打动程度存在差别的话，那么这种差别也只是听众自己对音乐的感受程度的差别导致的。美籍指挥家小泽征尔虽然从未听过我国的二胡名曲《二泉映月》，但他到中国访问，第一次听到此曲时，却被感动得泪流满面。

从大洋西岸来到东方中国，麦克·马雷在一个人独处时也难免有过思乡之情，那个时候，他特别感谢中国音乐，是中国音乐化解了他心中的孤寂。音乐无国界，或悠扬或激越的旋律在耳边轻轻回荡时，他的心情便跟着音乐的流淌而变得忘我，仿佛一双熨帖的手抚过干渴的心灵，又如躺在旋律的云端，神仙般惬意飘游。而且，在音乐里，他看到了天是那样湛蓝，蓝得如同宝石；云是那样的洁白，白得如同雪原；风是那样轻柔，柔得如同情人的手拂过发梢；花是那样鲜艳，艳得如同霓霞……

因为酷爱音乐，置身中国，接触到大量中国音乐之后，麦克·马雷深深地爱上了中文歌曲，像《我爱你，中国》《我的中国心》《万里长城永不倒》《其实你不懂我的心》《最远的你是我最近的爱》《黄土高坡》《我热爱的故乡》等，都是他百听不厌且最喜欢唱的歌曲，像崔健、腾格尔、童安格等歌星更是他心中的偶像。

平常，麦克·马雷也总是听张学友、童安格、腾格尔和崔健等偶像的歌曲，并从中学习中文词汇的用法和中国音乐元素的创作方法，与此同时，麦克·马雷还尝试着将一些歌曲的中文歌词翻译成英语歌词。由于喜欢摇滚，他翻译的第一首歌曲便是《黄土高坡》。

《黄土高坡》，这是多么动听的一首歌啊！

《黄土高坡》旋律简洁动听、高亢、豪放，歌词质朴亲切、言简意赅，堪称中国流行歌曲的经典之作，因而同样喜欢摇滚的麦克·马雷便将之翻译成了英文歌曲演唱。

没想到，麦克·马雷如此喜欢《黄土高坡》，他自己竟然跟黄土高坡也有缘。

那天，麦克·马雷嘴里哼着这首刚刚学会的《黄土高坡》去购物，心情怡然。然而，当他结账时，却发现自己装钱的皮夹子丢了。

自己的皮夹子明明在出门时是揣在裤兜里的，怎么就突然不见了呢？他翻遍身上的口袋，都没有找到，着急得满脸通红。

皮夹子掉了？确认这一事实后，麦克·马雷慌了，他原本美好的心情也一下子就消失到了未知方向的黄土高坡去了。因为他的皮夹子里不仅有钱，还有银行卡以及护照等证件。作为一个老外，在中国没钱不行，没有护照更不行！

无比郁闷。这可怎么办？

但令麦克·马雷惊喜的是，一周后，他却收到了一封鼓鼓囊囊的信，这封奇怪的信是用中英文两种文字写的，来信地址是西安市。

他很奇怪：我刚到中国，根本没有朋友，更没有西安的朋友，这个从西安市寄信来的人是谁呢？他又怎么知道我的准确地址？

当他拆开信封时，惊呆了——信里居然装着他的皮夹子。他清点了一下皮夹子中的钞票、护照、银行卡等物件，一样不少。不仅如此，还多了一件东西——一封信。

信是用英文写的，看了信的内容，麦克·马雷才明白自己的皮夹子失而复得的经过。

原来，那天麦克·马雷将皮夹子掉在出租车上了，后来一个姓袁的先生在乘同一辆出租车去机场时拾到了他的皮夹子，但因袁先生马上要乘飞机回西安，因而并没有马上将皮夹子按里面麦克·马雷的证件的地址送回，而是回到西安后通过挂号信将皮夹子寄给了他……

通过这件事，麦克·马雷觉得中国人真好，开心不已的他情不自禁地哼起了《我的中国心》。

麦克·马雷觉得，虽然中国并非自己的祖国，可他的经历却把他的一切“烙上中国印”，他甚至觉得他“流在心里的血”，也“澎湃着中华的声音”，“就算身在他乡也改变不了”一颗“中国心”。

强烈的中国情结，对中国强烈的好感，让麦克·马雷强烈地觉得自己虽是白人，有着白色的皮肤，但是内心却是黄色的，跟龙的传人的皮肤一样，因而自己就像一枚煮熟了的鸡蛋，外面白里面黄。想到这一点时，他还会笑着对自己说："That's what I am!"（我确定，我真就是这样的一个人！）

怀着对中国客观的眼光看中国，麦克·马雷觉得中国真的很亲切。

同时，他还遇到了很多在美国他几乎不可能遇到的现象：乘公交车时，如果有老年人上车，总会有很多年轻人起身让座；中国人幽默诙谐，常常不经意的一句话，能让人笑破肚子；中国人很讲礼节，很尊重外国人；中国人很能吃苦，几乎不计较是否拿到在 8 小时之外加班的报酬……

到了中国生活一段时间之后，麦克·马雷觉得中国的生活环境与美国的并无太大差别，中国青年和美国青年的爱好和性格也没有什么差别，都喜欢打篮球、听音乐、看电影……

如果真要找中国青年与美国青年的差别，可能最主要的是体现在学校的课堂上，因为中国的教育形式就是死记硬背，注重事实和数据，而非分析和互动，也很少讨论。

还有就是中国大地在改革开放春风的吹拂下，正在发生着天翻地覆的变化，中国到处都呈现出欣欣向荣的景象。

转眼一个学期过去了，当麦克·马雷回到美国时，他原本想将自己在中国的所见所闻告诉亲朋，却不曾想，他的亲朋在见到他毫发无损、容光焕发地回到美国，诧异和高兴之时，仍然问他一些让他很难堪的问题——"你在中国的时候觉得他们的政府一直在监视你吗？""你看到的中国家庭有自由吗？""你可以跟他们自由交谈吗？""中国政府监视你的电子邮件吗？"

他的回答当然是否定的。在一遍又一遍地回答相同的问题的同时，麦克·马雷还深深地感受到，美国人似乎不太愿意就中国问题接受新的观点，因为美国的新闻媒体报道的基调一贯都是偏执且戴着有色眼镜的。

他决定以自己的方式来宣传中国，让美国青年认识真正的中国，认识中国真实的国情，认识真实的中国人！

5

1994 年，当中国人正在欢度春节的时候，在美国费城演出中心，一个黄头发白皮肤的高大男子正在卖力地演唱一首名叫《中华民族》的歌曲，伴随着他优美的歌声的，是激昂且恰如其分的摇滚乐器伴奏。

对，这个唱歌的人便是麦克·马雷。不过，他唱的不是中文版的《中华民族》，而是英文版的。而将中文歌词翻译成英文者，就是他自己；对此歌重新编曲、配器者，也是他自己。

优美的旋律，饱蘸激情的歌声，以及自豪的歌词，把台下的听众也感动了，跟着麦克·马雷摇动手臂或荧光棒而打着兴奋的节拍。

这是多么动听又有意思的歌曲啊！

台下的观众从来没有听过这样的歌。因而当唱歌间隙，麦克·马雷简单介绍了此歌曲背后的中华民族的大致情况时，台下观众如同观到“西洋镜”般兴奋得再次鼓掌、欢呼。

爱音乐的人，生活中如果没有音乐是无法想象的，这就像一个正常人没有呼吸一样可怕。

因而假期回到美国后，麦克·马雷又与弟弟帕特里克·马雷融入了曾经的乐队里四处演出。不过，身为主唱的他，在唱歌时，却不仅仅唱英文歌曲，唱自20世纪80年代蹿红之后一直活跃于全球流行音乐乐坛的U2的歌曲，唱英国警察乐队主唱、著名摇滚歌手斯汀的歌曲，也唱中国的摇滚歌曲，而中国香港歌手张明敏这首《中华民族》便是麦克·马雷在这个假期间每演必唱的歌曲。除此之外，还有他最爱的范琳琳演唱的《黄土高坡》、崔健演唱的《一无所有》，以及腾格尔演唱的《中国》、童安格的《最远的你是我最近的爱》、伍佰的《挪威的森林》等。

当然，当麦克·马雷在演唱会上唱中国歌曲时，并非没人喝过倒彩。毕竟在当时的美国，戴有色眼镜看中国的美国人挺多的。不要说当时，就是现在也是这种情况，虽然情况渐有改观。

“中国真有这么好吗？怎么我们所了解的中国不是那样的？”

“亲爱的朋友们，中国真有这么好啊！《中华民族》这首歌里唱的‘喜马拉雅山，峰峰相连到天边’，稍有一点地理常识的人都知道，喜马拉雅山是世界最高的山，峰峦叠嶂，连绵不已，这不是真实的？再有歌词‘古圣和先贤，在这里建家园，风吹雨打中，耸立五千年’，有点历史常识的人也都知道，中华民族的历史已经有5000多年了。再有，你们心中对中国的印象来自美国媒体的宣传，而我则在中国留学，亲眼看到的中国就是这样的，这当然是真实的。”

当他唱完《黄土高坡》与观众互动之时，又有观众吹口哨了：“黄土高坡，多穷啊！中国就是穷，怎么说也穷。这不，中国自己创作的歌曲里不也这样写的吗？”

“中国人自称炎黄子孙，黄土高坡是中国人心中的圣地，是一种象征，这跟穷与不穷有何关系？再说了，美国就没有贫穷的地方吗？”

当麦克·马雷唱完崔健的《一无所有》与观众互动时，先前被他说得哑口无言的观众终于找到了贬损中国的论据，中国百姓自己都承认自己“一无所有”了，还不穷吗？

对台下观众的质疑，麦克·马雷真是又好气又好笑：“《一无所有》是爱情歌曲，你却将之与国家贫富扯到一起，这不是偷换概念吗？”

麦克·马雷的精彩解释，让台下响起了掌声。

有意思的是，打那之后，每当麦克·马雷开演唱会，前来听他唱歌的观众比以前更多了一些，而且当他再次唱响《我爱你，中国》《中华民族》《万里长城永不倒》《黄土高坡》《一无所有》《最远的你是我最近的爱》等歌曲的英文版时，对其喝倒彩的人也越来越少了。甚至，当他接连唱了几首英文歌曲后，台下的观众还会大声地叫嚷起来：“唱中国歌曲！唱中国歌曲！”

因为总是说中国很好，天长日久，麦克·马雷的朋友笑着对他说，他到中国留学之后，便变得像一只外面白里面黄的熟鸡蛋了。

假期结束，重回中国，麦克·马雷继续如饥似渴地学习中国文化，学习中国音乐，学习中国历史，也把《西游记》《道德经》《红楼梦》等中国的经典书籍看了又看，背了又背。

与此同时，他还利用周末或者假期，尽可能地去游览中国的名胜古迹，感悟中国的悠久历史和丰富文化，感受中国的民风民情。

为了为中国的经济腾飞做贡献，一年之后，麦克·马雷又改学国际贸易，希望将中国的一些独具特色的产品，尤其是偏远地区、经济欠发达地区的独具特色的产品卖到美国去。

麦克·马雷在美国时，曾经看过一些中国功夫影片，对真正的中国功夫充满着好奇，也曾断断续续地学习过跆拳道、柔道、拳击等。跟同龄人比，他时常引以为豪，并偶尔“展现”身手。

到中国后，他跟着复旦大学的体育老师学习中国功夫，并深深地感受到了中国功夫“卧似一张弓，站似一棵松，不动不摇坐如钟，走路一阵风，南拳和北腿，少林武当功，太极八卦连环掌”的神韵；“棍扫一大片，枪挑一条线，清风剑在手，双刀就看走”的魅力；以及“身轻好似云中燕，豪气冲云天，外练筋骨皮，内练一口气，刚柔并济不低头，我们心中有天地”的气概。

与中国文化相比，中国功夫在美国的知名度要大许多，其影响力来自李小龙和成龙这些功夫明星所拍的电影。

中国武术的精神内涵包含儒家思想、道家精神、释家修养，要求既可启迪童蒙、正心修身，又能杀贼平乱、保护乡里，甚至定国安邦。

看到这个可爱的高个子老外这么热爱中国，且有着一身文艺细胞，文艺圈、影视圈的一些伯乐便邀请麦克·马雷参加一些文艺活动，请他作曲、演唱。那段时间他还拍了一些影视剧和广告。

最令麦克·马雷荣幸的是，他还参演了电影《青蜂侠》。

《青蜂侠》（*The Green Hornet*）原是美国 ABC 电台播出的广播剧，因受听众欢迎，于是 20 世纪 40 年代推出了漫画书。后来，见青蜂侠这位美国超级英雄的狂热崇拜者越来越多，1966年春，美国ABC公司又将之拍成了同名电视剧。

在这部电视剧中，麦克·马雷的偶像李小龙饰演“青蜂侠”的助手凯托。由于李小龙是华人，向来以商业利益为第一要素的好莱坞，不能容忍一个华人成为好莱坞的明星，公司为保证收视率，青蜂侠的扮演者请的是好莱坞当红明星。

尽管李小龙只是一个配角，但由于他在剧中尽力展现了灵活的拳脚和中国功夫，其出色的表演甚至盖过了男主角，因而受到美国观众的追捧，他也因此而成了美国家喻户晓的明星，并从此在美国站稳了脚跟。

《青蜂侠》不仅在美国播出时反响不错，在我国香港播出后也取得了巨大的成功。因而香港不少影视人想重拍其故事。

1994年，香港动作片导演林正英筹措资金，终于实现了翻拍《青蜂侠》的夙愿，以向心中偶像、国际巨星李小龙致敬。

该片由钱嘉乐、关咏荷、于荣光等主演。听影视圈中的朋友介绍，麦克·马雷有着很好的中国功夫，林正英便特地邀请他参加了该片演出，出演男三号。自己打小便崇拜李小龙，万没想到有一天能够在翻拍李小龙的电影中扮演角色，麦克·马雷感到幸运至极。

拍过《青蜂侠》后，麦克·马雷对中国武术的热情更增几分。

6

小的时候，麦克·马雷由于脸上生丹毒、长疱疮，在吃苦瓜后，这些折磨了他相当长一段时间，也让他相当苦恼的病却痊愈了。自那时起，他便对神奇的中药充满敬意。因而到中国留学之后，他身上有些小病小疾，也大多愿意吃中药或中成药，并通过这个过程来感受中药博大的内涵和神奇的力量。

麦克·马雷没想到，热爱旅游的他在旅游途中也能感受到中药的神奇魅力。

尚在美国，还没来中国复旦大学留学之时，麦克·马雷通过看书便知道中国人自称炎黄子孙，而炎黄是指中国人的始祖炎帝和黄帝。

炎帝，烈山氏，号神农氏，又称赤帝，传说中中国上古时期的部族首领，距今6000年至5500年左右生于宝鸡姜水之岸（一说湖北随州厉山），活动至两湖（湖南、湖北），葬于“长沙茶乡之尾”，即现在的湖南省株洲市炎陵县鹿原陂。

炎帝制耒耜，种五谷。立市廛，首辟市场。治麻为布，民着衣裳。作五弦琴，以乐百姓。削木为弓，以威天下。制作陶器，改善生活。炎帝部落与黄帝部落逐渐融合，形成了华夏族，他们的后人被统称为炎黄子孙。

神农架因炎帝在此架木为梯，采尝百草，救民疾夭，教民稼穑，而让麦克·马雷很是向往。

麦克·马雷决定去神农架旅游，感受一下神农这位中华始祖尝百草的地方有着怎样的魅力。

1995年的仲夏，麦克·马雷终于与同班的几个同学去湖北神农架旅游了。

“出门见南山，引领意无限。秀色难为名，苍翠日在眼。有时白云起，天际自舒卷。”

虽然这是唐代大诗人、诗仙李白写陕西终南山的诗句，但是麦克·马雷将之用到神农架也可谓恰如其分。

神农架山高涧深，林海苍茫，奇草仙藤，清溪潺湲，千峰攒簇，万壑争流，朝云暮雨，云蒸霞蔚，其景既宏大又妩媚，既旷达又朦胧，有神仙境界之缥缈，又有凡尘惬意之闲适。麦克·马雷感觉美不胜收，宛如天上人间。

其实，上古时期，神农架林区是一片汪洋大海，经燕山和喜马拉雅运动逐渐提升成为多个陆地，并形成了神农架群和马槽园群等具有鲜明地方特色的地层。

行走于山水绿意翠云之间，体味重峦叠嶂林幽之秀美，麦克·马雷心驰神往，如同展翅飞翔。

神农架不愧为植物的乐土，苍松翠柏自不必说，奇花异卉已绝非点缀，更有银杏梳妆，鸽树起舞，“文王一支笔”“头顶一颗珠”“仙草江边一碗水”“灵芝七叶一枝花”……

生长于大都市的麦克·马雷对神农架的绝代芳华、超凡脱俗大感快慰。

还有金丝猴、白熊、娃娃鱼、苏门羚、毛冠鹿、豪猪、鬣羚、豹猫、黑熊、野猪、黄麂、黄喉貂、红腹锦鸡、环颈雉、红腹角雉……麦克·马雷对以往只在电视上和书本上才看到过的一些珍稀动物也大开眼界，大饱眼福。

在神农架，时间好似凝固，喧嚣亦如停止，更有纯氧般的空气洗去心中的俗，瑞祥般的蓬莱紫气缭绕遁去凡尘的烦……

雨过初晴，紫竹河谷便成了云的世界，风起云涌，卷起千堆白雪；阳光抚慰处，还会升起五色光环，似虹非虹，美丽至极。

来自四川，看过峨眉山金顶佛光的袁虹说，这种美丽其实就是佛光，只不过它不是峨眉山金顶佛光，而是神农架佛光。

神农架成就了神农在中药、农业、文化等诸多方面的成就，难怪神农架是一个伟大、美丽且神秘的圣地。

穿行在神农架的怀中，麦克·马雷感到神农架的每一滴水都会说话，一滴滴晶莹的水都是沧海的结晶；也感到神农架的每块岩石都会书写，一道道印迹是对岁月洪荒的拷贝……

麦粒子没得苦李子圆，
郎口没得姐口甜，
去年八月把嘴亲，
今年八月还在甜，
将近甜了一对年。

姐儿门前一树槐，手抱槐树望郎来，
娘问女儿望什么，我望槐花几时开，
几乎说出望郎来。
远望姐儿穿身花，哭哭啼啼回娘家。
娘问姐儿哭什么，丈夫年轻传不得话，
误了女儿十七八。

这时，大山里传来了神农架山歌，一男一女隔着青翠对唱。山歌高亢悠扬，情深意长，就像唱给麦克·马雷他们听似的。虽然麦克·马雷不太能听懂歌词唱的是什么，但是一男一女的对唱，再加上优美且特色独具的旋律，还是让他叹为观止。

美妙粗犷的歌声，与迷人温柔的风景融为一体，这样的仙境哪儿能寻？

然而，正在麦克·马雷陶醉地欣赏着神农架的景色风光和甜蜜泛滥的山歌之时，他的肚子却突然莫名地痛了起来，麦克·马雷在吃过自己随身所带的止痛药后，依然痛得不行。

在这僻山野岭，远离人烟之处，如何是好？

“神农先生在哪儿啊？您快出来救救我啊！”尽管麦克·马雷肚子痛得满头冒汗，他也没忘幽默，“您当年尝尽百草，自然知道哪种草能治我肚子痛，快告诉我呀。”

“哪用劳驾神农他老人家啊？这等小事，我来便行。”这时，附近一个正在卖瓶装饮料的山民听到麦克·马雷的话之后，笑着对麦克·马雷说。

“你真能行？我可痛得不行了，不只是拉肚子的问题，怕是这样下去没办法继续爬山了啊！”

“你这根本就不是拉肚子的事！”山民说，“如果是拉肚子，你吃那些你带着的西药还是有用的，毕竟杀菌来得快啊。但是你这肚子痛我猜多半是刚才吃了当地的农家菜，水土不服，或者是走的路太多导致腹肌痉挛而产生的疼痛。”

山民的话让麦克·马雷觉得有几分道理，但麦克·马雷却将信将疑：“什么原因痛的，我不知道，我也无暇关心，我最关心的是你能不能让我的肚子不痛。这个才是关键啊！”

“说得也是，这世间病人不少，但真没必要让每个病人都知道自己生了什么病。因为有医生知道是什么病、病情如何就行了。”山民俏皮地说，“我试试吧，兴许能治好你的这个痛。”

山民一边说着，一边走到一棵树前，从树上折下一根小枝丫，将枝丫上的树皮剥开递给麦克·马雷，并对他说："你嚼嚼这个树皮试试，看能不能治好你的肚痛，说不定嚼一嚼，肚子就不痛了呢……"

听了这位热心的当地老乡的话之后，麦克·马雷很诧异："嚼这个能管用？"

山民不解释，继续笑着鼓励："试试吧，或许嚼一嚼就不痛了呢？我敢保证，这树皮没毒。你可以嚼过这树皮后在这坐一会儿，看有效果没，我陪着你。"

嚼树皮怎么可以止肚痛？但麦克·马雷见这位山民这么热情，转念一想，试试也无妨，于是他准备大嚼起这种树皮来。

"等等！"正当麦克·马雷将这种树皮往嘴里送的时候，山民又打断了他，"要不我先嚼嚼试试吧，这样也可以先证明这个树皮无毒！"

说着，山民从麦克·马雷手中的那根枝丫上剥下一些树皮，大嚼起来。

姐儿住在花树坪，看倒看倒长成人。
脚穿花鞋花树下走，手拿花伞花树上行，
花上加花爱煞人。

砍柴要砍枝子开，恋姐要恋人品乖，
人品乖来计策好，抓得拢来耍得开，
隔山叫出点子来。

远望姐儿白漂漂，好像豆腐没开刀。
豆腐开刀一包水，情妹开花水色好。

就在山民让麦克·马雷吃树皮的时候，山歌唱得更加深情、更加甜蜜和暧昧。

不过此时，麦克·马雷不能将太多情愫放在对歌声的欣赏上，原因是他肚子实在有些痛，于是他见那位山民吃了那树皮之后，便也尝试着吃了起来。

令麦克·马雷惊叹的是，就在他嚼过这种树皮后才10多分钟，肚痛竟然神奇地减轻了。到20分钟时，肚痛竟然完全消失了。

“怎么药效这么神奇？我的肚子真的不痛了。大叔，这是什么树皮呀？”麦克·马雷感激地问那位山民。

“真不痛了？”

“真不痛了！”

见麦克·马雷的表情轻松了许多时，这位山民告诉麦克·马雷说，这是杜仲树的皮：“杜仲能治肚痛。我们这儿有这样一句俗语：肚子痛，吃杜仲，吃了杜仲就不痛。”

这个小小的经历，又一次让麦克·马雷既感受到了中国文化的博大精深，也感受到了世界对他的爱。

7

所谓天下没有不散的筵席。

转眼，麦克·马雷结束了在中国的四年学业，带着他对中国的热爱和缱绻回忆结束了在中国的留学生涯，回到美国。

刚回美国的那段时间，麦克·马雷一直致力于发展中美之间的经济贸易。

然而，距离越远，思念越重。

为了缓解这份煎熬的思念，麦克·马雷觉得，没有比宣传中国文化、促进中美交流更好的了。

要宣传中国、宣传中国文化，仅仅显摆自己身上的中国功夫，或者讲述自己在中国生活的故事和见识，那是远远不够的，麦克·马雷明白还要利用自己所学的国际经济与贸易专业，以自己力所能及的方式来促进中美之间的民间交往。

随着时日的推移，麦克·马雷发现原来在大学里所学的国际贸易根本无法体现自己热爱中国的追求，也无法为中美文化交流很好地表达自己的感情。自己虽然长着西方人的外表，也有着相当西化的思想，但在中国的那段经历却使他对中国的文化传统有了很深的认识，并且能够了解到东西方文化的差异。音乐不仅是没有国界的艺术，更是一种心灵相通的语言；音乐，不仅是音乐，还是一颗跳动的心，一段不寻常的人生，一种文化，一种风土人情。

麦克·马雷希望运用这种无国界障碍的语言，搭建起中美两个国家文化交流的桥梁，使美国能更多地了解中国的文化，并用音乐使中国更进一步地走向世界。

那段时间，麦克·马雷也时不时地被美国的一些影视剧组请去写歌，或者给一些广告写歌。

平常经常在家里听中国歌曲，对中国思念难抑的他有一天突发奇想：我自己也能作曲，为什么我不写一首类似于《我的中国心》那样动听的中文歌？

由于自己零距离地接触了中国传统音乐和流行音乐，吸收了华夏音乐的营养，他觉得自己打造这样的音乐作品并不难。

于是，他便拉着弟弟帕特里克·马雷重拾音乐旧梦，组成了一支能同时融入东西方音乐元素，特别是能自创中文歌曲的名叫“赛日”（SIRIS）的乐队。

“赛日”意为超越太阳，不断追求。

哥俩这支乐队很有特色：哥哥麦克·马雷是主唱，弟弟帕特里克·马雷是鼓手；麦克·马雷是一个既能写词，又能谱曲，还能编曲的音乐全才；帕特里克作为一个录音室和巡回表演的鼓手，曾与小理查德（Little Richard）、三犬之夜（Three Dog Night）、海滩男孩（The Beach Boys）、撕弦乐队（The Rip Chords）和玛丽·威尔逊（Mary Wilson）等许多重量级音乐人和团队一起表演过，有着丰富的演出经验和把握表演现场的能力。

1997年，在香港回归中国之际，为了表达自己心中的喜悦，赛日乐队发行了首张中文专辑《直到我最后一息》，这使得赛日乐队成为音乐史上第一支创作发行中文专辑的西方乐队。获格莱美提名的音乐制作人大卫·艾弗里参与了该专辑的制作，该专辑让赛日乐队初露锋芒。

2000年，麦克·马雷与弟弟帕特里克·马雷录制了他们的又一张专辑《时间的秩序》，这是兄弟俩的首张英文专辑，他们的首张英文专辑比他们发行的中文专辑迟了好几年。

《时间的秩序》自始至终贯穿着中国元素，无论是包装风格，还是词风、曲风都具有浓郁的中国特色。这张专辑共有12首歌曲，其中的三首《时间的秩序》《马马虎虎》和《美丽的天使》（中文单曲）都有着浓郁的中国特色。

在这张专辑中的主打歌曲《美丽的天使》里，麦克·马雷把中国当成天使书写，深情款款，令人动容：

你的笑容如旭日东升
每日照亮我的路
没有你我的生命不完整
你是我生命的全部
我们的爱永恒
如海如天
我们的爱永恒
永不会变
只要我一直有你在我的身旁
只要你让我有你我永不让你忘
你是我的生命
我美丽的天使……

你的爱入我的心如微风
悄悄地送来春天
请说你永世将为我心疼
永守在我的身边
我们的爱永恒
如日如月
我们的爱永恒
永不毁灭
只要我一直有你在我的身旁
只要你让我有你我永不让你忘
你是我的生命
我美丽的天使……

从这张专辑起，麦克·马雷和弟弟有了自己的唱片商标和制作公司。

最令麦克·马雷欣喜的是，这首《美丽的天使》不仅被广为传唱，更成为 MP3.COM 史上首次入围该排行榜的中文歌，一度排名第 11 位，达到 200 万的下载量，专辑也卖出 10 万张之多。

在一系列的表演取得成功后，赛日的首张英文专辑被认为是一次独立音乐人的成功，这一现象也成了当年独立音乐界的一次重大事件。

为此，音乐界传奇人物亚德里安·贝卢评价说："在这个充满雷同风格的艺术家的世界里，能够听到这样一种新鲜而与众不同的声音，真是太棒了！"

2003 年，赛日乐队再次在音乐界出新，他们的中文单曲《美丽的天使》成为第一首在苹果 iTunes 上出售的中文歌。

8

麦克·马雷所创作的中文歌曲的灵感大都来自在中国的经历，每一首歌都是在歌唱一段他在中国发生的故事。在创作上，兄弟二人各取所长，采用了独特的多元文化途径，融入了东西方两种不同的元素，使乐队的摇滚音乐有一种别具一格的味道。

麦克·马雷觉得自己俨然变成了一株向日葵，白天跟着太阳转，从东边到西边。当凉薄的夜晚来临后，失去了太阳的他在落寞和黑暗中孤独地舔着情感的创伤，自我调养失去的痛苦，并不知不觉地又将头转向了东边，他觉得自己已习惯了追逐太阳的温暖，习惯了跟随太阳的脚步转。

当自己的音乐作品取得极好的反响之后，备受中国文化熏陶、备感自己受中国文化恩泽的麦克·马雷又创作了一首中文歌曲——《幸福》。

曾经以为幸福在远方
不停地追逐
曾经以为幸福在彼岸
不停地找寻
以为得到了
却不满足
幸福仍旧那么遥远
蓦然醒来终于懂得
幸福在眼前
幸福在心中
一抹阳光，一份笑容
享受到了便是幸福
幸福不是索取，幸福是给予
一份关爱
撒向人间便是幸福……

2005年，麦克·马雷与弟弟帕特里克·马雷的赛日乐队又发行了一张中文专辑，这张中文专辑还特地以《幸福》作为专辑名。

令麦克·马雷兄弟惊喜的是，这张专辑再次得到了评论界的普遍称赞，《幸福》这首歌不仅在费城华埠被广为传唱，《幸福》专辑也再次将赛日乐队推向了更广阔的国际舞台，巩固了他们在音乐史上的特殊地位。

同年末，赛日在中国和美国多地配合该专辑的巡回宣传也获得了成功。凭借主打曲《幸福》，赛日乐队在 2005 年和 2006 年的两年中成为中美两国主流媒体一直争相报道的乐队组合。

美国广播公司（简称 ABC）电视新闻评价道：“赛日乐队无疑打破了中西方文化交流之间的隔阂，他们被大众所接受，因为他们的作品中饱含着真挚！这对来自费城的兄弟组合也给摇滚乐带来了新的格局，或许会改变整个摇滚界！”

美国 MTV 电视频道将他们的音乐描述为“充满魔力的音乐”，并说道：“他们应该被大众所接受，因为他们的作品中饱含真挚！”

2006 年，赛日受邀在一些重要的电视节目中亮相表演，包括凤凰卫视的春节全球联欢晚会和 MTV Chi 为庆祝该台进入中国市场的一台推陈出新的音乐会。

MTV Chi 是在美国为美籍华人而设的音乐电视频道，该频道于 2005 年 12 月 6 日在纽约市的 MTV 摄影棚开播。

狂热地喜欢中国，且深爱着中国的麦克·马雷常常遗憾自己没有生长在中国，没有成为一个中国人，他与中国的感情越深，就越怀疑自己上辈子是中国人。为此，他又创作了一首别具特色且非常动听的歌曲——《我上辈子是中国人》。

2007 年 9 月 1 日，麦克·马雷与帕特里克·马雷哥俩又出了一张中文原创歌曲专辑《我们都一样》，在这张专辑中，《我上辈子是中国人》是其主打歌。

我为什么会讲中国话

我为什么那么喜欢吃苦瓜
我的朋友们都说我像鸡蛋
外面白里面黄
That's what I am!
我小笼包和饺子吃不烦
《红楼梦》放不下，我看了又看
我从小崇拜李小龙
杜甫的《对雪》让我好感动
我上辈子一定是中国人
或许你想我奇怪
连我都不能否认
你们都叫我老外
我叫你们同胞们
因为我上辈子一定是中国人

中国女孩子最美丽
我每天梦到章子怡
《康熙来了》在我电视上
崔健、伍佰、黑豹的音乐好棒
虽然我有蓝色的眼睛
我早已看过《西游记》和《道德经》
我人很高但比不上姚明
我求你听我唱
我求你 Hear Me Sing!
我上辈子一定是中国人
或许你想我奇怪
连我都不能否认
你们都叫我老外

我却叫你们同胞们
因为我上辈子一定是中国人

老天让我知道我是什么人
我有个中国灵魂
锁在老外的身体里面
我上辈子一定是中国人
或许你想我奇怪
连我都不能否认
你们都叫我老外
我却叫你们同胞们
因为我上辈子一定是中国人

这首歌曲完整地书写了麦克·马雷那已经深入骨髓的中国情结，既是直抒胸臆，又是向熟悉他，却困惑于他为何如此狂热地热爱中国、热爱中国文化，且有如此深厚的中国情结的亲人和朋友解释和宣告。

歌曲视频放上网络后，有大量的网友发表评论。

仅将优酷网上的部分网友评论摘录于后：

“epsbenjamin”：“加入中国国籍算了。”

“laker009”：“在很多中国人卷着舌头想把中文说得像英文的时候，听到这样一位‘同胞’这么标准地唱中文歌，而且是原创，除了感动还能说什么？”

“吴下阿懵”：“哥们儿，请允许我们这么称呼你！你比一些中国人还中国人，爷们儿，纯的！兄弟我挺你！”

“超爱旭”：“‘你们叫我老外，我却叫你们同胞们’，这位‘同胞’的境界是每一位中国人的骄傲，也会让每一个中国人认同你这位同胞！”

“dusi12”：“我爱赛日！我爱你麦克！赞！赞！赞！喜欢喜欢！”

“lovisa123”：“你真好玩儿，建议来中国发展吧，绝对讨中国女孩儿喜欢。”

“爱赛日的歌”：“太棒了！真的是太棒太好听了！哪儿能买到赛日的专辑？”

“华夏巨龙”：“‘鸡蛋人’比‘香蕉人’可爱多了。”

“chensuan”：“不错，很喜欢他，赛日加油，我们支持你！”

“44783591”：“呵呵，支持你，这哥们儿不错！他都那么热爱中国，我们为什么不呢？”

“东北楠”：“看了这么多外国人都这么热爱我们的国家，大家应该很骄傲和自豪。喜欢这样的外国朋友来我们的祖国。赞！”

“一般美丽的扯”：“太牛了！我可以肯定地告诉你，你上辈子一定是中国人！支持你！！”

“情天娃娃”：“赞！我们这个日渐强大的国家，有老外主动亲近我们，学我们的语言，唱我们的歌，欣赏我们的饮食、服装，这都说明了一个字：强！你要是牛了，别人不服不行！”

……

《我上辈子是中国人》不仅引起了中国听众的强烈反响，还又一次引起了美国流行音乐界，尤其是美国华人音乐界的轰动。

当西方媒体的记者不解地问麦克·马雷兄弟为什么自己是纯正的美国人，却要执着地创作并演唱中文歌曲时，麦克·马雷很认真地说道："因为我上辈子是中国人，才会和中国有如此深的缘分，才对中国文化痴迷……你别不相信，我可是信轮回的！"

麦克·马雷的话既幽默风趣，又耐人寻味。

但是，无论记者是否理解麦克·马雷和帕特里克·马雷兄弟所说的话，都对他们赛日乐队的音乐作品给予了高度的评价。

美国星岛中文电台："赛日很优秀，他们的中文歌唱得非常好！很难得！"

美国 LA 1370 AM 电视台《娱乐追追追》："第一次听《幸福》时我全身起鸡皮疙瘩，因为我觉得好感动！"

美国 LA 18 电视台："好棒，好杰出！"

TVBS 电视台："赛日主打歌曲《幸福》既新鲜又充满感情！"

……

9

赛日乐队的音乐作品，令大家喜爱的原因在于：曲风清新、独特，歌曲触动心弦。听了他们的歌，就可以感觉到他们对人生正面的诠释！这也是赛日乐队成立的初衷：透过真诚的音乐，做好人，做好事，珍惜现在！

麦克·马雷很喜欢老子这句话："上善若水，水善利万物而不争，处众人之所恶，故几于道。"

他常常感叹"人生苦短"，告诫自己要在人生这短短的几十年中，在力所能及的范围内，尽量多地去帮助他人。

正如他创作的《幸福》这首歌的歌词所写的一样："幸福不是

索取，幸福是给予，一份关怀，一颗爱心，洒向人间便是幸福。”

自小结下中国缘后，麦克·马雷深深地感悟出了这样一个人生道理：助人为快乐之本，一个人不可以游离于社会之外而得到真正的幸福，人们渴望生活在充满爱心、充满关怀的氛围中，而这种氛围是依靠每个人的无私付出来实现的。

“如果人与人之间没有相互关心、相互爱护，那么整个社会将会变成一个冷漠无情的社会，人与人之间除了私欲，将永远没有幸福可言。”

麦克·马雷对中国的感情之深厚，让部分中国人都觉得无法理解，却又特别感动。过去的十多年里，他和弟弟帕特里克·马雷的赛日乐队，成功地跨越了东西方文化的鸿沟，利用音乐架起了一座中美之间文化交流的桥梁，并且将这两个世界的音乐精华熔于一炉，凝结出独树一帜的音乐榜样。

他就像世界音乐界的熊猫一样，非常珍稀，又非常受人喜爱。

说到熊猫，麦克·马雷也跟很多美国人一样，心中也有着深深的大熊猫情结。因为这个原因，他一直对四川充满着向往，也梦寐以求地想到四川好好旅游一下，并特地将这个旅游计划安排在 2008 年的夏天。

然而，苍天有时候就好像是专与人的愿望为忤的。

2008 年 5 月 12 日，一场特大地震灾害在美丽的四川发生了。这个灾难不仅打碎了麦克·马雷到四川夏游的计划，也让他的眼泪簌簌地落了下来，让他的心如被撕裂的汶川一样疼痛。

地震发生后，麦克·马雷和弟弟在第一时间行动了起来，将自己唱片发行所得的部分收入通过联合国儿童基金会捐助给灾区儿童，并希望能建一所希望小学，帮助灾区儿童重拾书包，走进课堂。

捐过款之后，麦克·马雷心里依然记挂着灾区，觉得仅捐点款援助四川地震灾区，所起的作用不大。他想创作一首与汶川地震赈灾有关的公益歌曲，以鼓舞善心人士为四川地震灾区捐款。因为星星之火可以燎原，善良的力量总是最具感染力的！

打定主意后，他立即放下别的工作，将自己关在家里，创作了一首名叫《上天祝福四川》的歌曲。

2009 年 4 月初，麦克·马雷在得知由美国北加州巴蜀同乡会、美国硅谷四川大学校友会等牵头发起，与北美文化艺术联合会、北加州华人各团体一起联办，美国星·映像公司牵头承办，要在“5·12”汶川地震一周年纪念日到来之际，在加州联合主办一次“跨越太平洋的爱”大型公益义演活动的消息后，他心里久久难以平静，决定以自己的方式表达那颗强烈的“中国心”。

于是，他主动找到加州星·映像公司董事长于静江女士，希望能够准许他参加这台晚会的义演。

麦克·马雷的自荐得到了于静江的大力支持和高度评价。

于静江是电影《戴手铐的旅客》主演、著名电影艺术家于洋的女儿，曾任八一电影制片厂导演，1987 年赴美后一直从事中美文化交流活动，一直是一个热心公益事业的华侨。她曾把《茶馆》《同一首歌》等文艺节目带进美国，并积极把这些文化交流活动与公益事业结合起来。2008 年“5·12”汶川地震发生后，她曾组织罗大佑、高凌风、赵咏华等明星演出，为四川地震灾区募集善款，把收入全部捐给灾区。

在得到于静江的支持后，麦克·马雷与弟弟帕特里克·马雷便马上投入创作之中，将一年前所创作的《上天祝福四川》进行了重新编曲、配乐，三天后，他们还制作出了中文歌曲《上天祝福四川》的 MTV。

今天我没话说
只有眼泪在掉落
不愿相信眼前天摇地动
无数生命陨落
幸存的人们
已经无法用言语安慰
So I pray（因此我祈求）
上天祝福四川
上天祝福四川……

眼神呆滞空洞
那失去挚爱的悲痛
不愿相信太多天真的笑容
瞬间被大地淹没
幸存的人们
已经无法用言语安慰
So I pray（因此我祈求）
上天祝福四川
上天祝福四川……
这一天
使我们更坚强
这一天
使未来充满希望……

2009 年 4 月 12 日，慈善晚会如期举行。晚会上，黑鸭子和声组合、著名音乐人郭峰、以一首《等一分钟》而救活一位埋在地震废墟中 77 小时年轻生命的演唱者徐誉滕等人纷纷上台进行了表演。但是晚会上最出彩的莫过于麦克 · 马雷兄弟的赛日乐队的演唱——当兄弟俩唱响《上天祝福四川》时，台下的观众听得泪水涟涟；听完他们的演唱后，又报以经久不息的雷鸣般的掌声。

演唱结束后，麦克 · 马雷发表了自己的心声："当往昔的伤痛融入我们的记忆，人性的坚强为此弥新而且升华。我呼吁爱心人士能持续关爱四川灾区的重建工作，尤其是对灾民的精神鼓励，激励同胞们自强不息，树立重建家园的信心和力量……"

麦克 · 马雷和帕特里克 · 马雷兄弟俩还含泪在为四川灾民献爱心而设置的募捐箱里献上了自己的一份爱心。

赛日乐队的精彩演出，被第二天的《世界日报》《星岛日报》《侨报》以及旧金山湾区的众多媒体纷纷报道。之后，《上天祝福四川》这首歌又纷纷被一些爱心人士下载为手机铃声或彩铃。

当《上天祝福四川》的视频放到网上之后，又感动了大量网友。

一位名叫"三条爱乐"的网友说："随着中国的强大，会说中文的老外越来越多，连澳大利亚总理陆克文都会说中文。所以老外说中国话不奇怪。但现在，老外唱中文歌曲这么棒，还是原创的，这就稀罕了！简直不可思议，根本听不出是老外唱歌！ 唱中文歌最牛的老外赛日乐队的代表作《上天祝福四川》，太感人了！还演唱了《我上辈子是中国人》《幸福》《是什么道理》《给我自由》等原创歌曲！ 不愧为最牛唱中文歌的老外！"

"毛毛好多啊"："这么好的歌，今天才看到，怎么电视台从来不放？”

“小狐狸决定放弃治疗”：“赛日您好，我是贵州电视台《为中国歌唱》栏目组的编导，在网上看到了你们的节目资料，觉得你们很符合我们的节目需求，请问方便给我你们的联系方式吗？”

“shrek322057”：“赞这么好的视频，可惜我今天才看到……我好感动！感谢你赛日，感谢你们的祝福，感谢你们的歌声！也祝福你们！”

“艺荷香”：“……好感动，好难过……满眼是泪……”

“我是大通人”：“身为一个中国人，身为一个四川人，对《上天祝福四川》这首歌，我听一遍，感动得哭一遍。谢谢麦克·马雷！谢谢赛日乐队！”

“廖文娟廖”：“好感动哦！真的是用心在唱！”

虽然麦克·马雷与帕特里克·马雷哥俩有自己的乐队，但他们却没有把创作和演唱歌曲当成自己的专业，他们都有自己的私人公司，平常在没有演出时，一般都在自己的公司里工作，只有有演出的时候才会去唱歌。

尽管这样，他们的粉丝却很多，有不少粉丝甚至在网络上发帖：

“呼吁所有的地球人，特别是中国人，无论你是小孩，或是学生，或是已经有工作了，甚至是年纪已经很大的老人，都请加入这个特殊的粉丝阵营中来。因为《我们都一样》，《我们上辈子是中国人》，这辈子是中国人！”

德国哲学家、思想家康德认为：“无标题的音乐像地板上的图案没有实际意义。”麦克·马雷的音乐主题鲜明，感情浓烈，真真切切地抒发了他“我上辈子是中国人”的情感。

著名作曲家门德尔松说："人的语言总是善变的，但音乐却没有欺骗性。"

听过麦克·马雷的音乐作品的人，很少有不被打动的，很少有人会怀疑他心中对中国的深厚感情。虽然这个世界是唯物的，但动听的音乐不能不让人相信，他上辈子也许真是中国人。

如今，麦克·马雷不仅矢志不渝地继续创作自己的中文音乐，还准备筹建一家网络中文电视台，以一个美国人的身份，向美国民众介绍真实、亲切、伟大的中国。

麦克·马雷产生这个想法的原因是他觉得，现在中国的经济成就为世界仰视，但中国文化却还未达到被世界充分认识、充分尊重的高度，因而相信轮回、坚信自己上辈子一定是中国人的他，会不遗余力地继续把中国最灿烂的文化、最吸引人的美丽，通过自己的努力传递给全世界。

爱，不一定在其身体出生的地方，但一定在其灵魂驻留的地方！

千万里的追求

遥望中国，思念如鞭，孤独张望，如同黑夜潜行。不舍昼夜的奋斗，浪漫无边的坚守，最终换来了艳阳天。

繁荣，祥和！

除了天气颇为闷热以外，一切都是那么井然有序。

然而一场天大的灾难，却兀地发生了。

“巧芳，你在哪里？李巧芳？”

一个洪亮却吐字不清的声音焦急地呼唤着一个芬芳的名字。

2008 年 5 月 12 日下午 2 时 28 分，那个注定将载入史册，却又惨烈无比的大地震时刻，与四川一衣带水的重庆，又一场考验横亘在了一对痴爱的异国情侣面前。

作为“德中同行”大型活动重庆站的重要场馆之一，位于重庆市学田湾的三峡博物馆剧烈地摇晃起来，当游客和工作人员明白发生地震后都纷纷朝馆外冲时，在蜂拥而出的人流中，却有一个黄头发、蓝眼睛的异国小伙子逆着人流朝馆里冲，且一边冲一边高声地用中文呼唤着一个人的名字。当他在人群中看到那个名叫“李巧芳”的女孩后，不容分说，将女孩背在背上就朝馆外冲……

“迈克，因为危险大家都往外面冲，你为什么还要冲进来找我呢？”几分钟后，先前剧烈摇晃的大地和房屋渐渐平稳了下来，和纷纷涌堵在街头的广大市民一样惊魂未定的名叫李巧节芳的女孩幸福地向异国小伙子问道。

“再危险我也不怕，我也要救你！因为我说过我会跟你生死不离！”异国小伙子温柔地说。

说着，他一把将女孩拥到胸前。

泪，从女孩的眼角落了下来。她心中幸福如蜜！

这场突如其来的灾难，再次检验了她与这个异国小伙子坚贞的爱情！

1

中国是武术的故乡，是中国功夫的故乡。

中国除了瓷器驰名世界之外，中国功夫也在全球广为人知。

1986 年春，一部名叫《武林志》的电影在德国科腾市上演，被父母带进影院看电影的一个 5 岁的德国小男孩被中国功夫深深吸引。但看过电影的他却百思不得其解：为什么身体瘦小的东方旭能用八卦掌打败牛高马大的俄国大力士达德洛夫？

小男孩的疑问，同样也是他父母的疑问。不知该怎么回答这个问题的小男孩的父母耸耸肩："只有上帝才知道这是不是真的。不过中国，那是一个神秘的东方大国。"

之后，李小龙、成龙、李连杰等人主演的电影接连上演，这个德国小男孩的中国功夫梦也由此点燃。

这个小男孩就是本文的男主人公迈克。

伴随着迈克的成长，好奇心驱使着他断断续续地学习了跆拳道、柔道、拳击等。因此跟同龄人比，他时常引以为豪，也时常在打架斗殴或者路见不平时"展现"自己的身手。

2000 年秋季的一天清晨，开不败的城市里的人气风景，又在经过了一夜的沉寂后开始复苏。呼吸着清晨的新鲜空气，沐浴着金色且温暖的阳光，19 岁的迈克开始了在市政公园里一天的晨跑。

一圈又一圈，在层林尽染间，迈克不经意间看到，市政公园里一块空地上，有一个中国老人在打拳，一招一式，挪步移腿，甚是神秘。从小就迷恋中国武术的他为了领教中国功夫，便过去与老人切磋起武艺来。

切磋的结果是老人轻而易举地成了他手下的败将——老人是体育爱好者，所打的太极拳只为锻炼身体，而非用来攻击和防御。

跟这位老人比试，且将老人撂倒之后，迈克对中国武术非常困惑：难道打小就从电影中看到的中国功夫都是假的，是电影特技？

自此以后，他便时常将自己打倒"会武术"的中国老人的经历滔滔不绝地讲给别人听，中国功夫也成了他和同伴们的笑料。

中国功夫真的只是花拳绣腿吗？

迈克的固执观念最终在经历一次惨败后得到了改变。

2001 年 4 月的一天，迈克在科腾市安哈特大学校园与朋友散步时，看到一群人正在围观一个中国老人打拳，老人凌厉的拳法赢得众人喝彩。

看到这个老人跟自己曾经看到的那个在公园里比画拳脚的老人所打拳法很相似，于是迈克又在朋友们面前贬低起中国功夫来，津津乐道那段令他一直很自豪的经历。

“你别吹了，你真能打败有中国功夫的人？”听着迈克的自吹自擂，朋友们对他的话将信将疑。

“不信？那我让你们看看真实的中国功夫是如何不堪一击吧！”

为了证明自己没有吹牛，迈克向老人发起了挑战。

虽然老人听不懂德语，却从迈克的手势中读懂了挑衅，但老人却装作不懂，或者面对迈克的凌厉攻势，总是回避。

看到老人总是躲闪和回避后，迈克的挑衅更起劲了，周围的看客对中国老人嘲笑的声音也越来越盛。

就在此时，一个看上去弱不禁风、美丽的中国女孩走到迈克面前，用不太流利的德语对他说：“先生，你是想比武对吗？我可以跟你比试比试吗？如果我败在你的手下，那你再与这位中国老人比试吧！”

“跟你比试？你能行吗？”听了这个“不知天高地厚”的中国女孩的话之后，迈克哈哈大笑起来，“我可不欺负弱者，尤其是不愿意欺负女孩子！”

“这不是欺负女孩子，你不是想与这位中国老人比武吗？你向他发起挑战，我现在也向你挑战！”女孩俏皮且认真地说。

向我挑战？迈克狂放地笑了，这么孱弱的身体，能受得了我一拳吗？

伴随着迈克的笑，周围的看客也对自不量力的中国女孩嘲笑起来。

女孩的脸红了，但她仍坚持己见，向迈克挑战。

对这个很无畏却又很固执的女孩，迈克哭笑不得，因为他在向那位中国老人挑战时，小女孩总是拦在他的面前，于是他便决定先将这个中国女孩撂倒再说。

然而，令他大跌眼镜的是，当他如猛虎下山般地扑向弱不禁风的中国女孩时，原以为可以一下子就将小女孩打倒，哪承想，在他带有千钧之力的大拳砸去之时，只见身轻如燕的女孩轻轻一闪，便躲过了他的拳头，同时还顺势扭住他的胳膊，借力打力，往前一拉……在人们还没看清楚是怎么回事时，迈克已经一个趔趄摔了出去，“吧嗒”一声重重地摔在了地上。

怎么会这样呢？自己这么大的个儿，怎会被这么弱小的女孩给摔在地上了？

迈克尴尬地爬起来后，不服气地说，女孩没有跟他正面交锋，他不算输。

迈克以为自己这样说后女孩会认输，他也就赢回了面子。哪知女孩却微微一笑后说：“正面交锋就正面交锋吧！”

女孩的话让迈克对赢回自己的面子有了信心，于是他再次出击，朝着女孩重重地又是一拳。他以为女孩会躲，他想，女孩躲闪的话，他也可以挽回些面子。

但是，这次女孩却并不躲，而是用自己娇小的拳头迎接迈克的大拳头。迈克没想到，女孩看似娇小的拳头却是如此强硬有力，竟然把他的大拳头击打得生痛，且将他击打得倒退几步才站稳。

迈克不信这么柔弱的女孩会有这么大的爆发力，因而他稍微站稳后便又朝着女孩打去一拳。但是他的出击再次被女孩娇嫩的拳头逼退！

在女孩面前吃了亏，且被朋友和看客嘲笑后，迈克还不服输，他再次对女孩强调说他是要与那位中国老人比武，而非与女孩比武，所以，他不能算输。

听了迈克的话，女孩依然微笑着耸了耸香肩，便对老人讲了迈克的意图，老人爽快地答应了迈克的要求："我可以让你在我胸口打三拳，我不还手，如果你三拳之内能将我打倒，就算你赢，如果不能打倒，就算你输！"

"那不行，你还是要出手！不出手只是在玩技巧，出手我才知你的实力！"

"那好吧，你打我三拳之后，我再还手！"

这位老人也太吹牛了！迈克想，学过拳击的他一定能轻而易举地在三拳之内把老人打翻在地。

然而，当他用足全力朝老人的胸膛打去时，老人非但没倒，他的拳头还感觉好像是打在钢板上一样痛，他的身体也被反弹得倒退了好几步……

一拳如此，又一拳也如此，最糟的是，最后一拳击出后，他还被反弹得向地上倒去，手上的鲜血也飞溅起来。

迈克的三拳打过了，该老人出手还击了！

就在人们怀着惴惴不安的心情期待着看到什么的时候，只见老人如猛虎扑食般地冲向迈克！见此情景，围观者发出了惊呼——没有人怀疑，在老人的还击之下，迈克会非死即残！

“爸，饶过他吧！”就在这时，那个柔弱而美丽的中国女孩也发出了惊呼。

但是，就在她还来不及阻止老人的出击之时，竟发现老人在要接触到迈克之时却伸出手臂，如丝绸落地般轻轻托起即将倒地的迈克——原来老人并不是要对迈克进行还击，而是扶起他。

老人的武术如此高深莫测，而又是如此宽宏大量，虚怀若谷，迈克艰难地站起，无奈且尴尬地摇起头来，然后学着中国武侠电影中落败武师那样抱拳颔首，甘拜下风……

迈克没想到，这一老一少的两个中国人并非普通人，老人名叫李正华，是来自中国武汉的民间武师，10 岁即师从名师习武，习武近 40 年，学会了砚驰功、菊花钻、鹭鸶拳、鹰拳等许多武功，他曾在武汉市公安局当过武术教官，多次参加全国武术大赛；而那个娇弱的中国女孩名叫李巧芳，是李正华的女儿，在德国安哈特大学留学，学习经济翻译专业，她因为从小就跟父亲习武，所以也会武功。

迈克知道遇到了高人，要拜李正华为师，但是李正华却拒绝了：“中国武术传内不传外！”

迈克灰溜溜地离开后，心里很难平静，自己竟然连一个柔弱的女孩子都打不过，这个脸真是丢大了！到了此时他才终于明白，中国功夫果然名不虚传！

那之后的一段时间，以前在朋友们面前侃侃而谈的迈克变得沉默寡言了，他除了渴望拜一位有真功夫的中国武术家为师以外，脑海中还总是有意无意地出现李巧芳的身影，对李巧芳念念不忘。他觉得李巧芳既会武功又美丽善良，真是世间少见的奇女子。

心念日久，迈克甚至有了一个奇怪的想法——要是自己能娶这样一位有真功夫，却又善良美丽的女子为妻，那该多好啊！

此后，迈克费尽周折地打探起李巧芳的情况来，在得知了李巧芳的名字和家庭住址后，他便迫不及待地找上门去了。

那天，李巧芳正在宿舍里看书，当门铃响过，她打开门时，扑面而来的竟是一大簇鲜花！待她看清了来者何人时，她惊讶地问道："你今天又要与我比武吗？"

他是来找麻烦的吗？可是找麻烦为何又要捧着这一大束鲜花？

"不是！不是！我叫迈克，我是来给我心中的女侠献花的！我，我想拜你为师！"

迈克说着就扑通一声跪在了地上，行起了拜师礼。

看到这个洋小伙子的认真劲，李巧芳忍不住笑了："我不是女侠，我只是会一点儿花拳绣腿，你不必拜我为师，而且我也教不了你！"

她连忙上前想扶起迈克。

令李巧芳哭笑不得的是，此时迈克非但没有站起来，反而还说："你不仅是我心中的女侠，还是我心中的女神！我喜欢你！我狂热地爱上你了！"

这哪跟哪啊？怎么比一下武功就能爱上一个人呢？

之后，迈克又几次登门造访，但是李巧芳都婉言谢绝。

后来见迈克总是坚持不懈后，为了断绝迈克的念头，李巧芳只得半开玩笑半认真地说："你说我是侠女，可是中国有一句名言，叫'侠女配英雄'，你是英雄吗？你不是打不过我吗？等你什么时候打得过我了，再来向我求爱吧！"

听了李巧芳的话后，迈克颓然地低下了头，继而，他又很认真地问李巧芳："真的？"

在李巧芳肯定地回答他之后，他便悻悻地离开了。

李巧芳想，她的话颇伤迈克的自尊，一向自负的他是再不会自讨没趣地前来"骚扰"她了。

然而，事情的发展其实并没这么简单，迈克在此之后依然在"骚扰"她……

2

新年的江城，寒风肆虐。

2002 年 1 月，顶着如刀的飕飕寒风，一位帅气执着的洋小伙，却满头冒汗地来到中国武汉市汉口前进路一条小巷，上到一幢楼的三楼，敲响了一户普通人家的防盗门。

忐忑轻敲。

片刻，门"吱呀"一声打开了，一位中国老人奇怪地打量起这个唐突，但脸上却写满期盼与急迫的陌生的洋小伙来，觉得似曾相识却又想不起来。

"小伙子，你敲错门了！"老人对那个洋小伙说。

说完，他欲关上房门。但那个洋小伙看到他后却嘴里不停地嘟囔着什么，态度很谦恭。

老人先没有听明白小伙子说的什么，之后仔细听了才觉得洋小伙子仿佛说的是："师父！师父！"

老人更奇怪了："我不是你师父！"并仍欲关门。

这时洋小伙急了，马上比画起武术动作，嘴里发出"哈嘿""哈嘿"的声音来。

这时老人才恍然大悟，想起这个小伙子来。

这个小伙子就是迈克，而老人则是李正华。

原来迈克在欲拜李巧芳为师学习武术，且追求李巧芳遭到拒绝后，他很尴尬地离开了。但是，他并没有放弃，他一直在琢磨如何才能学到出神入化的中国武术，如何才能在学到真正的中国武术后追求到李巧芳，因为不认识其他身怀绝技的中国人，他很郁闷。

后来的一天，他的一个朋友提醒他说，要学到真正的中国功夫，且武功比李巧芳高强的话，为什么不拜自己当初向其挑战，且被自己连打三拳也没有打倒并毫发无损的那个中国老人为师呢？

朋友的话如同醍醐灌顶，于是迈克再一次来到李巧芳的宿舍，找到李巧芳，不知功夫老人就是李巧芳的父亲的他，向李巧芳打听起老人的联系方式来。

得到李正华的联系电话后，迈克一次又一次地给已经回国的李正华打电话，要拜其为师，学习中国武术。在迈克的百般恳求下，李正华终于在电话里答应了他的请求，但却有条件："可以教半年，学费是 1 万马克（相当于 5 万多元人民币）！"

1 万马克的学费并不多，但是这笔钱对刚刚服完一年兵役，且还没有找到工作的迈克来说，却要算巨款了！

为了挣钱学武，迈克拼命打工，半年后，他终于存下了这笔钱。

看到儿子为了一个中国女孩，为了学到中国功夫近乎疯狂的举动，迈克的父母很心疼，且试图阻止他的行动。

但撼山易，撼人难，对于父母的反对，甚至是“断绝关系”的威胁，去意已决的迈克毫不动摇，最后对他毫无办法的父母只好选择了沉默。

到中国拜李正华为师后，迈克很高兴，他在第一时间给李巧芳打去电话通报了此好消息：“我现在拜中国的武林高手为师学功夫了，我想我不久后便会成为大侠，就能打得过你，也有资格追求你了！”

没想到李巧芳听了后却没好气地说：“是吗？你怎么这么自信呢？就算你学习中国功夫后能够打败我，可是你怎么敢肯定你就能成为大侠？你知道大侠是什么意思吗？那可是功夫好，且武德好而又谦虚低调的人才叫大侠呢！”

李巧芳的话虽然再次打击了迈克，但也就从那时起，迈克对自己发誓说，就算自己九死一生，也一定要学好中国功夫，以赢得心中美丽女神的芳心！

到了中国后，身临其境地感受中国武术，曾练过空手道、跆拳道、拳击等的迈克从此深刻地感悟到，中国功夫就像大海，深不可测！而他之前所学的拳法只能算是小小的湖泊！

因为迈克的中国武术基础几乎为零，李正华在对他进行武术传授的过程中，也基本从零开始：压腿、踢腿、站桩、弓步、弹腿、吐纳。

虽然这些东西看似非常简单，但是再也不敢轻视中国功夫的迈克却将之做得一丝不苟。同时他练武很刻苦，无论冬夏，抑或春秋，总是闻鸡起舞，三更未眠。

那段时间，迈克苦练中国功夫的同时，也坚持不懈地追求着李巧芳，三天两头地给李巧芳发电子邮件，打电话。

颇富戏剧性的是，在这段时间，迈克一直不知道李巧芳就是他师父李正华的千金——虽然李巧芳觉得这个异国小伙子不错，但是由于怕看错人，尚需观察，她便特地叮嘱父母，向迈克隐瞒她的“身世”。

时间过得真快，转眼半年过去了，虽然迈克希望能够继续留在师父身边学习，但因为有约在先，他只得含泪与师父告别，并希望能够回到德国去向李巧芳挑战，以打擂的方式征服李巧芳那颗美丽且骄傲的心。

然而，当他回到德国，来到安哈特大学寻找李巧芳，且与李巧芳过招之时，他却依然没几下就被李巧芳给撂倒在地。

“你去中国学了半年武术，比以前进步了一些，可是博大精深的中国武术，哪能半年就学到？你现在只是学到了一点皮毛，不成我的手下败将才怪！我希望你能成为真正的大侠！”

李巧芳的“冷漠”，并没有冷却迈克那颗狂热的心，再次失败之后，迈克尴尬不已的同时，更加叹服中国武术了！

为了追求到心中的女神，迈克又于2002年10月，再次启程来到中国学习武术。

面对迈克的追求，李巧芳并非铁石心肠，她也知道迈克是一个执着的小伙子，而且从父母的口中也得知了迈克如何知书识礼，勤劳朴实。

但是，她仍一次次地拒绝迈克的原因是，她从来没有想过要跟一个外国人恋爱，她觉得地域的悬殊和生活习性的迥异，很难保证爱情能够真正幸福！因而她对此非常慎重，她要在时间的长河中冷静地观察迈克，看他对自己的热情和爱的追求是否恒久！她觉得对自己的爱情负责也是对他人的负责，因为她身边的德国青年都比较花心，传统的她不希望自己遭遇到一个花心男。

第二次踏上中国的土地，来到武汉向李正华学习功夫的迈克比以前更加刻苦了：即使是冬天，他也练得汗流浃背；压腿时把铁架床都压坏了；为练轻功，他腿上时常绑上 20 多公斤重的“铅瓦”……

为了能够与心中的女神交流时容易一些，同时也弄懂中国武术蕴藏的文化真谛，迈克又于 2003 年 9 月到武汉大学汉语言文学系学起汉语来，一边学，一边尝试着用中文给李巧芳写信——无论李巧芳回不回信，他都有滋有味地给她讲述自己在中国学武术和生活的情况。

就这样，转眼三年时间过去了。

当流过无数汗水，磨破 30 多双鞋子后，2005 年 7 月，自信满满的迈克在学成中国武术后，同时武汉大学又值放假之期，他特地回到德国度假。

回国以后，他除了想见父母和亲人外，最想见的人就是李巧芳——他想再次挑战仍在德国读书的李巧芳，以期能战胜她，俘获她的芳心。

为了给李巧芳一个惊喜，迈克特地在回国之时没有预先通知她。

然而，当他来到安哈特大学后才从李巧芳的同学处得知，读完本科又读硕士的李巧芳利用假期勤工俭学，带着一个旅游团去中国旅游了。

当迈克打电话联系上李巧芳时，李巧芳告诉他说，她所带的旅游团将去四川的九寨沟和峨眉山等地旅游。旅游结束后，将很快返回德国继续自己在安哈特大学的学业。

得知这一情况后，有些失落的迈克想，自己要是与李巧芳一起旅游的话，不仅会增进两人之间的感情，也能更好地向心上人展示自己的魅力。同时，自己假期结束也将回到武汉大学继续读书，早晚都要返回中国，于是他又马上打点行囊踏上了返回中国的航班。

到中国后，当他打李巧芳的手机得知李巧芳带着旅游团到四姑娘山旅游时，他又马不停蹄地往四姑娘山赶去了。

四姑娘山位于四川省小金县境内，为国家重点风景名胜区。

七月的四姑娘山景色十分优美：山谷气候温和，山花遍野，溪流清澈；山腰森林密布，新绿一派；山顶冰川璀璨，白雪皑皑……然而，连日舟车劳顿的迈克却一点欣赏美景的心情都没有。

当时，从九寨沟至四姑娘山一段正在修路，汽车难走，迈克被客车颠得翻江倒海地呕吐起来。因为实在忍受不住汽车的颠簸和高原缺氧，最后他干脆下来徒步而行了。

他一个人在盘旋的山路上踽踽独行，太阳渐渐落山了，可是未来的路还有多长？心爱的李巧芳又在哪里呢？又累又饿的他身体虚弱得连行李都背不动了。眼看天色渐晚，道路漫长，他感觉茫然起来。

当迈克循着灯光穿过一片幽深密林时，突然从树林中传来几声狼嚎，他不由得汗毛倒竖，心提到了嗓子眼。

他战战兢兢地走着，在心里祈祷凶狠的狼群不要扑来。

然而，该发生的还是发生了：不一会，暗林深处绿油油的光向他移了过来——那是黑夜中凶残的狼眼！

见此情景，迈克吓得大叫起来："救命啊！有狼群……"

附近的修路工人听到呼救声后，有四五个人打着手电连忙跑过来，才将他救了下来。

当晚，迈克在工人们的帐篷里住了下来。

筑路工人对他说，虽然到四姑娘山旅游的人越来越多，但依然有游客偶尔遭遇狼群："今天幸好有我们在，不然好危险啊！小伙子，出来旅游千万不要单独走夜路啊！"

第二天，迈克告别热心的修路工人后，又拿着李巧芳的照片边打听其行踪，边向四姑娘山进发。后来，有一辆拖拉机往四姑娘山的双桥沟景点运东西，他便哀求司机搭个便车，摇摇晃晃地往四姑娘山赶去了。

刚进入四姑娘山东麓，天空便突然乌云密布，下起了倾盆大雨。暴雨将迈克与拖拉机手淋成了落汤鸡，更恶化了路况——拖拉机轮胎深陷泥泞，无法行驶了。他与司机只好跳下来，搬路边的石头填进车轮下。

正当迈克使劲地搬一块石块时，司机突然大喊一声"快跑"，并拖着他奋力地往安全地带跑去。

待迈克回过神来才发现，刚才搬石头的上方，有一团泥石流正轰隆隆地滚流下来。

看到这幕情景，迈克吓得腿脚发软……

自从自己身处困境之后，怕失去自己男子汉本色的迈克在与李巧芳联系之时，便有意隐瞒了自己所经历的一个又一个危险。

两天后的傍晚，当迈克费尽千辛万苦，在游人的指点下，终于在一家旅行社的门口见到李巧芳时，李巧芳简直不相信自己的眼睛：眼前这个泥猴子竟然是迈克！

在那一刻，李巧芳感动得眼角涌出了两行热泪："迈克，你为什么要来找我？你知道吗，你这样做太危险了！这么危险的山路，再加上暴雨后泥石流频发，还有野兽出没山林，你为什么不在山下一个安全的宾馆里等我？万一出了什么事可怎么办？"

"我就想跟你在一起！为了爱情，就算死了也值得！"

李巧芳关心的话，让迈克心中的惊恐和疲惫顿时烟消云散，取而代之的全都是幸福和憧憬。

迈克以为经过这件事后，李巧芳会答应自己的求爱，但李巧芳却依然拒绝了他。

"我对你如此痴情，你为什么都不被感动呢？"迈克委屈地问。

"我当然感动了，不过，感动与爱是两个概念啊！"

李巧芳笑着说："你想想，你跟我语言和文化背景不同，成长环境不同，思维方式不同，我们之间能心无杂念地相爱吗？还有，虽然我在德国留学，但我学成之后却并不想在德国生活和工作，我会回到自己祖国的怀抱，报效祖国！你舍得离开你的祖国吗？我们就算相爱，能有未来吗？"

听了李巧芳的话，迈克坚定地说："我真的很爱你！我觉得爱一个人就应该爱她的一切！如果你愿意，今后你到哪里，我就到哪里！"

3

其实，自迈克从德国飞到中国，万里追寻她的足迹，特别是历险四姑娘山之后，李巧芳已经发现自己喜欢上了这个帅气、坚强、执着、专一的德国小伙子了，她真想答应他的求爱。可一想到自己心中的白马王子要能文能武，她又暂时隐瞒了心中的爱。

但那之后，讲求公平，且心中已经接受了迈克的李巧芳便将自己是李正华的闺女的事情告诉了迈克。

迈克没想到自己心中的女神竟然是自己最崇拜的师父的女儿，他高兴坏了，学习中国功夫更带劲了，也对追求李巧芳的事情更加充满信心！

在此之后的一天，李巧芳开着车带着迈克去武当山游玩时发生的一件惊心动魄的事，让李巧芳最终从心里彻底接受了迈克。

那天，当车下山之时，正在车上打盹的迈克突然被李巧芳推醒："完了，汽车刹车失灵了，等一会儿看到适合跳车的地段时我叫你跳，你就跳车啊！"

这时迈克看到李巧芳满头大汗，尽管她已经把刹车踩到底了，可汽车依然发了疯般地在那段很长很陡的下坡路以令人惊心动魄的加速度往前冲。

李巧芳曾经和朋友不止一次来过这里，她比较熟悉这段路，就在前方几百米处，有一个旅客服务站，每天，那里都会坐着不少上山或者下山途中休息的旅客，因而，如果汽车冲向人群的话，后果不堪设想。

这段路没有岔道，窄窄的公路两侧是刀劈般的峭壁。她知道在这种危急时刻不跳车可能会车毁人亡；而如果没有找到恰当地点跳车的话，同样会难逃一劫！

他们的车只能像一只疯狂的野兽般冲向那些毫无防备的游客。尽管李巧芳不断地按着喇叭，可是因为人声嘈杂，没人在意他们的车是否出了故障。

“千万记住了，一会我喊跳，你就跳！”李巧芳说着打开了自己一侧的车门，同时不断地松开刹车，再猛踩下去，但是她的努力没起任何作用。

“那你呢？”迈克急切地问道。李巧芳说：“我也跳，你快打开你那一侧的车门吧！”

不一会儿，在汽车前方100米处的路边出现了一个坡度不高、可以跳车的丛林。过了这一段路，又将是一段直直的陡坡，且陡坡之下就是游客服务站了。于是李巧芳对迈克大叫道：“快跳车！”

但是，就在过了这段路之后，奇迹却出现了——李巧芳本想让迈克跳车后自己将车开下悬崖以救旅客，用尽最后力气再次拼命踩下刹车时，在一阵尖利的刹车声中，汽车速度一下子控制了下来，最后开到游客服务站那个开阔的小坝里停了下来。

车停下来后，李巧芳才发现迈克还在车上，于是她好奇地问：“你刚才为什么不跳车？”

“你虽然叫我跳车，但是我知道你是不会跳车的，你会开着车坠崖！”迈克说，“因为你不会忍心让汽车撞上那些无辜的游客们！”

“你难道不知道，如果汽车坠崖的话，我们就将粉身碎骨，必死无疑？”

这时迈克突然拉着她说：“我知道汽车坠崖会有什么样的结果，但正因为如此，我更不能跳车！有你，我的生命才会有意义，无论在这个世界，还是另一个世界，我都要永远陪着你，生死不离！”

听了迈克的话之后，李巧芳的眼泪就像决堤的湖水般涌了出来，且喃喃地说：“迈克，我爱你！从这一刻起，直到永远……”

经过万里长征般的痴痴追求，1000 多个日夜的守望与等待，终于赢得了心中女神的芳心，开心不已的迈克也哭了……

此后，有了爱情滋润的迈克习武更努力了，他的武艺也在不断地提高：迈克刚到武汉学习时，李正华的大弟子程剑平曾向师父夸下海口说，他能在一分钟之内把迈克打死。

但几年过去了，程剑平再与迈克交手时，他想占上风已很费劲了，要想打赢更是艰难。

看迈克内敛、克己，李正华又将自己的独门武功绝学鹭鸶拳也教给了他。

一分汗水，一分收获。虽然迈克是李正华最小的一个徒弟，但他的武功却是李正华众弟子中最高强的一个。2006 年 10 月，当第二届世界传统武术锦标赛在郑州举办时，迈克自告奋勇地报名参加了比赛。

有意思的是，由于在第一届锦标赛中没有分国际组、国内组，因而所有参赛的外国人都无缘金牌。此次大赛，为了弘扬中华武术，组委会特地将参赛选手分成国际组和国内组，以优待外国选手。但自信满满的迈克却不愿参加国际组比赛，最后组委会特许他代表湖北队参加国内组比赛。

阳光如水浸漫，武坛群雄聚会。

2006年10月18日，迈克与来自66个国家的2000余名武林高手角逐，华山论剑，最终力挫群雄，摘取了鹭鸶拳金牌，男子棍术银牌。

喜讯传到德国，一直牵挂着儿子的迈克的妈妈哭了，她在第一时间给李正华打来电话，感谢李正华把她的儿子培养成了一个世界冠军。

在李巧芳眼中，迈克有许多优点：特别能吃苦，热爱中国文化，用情专一，且时时制造浪漫。

爱情，既是和风细雨，更是出其不意。2007年7月13日这天，迈克突然从中国飞回德国，出现在李巧芳面前，并亲手给她做了一大桌中国菜：回锅肉、宫保鸡丁、鱼香肉丝、剁椒鱼头……

能在异国他乡，享用中国盛宴，李巧芳吃得不仅满嘴流油，而且心里也乐开了花。

饭后，迈克又张扬地开着用玫瑰花装饰的轿车带李巧芳去兜风。

之后，迈克带着李巧芳来到一间装饰华美的房间，当声称有事短暂消失的迈克如白马王子般捧着玫瑰重新出现在如梦如幻般的房间，出现在局促不安的李巧芳面前，并祝她生日快乐之时，李巧芳才想起，这一天真是自己的生日！

紧接着，哗啦啦的掌声响起，又有一大群朋友推着一个很大的生日蛋糕拥进了房间，祝福声排山倒海，祝福的歌声如阳光普照……

面对自己这个重情重义、能文能武的情郎所设计的一切，李巧芳心里如同喝了蜜一般甜，眼里也出现了亮晶晶的泪花。

绵绵的爱如和煦的阳光，催开了一直蛰伏着的、含苞待放的玫瑰之心。峰壑曲折，或笑或泪，被闲散的时光打磨得熠熠生辉。

2007 年 11 月，迈克与李巧芳的爱情终于在双方父母的支持下瓜熟蒂落，他们在德国办理了结婚证，举行了婚礼。

香车美女，神仙伴侣。

德意志的浪漫与庄重，华夏文化的羞涩与善良；郎才女貌，中德人杰联姻，东西方文化的交融……

他们的婚礼散发出迷人的光芒，羡煞了当地的市民。

之后，由于承诺过自己要跟李巧芳在中国生活，迈克携手爱妻，奔波万里重返中国，且在中国找起工作来。

拥有爱情，春暖花开。

中国对迈克来说依然是一个陌生的国度，尽管他在中国已经生活了好几年，要找到合适的工作却不容易，但迈克心里还是充满着无限憧憬。

他觉得找工作这事，怎么说也比练就一身出神入化的功夫容易多了，何况自己有一颗火热且不怕挫折的心。

2007 年 12 月，迈克获悉德国驻成都领事馆要招聘文员时，连忙投上了自己的档案，幸运之神再一次青睐了他，他应聘成功。

迈着诗意和甜蜜的步伐，2008 年 1 月，迈克像个传统的中国男人一样，带着愉悦如蹁跹燕子般的爱妻李巧芳，来到川香四溢的成都，来到德国驻成都领事馆，当上了一位从事中德文化与经济交流工作的职员，并被派往重庆协助“德中同行”文化与经济交流活动的工作。

春深的武汉，如水柔婉。

2008 年 4 月 8 日，在一片盎然的新绿和大簇玫瑰，以及四处流淌的欢乐之中，迈克与李巧芳幸福地在汉口举行了中国传统婚礼。

在婚礼上，在鞭炮声和音乐串起的喜庆之中，特地赶来中国的德国国家电视一台的著名主持人贝克为二人证婚。

那一刻，李巧芳觉得自己是天下最幸福的女人，没有之一！

对中国，迈克说他永远有一颗感恩之心。

曾经，他思念如潮，孤独张望，如同黑夜潜行；但他不舍昼夜的奋斗，浪漫无边的坚守，最终换来了如今他的纵情拥有、美丽辉煌，以及一望无际的幸福。

每每讲起自己美满的婚姻，迈克都会激动地说这样一句话："感谢中国！伟大的中国不仅成就了我的事业，也成就了我的美满姻缘！"

1998 年 10 月起稿
2016 年 6 月初稿
2017 年 7 月二稿
2018 年 5 月三稿
2019 年 3 月四稿
2019 年 4 月五稿